TONY HILLERMAN

Das Labyrinth der Geister

Krimi-Großmeister Tony Hillerman, Jahrgang 1925, wuchs im ländlichen Oklahoma unter Pottawatomi-Indianern und Seminolen auf. »Ich war ein Ein-Mann-Minderheiten-Problem und weiß seitdem, was es heißt, eine Minderheit zu sein.« Seit 1970 hat er zehn unglaublich erfolgreiche Kriminalromane geschrieben, in denen es nicht zuletzt um die Konflikte zwischen roter und weißer amerikanischer Kultur geht. »Der Thriller ist nur ein Vehikel«, faßt der Edgar-Allan-Poe-Preisträger zusammen. »Es kommt mir darauf an, Fremde als Menschen zu zeigen und Verständnis für ihre Fremdheit zu schaffen.«

Außer dem vorliegenden Band sind von Tony Hillerman
als Goldmann Taschenbücher erschienen:

Geistertänzer. Roman (43036)
Der Kojote wartet. Roman (42379)
Schüsse aus der Steinzeit. Roman (41445)
Der Wind des Bösen. Roman (42758)

TONY HILLERMAN
Das Labyrinth der Geister

Roman

Aus dem Amerikanischen
von Friedrich A. Hofschuster

GOLDMANN

Ungekürzte Ausgabe

Titel der Originalausgabe: Listening Woman
Originalverlag: Harper & Row, Publishers, New York

Umwelthinweis:
Alle bedruckten Materialien dieses Taschenbuches
sind chlorfrei und umweltschonend.
Das Papier enthält Recycling-Anteile.

Der Goldmann Verlag
ist ein Unternehmen der Verlagsgruppe Bertelsmann

Genehmigte Taschenbuchausgabe 2/97
Copyright © 1978 der Originalausgabe bei Anthony C. Hillerman
Alle Rechte an der Übertragung ins Deutsche
bei Rowohlt Taschenbuch-Verlag GmbH, Reinbek bei Hamburg
Umschlagentwurf: Design Team, München
Satz: DTP-Service Apel, Hannover
Druck: Elsnerdruck, Berlin
Verlagsnummer: 43362
Redaktion: Jutta Schwarz
MV · Herstellung: Sebastian Strohmaier
Made in Germany
ISBN 3-442-43362-2

1 3 5 7 9 10 8 6 4 2

1 Der Südwestwind ließ sich von den San Francisco Peaks ein paar heftige Böen und Wirbel mitgeben, er heulte über die Leere des Moenkopi-Plateaus und verursachte tausend seltsame Geräusche in den Fenstern der alten Hopi-Dörfer in Shongopovi und auf der Second Mesa. Zweihundert unbewohnte Meilen weiter im Nordosten bearbeitete er die Steinskulpturen des Monument Valleys im Naturpark der Navajo-Indianer wie ein Sandgebläse und pfiff weiter im Osten über das Gewirr von Canyons an der Grenze zwischen Utah und Arizona. Über der trockenen Weite der Nokaito Bench erfüllte er den klaren blauen Himmel mit zischendem Rauschen. Beim Hogan von Hosteen Tso, um 15.17 Uhr, frischte er auf, bildete starke Wirbel und schließlich einen Staubteufel, der die Wagenspur überquerte, mit dröhnendem Brausen über den alten Dodge-Lieferwagen von Margaret Cigaret hinwegfegte und dicht an der Buschlaube von Tso vorbeiraste. Die drei Menschen in der Laube duckten sich, um sich so vor dem hochgewirbelten Staub zu schützen. Tso bedeckte die Augen mit beiden Händen und beugte sich in seinem Schaukelstuhl nach vorn, wobei ihn der Sand auf den nackten Schultern stach. Anna Atcitty drehte dem Sturm den Rücken zu und legte die Hände auf ihr Haar, denn wenn das hier vorbei war und sie Margaret Cigaret wieder nach Hause gebracht hatte, würde sie sich mit dem neuen, jungen Gehilfen von der Handelsstation Short Mountain treffen. Und Mrs. Margaret Cigaret, die auch Blind Eyes und Listening Woman hieß, warf ihren Schal über die magischen Utensilien, die auf dem Tisch in der Laube lagen. Dabei drückte sie die Enden des Schals gegen die Tischkante, damit nichts davonfliegen konnte. »Verdammter, dreckiger Wind«, sagte sie. »Verdammter Hurenwind.«

»Das sind die Blue Flint-Boys; die haben ihn geärgert«, erklärte Hosteen Tso mit seiner zittrigen Altmännerstimme. Er wischte sich die Augen mit den Handrücken und schaute dem Staubwirbel nach. »Das hat mir mein Vater gesagt. Die Blue Flint-Boys ärgern den Wind, wenn sie ihre Spielchen treiben.«

Listening Woman legte sich den Schal wieder um die Schultern, tastete behutsam nach der Sammlung von Fläschchen, Bürsten und Fetischen auf dem Tisch, fand ein durchsichtiges Plastikfläschchen aus der Apotheke und schraubte es auf.

»Denkt nicht daran, was die Blue Flint-Boys tun«, sagte sie. »Denkt lieber an das, was wir tun. Denk daran, wie du dieses Leiden in deinen Körper bekommen hast.« Sie schüttete eine Prise gelber Maispollen aus dem Fläschchen und richtete ihre blinden Augen auf die Stelle, wo das Mädchen stand. »Paß jetzt auf, Tochter meiner Schwester. Wir werden diesen Mann mit den Pollen segnen. Weißt du noch, wie wir das machen?«

»Du singst das Lied des Talking God«, sagte Anna Atcitty. »Das Lied über den aus dem Wasser Geborenen und den Töter des Ungeheuers.« Sie war ein hübsches Mädchen, vielleicht sechzehn Jahre alt. Auf ihr T-Shirt waren die Wörter GANADO HIGH SCHOOL und TIGER PEP gedruckt.

Listening Woman streute die Pollen behutsam über die Schultern von Hosteen Tso und sang dazu leise in der melodischen Navajosprache. Die linke Gesichtshälfte des alten Mannes war vom Unterkiefer bis zum Haaransatz blauschwarz bemalt. Ein blauschwarzer Fleck bedeckte den mageren Brustkorb über dem Herzen, und weiter oben wölbte sich die bunte Figur des Regenbogenmannes über Tsos Brust, von der einen Brustwarze zur anderen, gemalt von Anna Atcitty in den Ritualfarben Blau, Gelb, Grün und Grau. Er hatte seinen mageren Körper gerade aufgerichtet, wie er in dem Schaukelstuhl saß; sein Gesicht war gezeichnet von Krankheit, Geduld und unterdrückten Schmerzen. Der Gesang von Listening Woman wurde plötzlich lauter. »In Schönheit sei es vollendet«, sang sie. »In Schönheit sei es vollendet.«

»Okay«, sagte sie nach einer Weile. »Jetzt gehe ich und lausche nach der Erde, damit sie mir sagt, was dich krank macht.« Sie tastete wieder auf dem Tisch herum, sammelte die Fetische und Amulette ein, die zu ihrer Berufsausübung gehörten, und suchte dann ihren Spazierstock. Margaret Cigaret mußte früher einmal schön gewesen sein: eine große Frau, bekleidet mit dem traditionellen, weiten Rock und der blauen Seidenbluse ihres Volkes. Sie steckte die letzten Fläschchen in ihre schwarze Plastikhandtasche, ließ sie zuschnappen und richtete dann ihre blicklosen Augen auf Tso. »Überleg jetzt noch einmal gut, bevor ich gehe. Wenn du träumst, dann träumst du von deinem Sohn, der tot ist, und von dem Ort, den du die bemalte Höhle nennst – ist das richtig? Gibt es keine Hexer in deinem Traum?« Sie hielt inne, um Tso für seine Antwort Zeit zu lassen.

»Nein«, sagte er. »Keine Hexen oder Skinwalker.«

»Keine Hunde? Keine Wölfe? Nichts von den Navajo-Wölfen?«

»Nichts von Hexen«, sagte Tso. »Ich träume von der Höhle.«

»Warst du vielleicht bei den Huren drüben in Flagstaff? Oder hast du es mit einer von deinem Volk getrieben?«

»Zu alt«, erwiderte Tso und lächelte ein wenig.

»Hast du Holz verbrannt, das von einem Blitz getroffen worden ist?«

»Nein.«

Listening Woman stand mit ernstem Gesicht da und starrte mit ihren blinden Augen an ihm vorbei. »Hör zu, alter Mann«, sagte sie, »du solltest mir mehr davon erzählen, wie diese Sandbilder entweiht worden sind. Wenn du nicht willst, daß die Leute es erfahren, kann Anna hinter den Hogan gehen. Dann weiß es niemand außer dir und mir. Und ich verrate keine Geheimnisse.«

Hosteen Tso lächelte wieder, ein Hauch eines Lächelns. »Aber jetzt weiß es niemand außer mir«, sagte er, »und ich verrate erst recht keine Geheimnisse.«

»Vielleicht kann ich dir dann sagen, warum du krank bist«, gab ihm Listening Woman zu bedenken. »Mir kommt es wie Hexerei vor. *Sandbilder* werden entweiht, hast du gesagt. Wenn es bei einer einzigen Zeremonie mehr als ein Sandbild gibt, hieße das, daß jemand die Zeremonie falsch gemacht hat. Eine falsch ausgeführte Zeremonie würde den Segen ins Gegenteil verkehren. Das wäre dann Hexerei. Wenn du dich mit Navajo-Wölfen herumgetrieben hast, brauchst du eine andere Kur.«

Tsos Gesicht war nun wieder steinern und verschlossen. »Du sollst eines begreifen, Weib: Ich habe vor langer Zeit ein Versprechen gegeben. Es gibt Dinge, über die ich nicht reden darf.«

Das Schweigen dehnte sich, wobei Listening Woman eine Vision betrachten mochte, wie sie die Blinden in ihren Köpfen haben, während Hosteen Tso hinausstarrte über das Hochplateau und Anna Atcitty mit ausdruckslosem Gesicht auf das Ergebnis dieser Geduldsprobe wartete.

»Ich habe vergessen, dir etwas zu sagen«, begann Tso zuletzt. »An dem Tag, als die Sandbilder entweiht wurden, habe ich einen Frosch getötet.«

Listening Woman schaute ihn erschreckt an. »Wie?« fragte sie. Nach der komplizierten Metaphysik der Navajos war der philosophische Begriff, der sich in den Fröschen ausdrückte, ein Begriff des Heiligen Volkes. Wenn man die Tiere oder Insekten tötete, die solche heiligen Begriffe repräsentierten, verstieß man gegen ein elementares Tabu, und die Folge davon waren angeblich Krankheiten, die den Menschen zum Krüppel machten.

»Ich bin zwischen den Felsen geklettert«, sagte Tso. »Ein größerer Felsbrocken ist nach unten gefallen und hat den Frosch zerschmettert.«

»Bevor die Sandbilder entweiht wurden oder danach?«

»Danach«, sagte Tso. Er hielt inne. »Ich werde nicht mehr über die Sandbilder sprechen. Ich habe alles gesagt, was ich sagen kann. Ich habe dieses Versprechen meinem Vater gegeben und dem Vater meines Vaters. Wenn ich eine Geisterkrankheit habe, kommt sie vom Geist meines Urgroßvaters, weil ich dort war, wo sein Geist sein könnte. Mehr kann ich dir wirklich nicht sagen.«

Der Ausdruck, den Listening Woman zeigte, war grimmig. »Warum willst du dein Geld verschwenden, alter Mann?« fragte sie. »Du läßt mich den ganzen weiten Weg hierherkommen, damit ich herausfinde, was für eine Kur du brauchst. Und jetzt willst du mir nicht sagen, was ich wissen muß.«

Tso saß bewegungslos da und schaute geradeaus vor sich hin. Listening Woman wartete und zog die Stirn in Falten.

»Verdammt noch mal!« sagte sie schließlich. »Ich muß einfach etwas darüber wissen. Du glaubst, du bist bei ein paar Hexern gewesen. Allein das Beisammensein mit ihnen kann schon krank machen. Ich muß etwas darüber wissen.«

Tso sagte nichts.

»Wie viele Hexer waren es?«

»Es war dunkel«, sagte Tso. »Vielleicht zwei.«

»Haben sie dir etwas getan? Haben sie etwas auf dich geblasen? Haben sie Leichenpulver auf dich gestreut? Irgendwas in der Art?«

»Nein«, sagte Tso.

»Und warum nicht?« fragte Mrs. Cigaret. »Bist du vielleicht selbst ein Navajo-Wolf? Bist du einer von den Hexern?«

Tso lachte. Es war ein nervöses Lachen. Er warf einen Blick auf Anna Atcitty – einen hilfesuchenden Blick.

»Ich bin kein Skinwalker«, sagte er.

»Es war dunkel«, wiederholte sie spöttisch. »Aber vorhin hast du gesagt, daß es am Tag war. Bist du vielleicht in der Behausung der Hexer gewesen?«

Tsos Verlegenheit verwandelte sich in Zorn.

»Weib«, fuhr er sie an, »ich sagte dir bereits, ich kann nicht verraten, wo es war. Ich habe ein Versprechen gegeben. Wir wollen nicht mehr darüber reden.«

»Großes Geheimnis«, sagte Mrs. Cigaret. Ihr Ton war sarkastisch.

»Jawohl«, bekräftigte Tso. »Es ist ein großes Geheimnis.«

Sie machte eine ungeduldige Geste. »Ach, zum Teufel«, sagte sie. »Es ist dein Geld, das da vergeudet wird, aber ich habe keine Lust, meine Zeit zu vergeuden. Wenn ich nichts höre oder wenn ich mich täusche, liegt es daran, daß du mir nicht alles oder nicht genug gesagt hast. Anna wird mich jetzt dahin bringen, wo ich die Stimme der Erde hören kann. Laß das Bild auf deiner Brust so, wie es ist. Wenn ich zurückkomme, werden wir ja sehen, ob ich dir sagen kann, was für einen Gesang du brauchst.«

»Warte.« Tso zögerte. »Eines noch. Weißt du, wie man einen Brief an jemanden schickt, der auf der Jesus-Straße geht?«

Listening Woman runzelte wieder die Stirn. »Du meinst, der aus dem Großen Reservat weggegangen ist? Frag den alten Mann McGinnis. Er wird ihn für dich abschicken.«

»Ich habe ihn gefragt. McGinnis weiß nicht, wie man es macht«, erklärte Tso. »Er sagt, man muß den Ort daraufschreiben, an den der Brief geschickt werden soll.«

Listening Woman lachte. »Na klar«, sagte sie. »Die Adresse. Wie Gallup, oder Flagstaff, oder wo sie leben, und auch noch den Namen der Straße, in der sie wohnen, solche Dinge. Wem willst du denn schreiben?«

»Meinem Enkel«, sagte Tso. »Ich möchte, daß er herkommt. Aber ich weiß nur, daß er mit den Jesus-Leuten gegangen ist.«

»Ich habe keine Ahnung, wie du ihm ohne Adresse einen Brief schicken kannst«, erwiderte Listening Woman. Sie hatte ihren Spazierstock gefunden. »Mach dir deshalb keine Sorgen. Jemand anders kann dir einen Sänger besorgen, und auch alles andere.«

»Aber ich muß ihm etwas sagen«, erklärte Hosteen Tso. »Ich muß ihm etwas sagen, bevor ich sterbe. Unbedingt.«

»Ich weiß nicht . . .« Listening Woman wandte sich ab und tastete mit ihrem Stock nach dem Stützpfeiler in der Mitte der Laube, um sich die Richtung einzuprägen. »Komm jetzt, Anna. Bring mich an den Ort, wo ich lauschen kann.«

Listening Woman fühlte die Kühle der Felsklippe, bevor der Schatten ihr Gesicht berührte. Sie hatte sich von Anna zu einer Stelle führen lassen, wo die Erosion eine nach oben offene, sandbedeckte Ausbuchtung im Gestein gebildet hatte. Dann schickte sie das Mädchen weg; es sollte zurückkommen, wenn sie nach ihm rief. Anna war in mancherlei Beziehung gelehrig, eine gute Schülerin, in anderen eine schlechte. Aber wenn sie erst einmal nicht mehr so verrückt nach den jungen Burschen war, würde sie eine gute »Lauscherin« werden können. Die Nichte von Listening Woman hatte wie ihre Tante die seltene Gabe, die Stimmen im Wind zu hören und die Visionen zu empfangen, die aus der Erde kamen. Es war ein Talent, das in der Familie lag – eine Gabe, mit der es einem gelang, die Ursachen der Krankheiten weiszusagen. Der Onkel ihrer Mutter war ein ›Hand-Zitterer‹ gewesen, und er war in den ganzen Short Mountains für die Diagnose der Blitzkrankheit berühmt. Und Listening Woman selbst war, wie sie sehr wohl wußte, in diesem Teil des Großen Reservats weit und breit bekannt. Eines Tages würde auch Anna so bekannt sein.

Jetzt ließ sich Listening Woman auf den Sand nieder, drapierte dann ihren Rock rings um den Körper und lehnte die Stirn gegen den Stein. Er war kühl und rauh. Erst stellte sie fest, daß sie an das dachte, was ihr der alte Mann Tso gesagt hatte, und versuchte, daraus seine Krankheit zu diagnostizieren. Es war etwas an diesem Tso, das sie beunruhigte, mehr noch, das sie sehr traurig machte. Dann reinigte sie ihre Gedanken von alledem und dachte nur an den frühen Abendhimmel und an das Licht eines einzelnen Sterns. Sie ließ den Stern in ihren Gedanken größer werden und erinnerte sich daran, wie er ausgesehen hatte, bevor die Blindheit über sie gekommen war.

Eine Windbö pfiff durch die verkrüppelten Pinien an der Mündung dieser Ausbuchtung in der Felswand. Sie bewegte den Rock von Listening Woman, so daß einer ihrer blauen Tennisschuhe zu sehen war. Listening Woman atmete jetzt tief und regelmäßig. Der Schatten der Klippe bewegte sich Zentimeter für Zentimeter über den sandigen Fleck. Listening Woman stöhnte, stöhnte noch einmal, murmelte etwas Unverständliches und verfiel dann in tiefes Schweigen.

Irgendwo weiter unten krächzte ein halbes Dutzend Raben und erhob sich erschreckt in die Luft. Der Wind frischte kurz auf, dann starb er fast ganz ab. Eine Eidechse kam aus einer kleinen Höhle im Felsen, richtete ihre kalten, unbewegten Augen starr auf die Frau und lief dann schnell zu ihrem Nachmittags-Jagdplatz unter einem Haufen Büschelgras. Gleich danach erreichte ein Geräusch, das teils vom Wind, teils von der Entfernung gedämpft wurde, den sandbedeckten, geschützten Platz. Eine Frau, die schrie. Ein Schrei, der sich erst erhob, dann senkte – ein Schluchzen. Anschließend war es wieder still. Die Eidechse fing eine Bremse. Listening Woman atmete weiter.

Der Schatten der Klippe hatte sich fünfzig Meter bergab bewegt, als sich Listening Woman steif aus dem Sand hochstemmte und auf die Beine kam. Sie blieb einen Moment lang stehen, den Kopf gesenkt, beide Hände gegen das Gesicht gepreßt und noch halb versunken in die Entrücktheit der Trance. Es war, als wäre sie hineingegangen in den Felsen und durch ihn in die Schwarze Welt ganz am Beginn der Zeiten, als es nur das Heilige Volk gab und als das, was später einmal die Navajos werden sollten, noch nichts als Nebel war. Schließlich hatte sie die Stimme gehört und sich in der Vierten Welt wiedergefunden. Sie hatte hinuntergeschaut in das Loch des Felsens und Hosteen Tso gesehen in dem, was vermutlich Tsos bemalte Höhle war. Ein alter Mann hatte in einem Schaukelstuhl gesessen und geschaukelt, und dabei hatte er das Haar mit Bändern geflochten. Erst war es Tso gewesen, aber als der Mann dann zu ihr hochschaute, hatte sie gesehen, daß das Gesicht des Mannes tot war. Rings um den Schaukelstuhl erhob sich die Schwärze ...

Listening Woman rieb sich die Augen mit den Knöcheln, schüttelte den Kopf und rief nach Anna. Sie wußte, was die Diagnose sein würde. Hosteen Tso brauchte ein Lied des Wegs der Berge und ein Schwarzer-Regen-Lied. In der bemalten Höhle war ein Hexer gewesen, zusammen mit Tso, und der alte Mann war mit irgendeiner Geisterkrankheit infiziert worden. Das bedeutete, daß er sich einen Sänger suchen mußte, der den Weg der Berge und den Schwarzen Regen singen konnte. Sie wußte es – aber zugleich war ihr klar, daß es zu spät sein würde. Wieder schüttelte sie den Kopf.

»Mädchen«, rief sie, »ich bin jetzt soweit.«

Was würde sie Tso sagen? Mit der verstärkten Hörfähigkeit der Blinden lauschte sie auf Anna Atcittys Schritte und hörte nichts als den sanften Wind.

»Mädchen!« brüllte sie. »Mädchen!« Als sie immer noch nichts hörte, tastete sie sich am Felsen entlang und fand ihren Stock. Sollte sie Tso von der Dunkelheit berichten, die sie um ihn gesehen hatte, als die Stimme zu ihr sprach? Sollte sie von den Schreien der Geister berichten, die sie im Inneren des Felsens gehört hatte? Sollte sie ihm sagen, daß er bald sterben würde?

Die Füße von Listening Woman fanden den Pfad. Sie rief wieder nach Anna, dann brüllte sie nach dem alten Mann Tso, er solle herkommen und sie führen. Wartete wieder und hörte nichts als die Bewegung der Luft. Jetzt tastete sie sich vorsichtig den Schafspfad entlang und brummte wütend vor sich hin. Ihre Stockspitze warnte sie vor einem Kaktus, half ihr, einer Senke auszuweichen und gleich danach einem Felsvorsprung. Sie tippte damit gegen einen Haufen toten Büschelgrases und berührte den kleinen Finger der ausgestreckten, linken Hand von Anna Atcitty. Die Handfläche war nach oben gerichtet, der Wind hatte etwas Sand hineingeweht, und selbst für die gefühlvolle Berührung von Listening Woman war der Finger nur ein Zweig oder ein Stückchen Holz. Und so tastete sie sich weiter, rief immer wieder und brummte zwischendurch unwillig vor sich hin, bis sie hinunterkam zu der Stelle, wo der Leichnam von Hosteen Tso ausgestreckt neben dem umgekippten Schaukelstuhl lag. Noch immer hatte er die Zeichnung des Regenbogenmannes auf der Brust.

2 Der Lautsprecher des Funkgeräts knackte und grollte und sagte dann: »Tuba City.«

»Einheit neun«, antwortete Joe Leaphorn. »Habt ihr was für mich?«

»Einen Moment, Joe.« Die Stimme, die aus dem Lautsprecher kam, klang angenehm feminin.

Der junge Mann, der auf der Beifahrerseite des Geländewagens der Navajo-Polizei saß, schaute durch das Fenster hinaus auf den Sonnenuntergang. Die letzten Strahlen ließen die rauhen Umrisse der San Francisco Peaks am Horizont deutlich hervortreten, färbten das feine Gespinst hoher Wolken leuchtend rosa, wurden auf die darunterliegende Wüstenlandschaft reflektiert und auf das Gesicht des Mannes. Ein flaches, mongoloides Gesicht mit feinen Linien um die Augen, die ihm einen etwas spöttisch-boshaften Ausdruck verliehen. Er hatte einen schwarzen Stetson aus Filz auf dem Kopf und trug dazu eine Jeansjacke und ein Cowboyhemd im Rodeostil. An seinem linken Armgelenk war eine Timex für 12.95 $ mit schwerem Metallarmband, und dieses linke Armgelenk war mit der Standardausführung von Polizeihandschellen an das rechte gefesselt. Er schaute Leaphorn kurz an, begegnete dessen Blick und nickte in Richtung auf den Sonnenuntergang.

»Ja«, sagte Leaphorn. »Hab ich schon gesehen.«

Das Funkgerät fing wieder zu knacken an. »Also dann, es geht los, Joe«, sagte die Frauenstimme. »Der Captain hat gefragt, ob Sie den Begay-Jungen haben. Er meinte, Sie sollten ihn nicht wieder entwischen lassen.«

»Jawohl, Ma'am«, sagte jetzt der junge Mann. »Sie können dem Captain sagen, daß der Begay-Junge festgenommen ist.«

»Ich hab ihn hier«, bestätigte Leaphorn.

»Und sagen Sie ihr, daß ich diesmal die Zelle mit dem Fenster haben möchte«, fügte der Junge hinzu.

»Begay sagt, er möchte die Zelle mit dem Fenster«, gab Leaphorn durch.

»Und mit dem Wasserbett«, sagte Begay.

»Und der Captain möchte mit Ihnen sprechen, wenn Sie hier sind«, kam es aus dem Lautsprecher.

»Worüber?«

»Das hat er nicht gesagt.«

»Aber ich wette, Sie wissen es.«

Der Lautsprecher schepperte vor Lachen. »Na ja«, sagte die Stimme. »Window Rock hat angerufen und den Captain gefragt, warum Sie nicht drüben sind und bei den Pfadfindern aushelfen. Wann können Sie hier in Tuba City sein?«

»Wir sind auf der Navajo-Route 1 westlich von Tsegi«, sagte Leaphorn. »In etwa einer Stunde dürften wir es schaffen.« Er schaltete den Sendeknopf am Gerät aus.

»Was ist das für eine Sache mit den Pfadfindern?« fragte Begay.

Leaphorn stöhnte. »In Window Rock hatte man die grandiose Idee, die Boy Scouts of America zu einer Art überregionalem Feldlager im Canyon de Chelly einzuladen. Die Jungs fallen ein wie ein Schwarm Heuschrecken, aus dem ganzen Westen. Und natürlich soll sich der Hüter des Gesetzes darum kümmern, daß sich niemand verläuft oder von einer Klippe fällt.«

»Na ja«, sagte Begay. »Dafür werdet ihr ja auch bezahlt.«

Weit links, an die zehn Meilen das dunkle Klethla Valley hinauf, glitt eine Nadelspitze von Licht über die Route 1 auf sie zu. Begay hielt in der Bewunderung des Sonnenuntergangs inne und beobachtete das Licht. Dann pfiff er durch die Zähne. »Da kommt ein schneller Indianer.«

»Ja.« Leaphorn ließ den Geländewagen den Hügel hinunterrollen, auf den Highway zu, und schaltete die Scheinwerfer ab.

»Das ist hinterlistig«, sagte Begay.

»Aber es schont die Batterie«, erwiderte Leaphorn.

»Genauso hinterlistig, wie Sie mich geschnappt haben«, fügte Begay hinzu. In seinen Worten lag kein Groll. »Parkt auf der anderen Seite des Hügels und kommt dann einfach auf den Hogan zu, so daß kein Mensch ihn für einen Polizisten hält.«

»Ja«, sagte Leaphorn.

»Wieso haben Sie überhaupt gewußt, daß ich bei dem Fest zu finden bin? Haben Sie herausbekommen, daß die Endischees mein Clan sind?«

»Genau«, sagte Leaphorn.

»Und außerdem sind Sie dahintergekommen, daß es ein Kinaalda für dieses Endischee-Mädchen geben würde?«

»Ja«, bestätigte ihm Leaphorn. »Und ich habe damit gerechnet, daß du hinkommst.«

Begay lachte. »Selbst wenn nicht, wäre das immerhin viel besser gewesen als weit und breit herumzurennen und nach mir zu suchen.« Er warf einen Blick auf Leaphorn. »Lernt man so was auf dem College?«

»Ja«, sagte Leaphorn. »Wir haben einen Extrakurs absolvieren müssen: Wie fängt man Begays.«

Der Geländewagen holperte über eine Viehweide und den steilen Hang hinunter zum Straßengraben, dann hinauf zur Straße, wo Leaphorn den Wagen auf dem Randstreifen in Gegenrichtung parkte und auch die Zündung abschaltete. Es war inzwischen fast dunkel geworden; nur am westlichen Horizont war noch der Abglanz der untergegangenen Sonne zu erkennen, und die Venus stand hell im unteren Himmelsviertel. Die Hitze war zusammen mit dem Licht verschwunden; jetzt verbreitete sich die Kühle der Nacht in der dünnen Luft dieses Hochlands. Eine Brise wehte durch die offenen Fenster des Wagens herein und trug das schwache Geräusch von Insekten mit sich und den Ruf eines Ziegenmelkers, der seine nächtliche Jagd begonnen hatte. Die Brise legte sich, und als sie erneut auffrischte, kam mit ihr das hohe Heulen eines Motors und das Dröhnen von Reifen – noch ein paar Meilen entfernt.

»Der Schweinehund kommt ganz schön voran«, sagte Begay. »Hören Sie sich das an.«

Leaphorn lauschte.

»Hundert Stundenmeilen.« Begay kicherte. »Wahrscheinlich sagt er Ihnen, daß sein Tacho kaputt ist.«

Das Licht der Scheinwerfer erreichte den Hügel, kippte dann nach unten und raste die kleine Anhöhe hinauf, die noch zwischen ihnen lag. Leaphorn schaltete den Motor und die Scheinwerfer ein, gleich danach auch die rote Warnblinkleuchte auf dem Dach. Einen Augenblick lang änderte sich nichts an dem sich nähernden Dröhnen. Dann senkte sich die Tonhöhe des Motors abrupt, man hörte das quietschende Geräusch von Gummi auf der Teerdecke der Straße und das Getöse eines herunterschaltenden Wagens. Er fuhr auf den Seitenstreifen und hielt etwa fünfzehn Meter vor dem Wagen der Polizei. Leaphorn nahm sein Notizbrett von der vorderen Ablage und stieg aus.

Zuerst konnte er gar nichts sehen im blendenden Licht der Scheinwerfer. Dann erkannte er den Mercedesstern auf der Motorhaube und dahinter die Windschutzscheibe. Alle zwei Sekunden warf das Blinklicht seinen roten Schein darauf. Leaphorn ging über den Kies des Seitenstreifens auf den Wagen zu und ärgerte sich über die aufgeblendeten Scheinwerfer. In den roten Blitzen seines Blinklichts sah er das Gesicht des Fahrers, der ihn durch eine runde Brille mit Goldrahmen anstarrte. Und dahinter, auf dem Rücksitz, ein anderes Gesicht, ungewöhnlich groß und seltsam geformt.

Der Fahrer lehnte sich aus dem Fenster. »Officer«, brüllte er, »Ihr Wagen rollt zurück.«

Dabei zeigte er ein breites, fröhliches Grinsen der Vorfreude, das jetzt deutlich im roten Blinklicht zu erkennen war. Und hinter dem Grinsenden, vom Rücksitz her, schauten andere Augen nach vorn, schwach zu erkennen, aber irgendwie gierig.

Leaphorn drehte sich herum und wandte sich, geblendet vom grellen Licht, seinem Wagen zu. Sein Verstand sagte ihm, daß er natürlich die Handbremse gezogen hatte und daß der geparkte Wagen nicht auf ihn zurollte. Dann hörte er die Stimme Begays, der ihm eine Warnung zubrüllte. Leaphorn hechtete instinktiv auf den Straßengraben zu, hörte, wie der Motor des anfahrenden Mercedes aufheulte und dann das dumpfe, seltsamerweise schmerzlose Geräusch, als der vordere Kotflügel des Mercedes sein Bein traf und den bereits im Flug befindlichen Körper in das Gebüsch am Straßenrand schleuderte.

Eine Sekunde später versuchte er aufzustehen. Der Mercedes war bereits über den Highway verschwunden, wobei er das durch die Entfernung leiser werdende Heulen heftiger Beschleunigung hinter sich herzog, und Begay war neben dem Polizeibeamten und half ihm hoch.

»Vorsicht, mein Bein«, sagte Leaphorn. »Laß mich erst sehen, was damit ist.«

Es war taub, aber es trug sein Gewicht. Die Schmerzen, die er fühlte, beschränkten sich weitgehend auf die Hände, die seinen Sturz am Gestrüpp und am trockenen Lehm des Straßengrabens abgebremst hatten – und auf seine Wange, die eine lange, aber nicht allzu tiefe Wunde abbekommen hatte – einen Kratzer nur, der allerdings heftig brannte.

»Der Schweinehund hat versucht, Sie zu überfahren«, erklärte Begay. »Was sagt man dazu?«

Leaphorn humpelte zu seinem Wagen, setzte sich ans Lenkrad und schaltete mit der einen, blutenden Hand das Funkgerät wieder ein und mit der anderen die Zündung. Bis er eine Straßensperre am Red Lake angeordnet hatte, stand die Nadel des Tachometers bereits auf mehr als neunzig Stundenmeilen.

»Ich hab schon immer mal so schnell fahren wollen«, brüllte Begay über das Jaulen der Polizeisirene hinweg. »Hat der Stamm eine Versicherung für Insassen abgeschlossen, falls mir etwas passiert?«

»Nur eine Sterbegeldversicherung«, antwortete Leaphorn.

»Den erwischen Sie nie«, rief Begay. »Haben Sie sich den Wagen angeschaut? Es war der Wagen eines reichen Mannes.«

»Hast du dir vielleicht das Kennzeichen gemerkt? Oder hast du diesen sonderbaren Kerl auf dem Rücksitz gesehen?«

»Das war ein Hund«, sagte Begay. »Ein großer, wild aussehender Hund. An das Kennzeichen hab ich nicht gedacht.«

Der Lautsprecher räusperte sich. Tomas Charley berichtete, daß er eine einspurige Sperre an der Kreuzung Red Lake aufgebaut hatte. Charley fragte in deutlichem Navajo, ob der Mann im grauen Mercedes eine Schußwaffe habe und wie man in diesem Fall vorgehen solle.

»Gehen Sie davon aus, daß er bewaffnet und gefährlich ist«, sagte Leaphorn. »Der Schweinehund hat versucht, mich zu überfahren. Schießen Sie, wenn er die Fahrt nicht verlangsamt, erst einmal auf die Reifen. Aber vorsichtig, damit Ihnen nichts passiert.«

Charley versicherte ihm, er werde aufpassen, und schaltete das Funkgerät ab.

»Ja, sicher, vielleicht hat er eine Schußwaffe«, sagte Begay. Er hielt Leaphorn die gefesselten Hände hin. »Es ist vielleicht doch besser, wenn Sie mir die Dinger abnehmen, für den Fall, daß Sie Hilfe brauchen.«

Leaphorn schaute ihn kurz an, fischte in seiner Tasche nach dem Schlüsselbund und warf ihn auf den Sitz. »Es ist der kleine, glänzende.«

Begay sperrte sich die Handfesseln auf und legte sie dann in das Handschuhfach.

»Warum kannst du bloß das Schafestehlen nicht lassen?« fragte Leaphorn. Er wollte das Bild des Mercedes, der auf ihn zugebraust war, aus seinen Gedanken verscheuchen.

Begay massierte sich die Handgelenke. »Es sind doch nur die Schafe des weißen Mannes. Der merkt gar nicht, daß sie fehlen.«

»Und dann auch noch aus dem Gefängnis ausbrechen! Wenn du das noch mal tust, bist du dran, ist das klar?«

Begay zuckte mit den Schultern. »Ich hab einfach nicht darüber nachgedacht. Außerdem: Das Schlimmste, was einem passieren kann, wenn man aus dem Gefängnis entwischt, ist, daß sie einen wieder hineinstecken.«

»Aber das ist jetzt schon das dritte Mal«, hielt ihm Leaphorn vor. Der Polizeiwagen schlingerte um eine flache Kurve, kam ins Schleudern und fuhr dann wieder geradeaus. Leaphorn drückte das Gaspedal durch.

»Dieser Vogel wollte vermutlich bloß keinen Strafzettel bekommen«, sagte Begay. Er schaute Leaphorn an und grinste. »Oder es macht ihm Spaß, Polizisten zu überfahren. Ich könnte mir vorstellen, daß man es lernen kann, daran Spaß zu haben.«

Sie schafften die letzten zwanzig Meilen bis zur Kreuzung Red Lake in weniger als dreizehn Minuten und hielten so abrupt auf dem Randstreifen neben Charleys Streifenwagen an, daß der Kies spritzte.

»Was ist denn?« brüllte Leaphorn. »Ist er vielleicht vorbeigefahren?«

»Er ist gar nicht hier aufgetaucht«, antwortete Charley. Er war ein untersetzter Mann mit den Streifen des Corporals an den Ärmeln seines Uniformhemds. Jetzt zog er die Augenbrauen hoch. »Er kann aber nirgends abgebogen sein«, sagte er. »Die Abzweigung bei Kayenta liegt mindestens fünfzig Meilen zurück –«

»Er war schon daran vorbei, als ich ihn aufgehalten habe«, unterbrach ihn Leaphorn. »Also muß er doch irgendwo den Highway verlassen haben.«

Begay lachte. »Dieser Hund auf dem Rücksitz. Vielleicht war das ein Navajo-Wolf.«

Leaphorn sagte nichts. Er wendete bereits den Wagen auf dem Highway und machte sich an die Verfolgung.

»Das sind Zauberer, Skinwalker, und die können fliegen, wissen Sie«, sagte Begay. »Ob sie dabei allerdings auch einen so großen Wagen tragen können?«

Es dauerte über eine halbe Stunde, bis sie die Stelle gefunden hatten, wo der Mercedes vom Highway abgebogen war. Es war auf dem nördlichen Randstreifen an einem Hügel: Er hatte die befestigte Straße verlassen und war durch ein dünnes Gestrüpp von Kreosotbüschen gefahren. Leaphorn folgte der Spur, in der einen Hand eine Taschenlampe, in der anderen seinen 38er Revolver. Begay und Charley trotteten hinter ihm her, wobei Begay Leaphorns 30-30er Gewehr bei sich hatte. Etwa fünfzig Meter vom Highway entfernt war der Wagen an einem aus dem Boden ragenden Felsblock aufgekommen. Von da an zeichnete sich sein Weg durch eine breite Ölspur ab; offensichtlich war die Ölwanne aufgerissen worden.

»Wie kann man einen so teuren Wagen so schlecht behandeln«, sagte Begay kopfschüttelnd.

Sie fanden ihn dreißig Meter weiter, in einem flachen Trockenbett, das vom Highway aus nicht zu sehen war. Leaphorn betrachtete ihn erst einen Moment lang im Licht seiner Taschenlampe, dann ging er vorsichtig darauf zu. Die Fahrertür stand offen, der Kofferraum ebenso. Die Vordersitze waren leer, ebenso der Rücksitz. Auf dem Boden lagen die Abfälle einer längeren Fahrt: Kaugummipapier, Wachspapierbecher, die Verpackung eines Hamburgers der Kette ›Lotaburger‹. Leaphorn nahm das Papier, roch daran. Es roch nach Zwiebeln und gebratenem Fleisch. Er ließ es fallen. Die nächste ›Lotaburger‹-Filiale war 175 Meilen weiter im Osten, in New Mexico. Die Sicherheitsprüfungsplakette war im District of Columbia ausgegeben worden. Auf ihr standen der Name Frederick Lynch und eine Adresse in Silver Spring in Maryland. Leaphorn schrieb sie in sein Notizbuch. Der Wagen roch, wie er feststellte, nach Hundeurin.

»Er hat nicht viel zurückgelassen«, sagte Charley. »Aber hier ist ein Maulkorb für einen Hund. Einen großen Hund.«

»Wahrscheinlich ist er zu einem Spaziergang aufgebrochen«, meinte Leaphorn. »Platz dafür gibt's hier mehr als genug.«

»Dreißig Meilen bis zur nächsten Wasserstelle«, sagte Charley. »Wenn man weiß, wo sie ist.«

»Begay«, bat Leaphorn den Viehdieb, »schau mal nach hinten und gib mir die Nummer des Kennzeichens an.«

Während er es sagte, merkte Leaphorn, daß sein verletztes Bein, das jetzt nicht mehr taub war, zu schmerzen begann. Außerdem fiel ihm auf, daß er Begay nicht mehr gesehen hatte, seit sie zu dem Wagen gekommen waren. Leaphorn kletterte etwas mühsam heraus und leuchtete sofort mit seiner starken Taschenlampe die Umgebung ab. Da war Corporal Charley, der noch immer den

Rücksitz inspizierte – und Leaphorns 30-30er lehnte am Chassis des Mercedes. Am Kolben des Gewehrs hing Leaphorns Schlüsselbund.

Leaphorn legte beide Hände um den Mund und brüllte in die Dunkelheit: »Begay, du dreckiger Bastard!« Sicher, Begay war irgendwo draußen, aber er lachte wahrscheinlich zu sehr, um antworten zu können.

3 Die Büroangestellte bei der Außenstelle der Navajo-Stammespolizei in Tuba City war ein wenig rundlich und sehr hübsch. Sie legte einen gelben Aktendeckel und drei dicke, braune Faltordner auf den Schreibtisch des Captains, warf Leaphorn ein Lächeln zu und verschwand rockwirbelnd in ihrem eigenen Büro.

»Sie sind mir bereits eine Gefälligkeit schuldig«, sagte Captain Largo. Er nahm den gelben Aktendeckel, schlug ihn auf und warf einen Blick auf den Inhalt.

»Dann sind es also ingesamt zwei«, erwiderte Leaphorn.

»Vorausgesetzt, daß ich dazu bereit bin«, sagte Largo. »Aber vielleicht bin ich nicht so dumm.«

»Sie tun es«, meinte Leaphorn.

Largo ging nicht darauf ein. »Hier haben wir eine kleine Sache, die erst heute hereingekommen ist«, sagte der Captain und war gleich danach in den Inhalt des Aktendeckels vertieft. »Man soll sich in diskreter Weise nach dem Wohlergehen einer Frau namens Theodora Adams erkundigen, die sich angeblich in der Gegend der Handelsstation Short Mountain herumtreibt. Jemand im Vorsitz des Stammesrates wäre uns sehr verbunden, wenn wir uns ein bißchen umhörten, damit er weitergeben kann, daß alles in Ordnung ist.«

Leaphorn zog die Stirn in Falten. »In Short Mountain? Wer könnte sich dafür –«

Largo unterbrach ihn. »Dort draußen finden anthropologische Untersuchungen statt. Vielleicht hat sie sich mit einem der Anthropologen angefreundet. Wer kann das ahnen? Ich weiß nur so viel, daß ihr Daddy ein Doktor beim Gesundheitsamt ist, und ich glaube, er hat jemanden beim BIA* angerufen, und der hat sich mit jemandem in –«

»Okay«, sagte Leaphorn. »Sie ist also da draußen im Indianerland, ihr Daddy macht sich Sorgen, und wir sollen uns nach ihr umsehen – richtig?«

»Aber diskret«, betonte Largo. »Wenn Sie sich darum kümmern, spart mir das ein wenig Arbeit. Aber es ist höchstwahrscheinlich keine gute Ausrede für Window Rock, wenn Sie dort darum bitten wollen, daß man Sie von der Überwachung dieser Pfadfinder entbindet.« Largo reichte Leaphorn den Aktendeckel und zog sich dann die beiden Mappen her. »Vielleicht gibt es hier drinnen eine bessere«, sagte er. »Sie haben die Wahl.«

»Aber ich hätte gern eine einfache«, sagte Leaphorn.

»Hier haben wir schon etwas: Jemand hat Heroin in einem herrenlosen Autowrack versteckt, bei den Keet Seel-Ruinen«, sagte Largo, als er einen Blick in eine der Akten geworfen hatte. Dann klappte er den Umschlag zu. »Jemand hat es uns verraten, und er hat das Wrack eine Weile beobachtet, aber niemand ist gekommen, um sich das Zeug abzuholen. Das war im vergangenen Winter.«

»Und keine Festnahmen?«

»Nee.« Largo nahm einen anderen, größeren Umschlag und zog ein Bündel Papier und zwei Tonbandkassetten heraus. »Das ist der Mordfall Tso-Atcitty«, sagte er. »Erinnern Sie sich? Es war im letzten Frühjahr.«

»Ja«, sagte Leaphorn. »Danach wollte ich Sie schon fragen. Hat man irgend etwas Neues gehört?«

»Nada«, antwortete Largo. »Nichts. Nicht einmal halbwegs vernünftig klingende Gerüchte. Aber hier und da ist wohl doch

* Bureau of Indian Affairs

darüber geredet worden. Es sei Hexerei im Spiel gewesen. Genau das, was ein Täter in einem solchen Fall in die Welt setzen würde. Im Grunde haben wir gar nichts, wovon wir ausgehen könnten.«

Sie saßen da und dachten darüber nach.

»Und – haben Sie irgendwelche Vermutungen?« fragte Leaphorn.

Largo dachte noch eine Weile nach. »Nein, das hat alles keinen Sinn«, erklärte er zuletzt.

Leaphorn sagte nichts dazu. Natürlich mußte es einen Sinn haben. Einen vernünftigen Grund. Es mußte in ein Muster aus Ursache und Wirkung passen. Leaphorns Ordnungssinn beharrte darauf. Und wenn die Ursache nach normalen menschlichen Begriffen verrückt war, mußte sich Leaphorns Intellekt eben um die Harmonie in der kaleidoskopischen Wirklichkeit eines Verrückten bemühen.

»Glauben Sie, daß das FBI da etwas verpaßt hat?« fragte Leaphorn. »Oder – verpatzt?«

»Das tun sie doch meistens«, antwortete Largo. »So oder so, es ist lange genug her, daß wir uns einmal selbst darum bemühen sollten.« Er schaute Leaphorn scharf an. »Glauben Sie, daß Sie das besser können als Gefangene aufs Revier bringen?«

Leaphorn ignorierte die Anspielung. »Okay«, sagte er. »Teilen Sie in Window Rock mit, daß Sie mich im Fall Tso-Atcitty eingesetzt haben, und ich fahre hinüber zum Handelsposten von Short Mountain und höre mich dort nach dieser Miss Adams um. Und, klar, ich weiß, daß ich Ihnen eine Gefälligkeit schuldig bin.«

»Zwei Gefälligkeiten«, sagte Largo.

»Wofür ist die zweite?«

Largo hatte sich eine Zweischärfenbrille mit dickem Horngestell aufgesetzt und blätterte mit eulenhaftem Ausdruck den Tso-Atcitty-Bericht durch. »Also, Nummer eins: Ich hab kein großes Theater gemacht, weil Sie diesen Begay wieder haben entwischen lassen.« Er warf einen Blick auf Leaphorn. »Und der zweite – ja, da bin ich nicht einmal so sicher, ob es wirklich ein Gefallen ist, den ich Ihnen erweise. Ich lasse mir Ausreden einfallen, um Sie von Window Rock auszuborgen, damit Sie den Kerl jagen können, der versucht hat, Sie zu überfahren. Das ist aber alles andere als klug – ich meine, daß Sie in eigener Sache tätig werden. Wir sollten diesen Kerl suchen, nicht Sie.«

Leaphorn sagte nichts dazu. Irgendwo auf der Rückseite des Gebäudes war ein metallisches Hämmern zu hören, ein Zelleninsasse, der mit einem Gegenstand gegen die Gitterstäbe schlug. Vor den nach Westen gehenden Fenstern von Largos Büro rollte ein alter, grüner Kleinlieferwagen über die Asphaltstraße hinein nach Tuba City und ließ dabei eine dünne, bläuliche Rauchwolke hinter sich. Largo seufzte und steckte die Tso-Atcitty-Papiere und die Tonbänder wieder in den Umschlag.

»Es ist doch nicht so schlecht, einen Haufen Pfadfinder zu bewachen«, meinte Largo dann. »Ein paar Beinbrüche und Schlangenbisse, das ist alles, worum es geht. Vielleicht noch um den einen oder anderen, der sich verlaufen hat.« Er blickte hoch und schaute Leaphorn an; dabei zog er die Stirn in Falten. »Sie haben nicht viel, wovon Sie ausgehen können, wenn Sie diesen Kerl jagen wollen. Sie wissen ja nicht einmal, wie er aussieht. Eine Brille mit Goldrand – du meine Güte! Ich glaube, ich bin der einzige hier, der keine besitzt. Das heißt, eigentlich wissen Sie nur, daß es ein Metallrahmen war. Durch das rote Blinklicht war die Farbe des Metalls vermutlich nicht mit Sicherheit festzustellen.«

»Sie haben recht«, sagte Leaphorn.

»Klar habe ich recht, und trotzdem werden Sie weitermachen«, erwiderte Largo. »Vorausgesetzt, ich finde eine brauchbare Ausrede für Sie.«

Er tippte mit der Fingerspitze auf die letzte Akte, die im dritten Ordner steckte, und wechselte auf diese Weise das Thema. »Da haben wir eine Sache, die immer noch beliebt ist: das Geheimnis des verschwundenen Hubschraubers«, sagte Largo. »Ein Lieblingskind des FBI. Jeden Monat müssen wir einen Bericht dort abgeben, in dem wir unseren Freunden sagen, daß wir den Hubschrauber zwar noch nicht gefunden, aber auch nicht vergessen haben. Und diesmal gibt es einen neuen Augenzeugenbericht, den wir überprüfen müssen.«

Leaphorn runzelte die Stirn. »Ein neuer? Ist es dafür nicht ein bißchen zu spät?«

Largo grinste. »Ach, ich weiß nicht«, sagte er. »Was sind schon ein paar Monate? Mal sehen: Es war Dezember, als wir uns den Arsch abgefroren haben bei der Suche in den Canyons nach dem verdammten Ding. Jetzt ist es August, und jemand kommt nach Short Mountain und erklärt, er habe den Hubschrauber gesehen.« Largo zuckte mit den Schultern. »Neun Monate? Genau die richtige Zeit für einen Navajo von Short Mountain.«

Leaphorn lachte. Die Short Mountain-Navajos waren unter ihren Bruder-Dinees als wenig hilfsbereit, langsam, streitsüchtig, vom Hexenwahn besessen und rückständig bekannt.

»Es gibt drei verschiedene Zeiten.« Largo grinste immer noch. »Die wirkliche Zeit, die Navajozeit und die Short Mountain-Navajozeit.« Das Grinsen verschwand. »Da draußen leben überwiegend die Leute vom Bitterwasserclan, die vom Salzclan und vom Viele-Ziegen-Clan«, sagte er.

Es war nicht als Erklärung gedacht, sondern als Freisprechung der übrigen siebenundfünfzig Navajoclans von diesen Vorwürfen, unter ihnen auch der Clan des Langsamsprechenden Dinees. Dieses Langsamsprechende Dinee war der Clan, in den Howard Largo ›hineingeboren‹ worden war. Auch Leaphorn gehörte zum Langsamsprechenden Dinee. Daher waren er und Largo beinahe so etwas wie Brüder nach dem Navajoweg, und das erklärte, warum Leaphorn seinen Vorgesetzten um einen Gefallen bitten und warum Largo ihn kaum abschlagen konnte.

»Komisches Volk, das«, stimmte Leaphorn zu.

»Es gibt dort auch viele Paiutes«, fügte Largo hinzu. »Und es wird immer wieder hin und her geheiratet.« Largos Gesicht hatte seinen üblichen Ausdruck, eine Mischung aus Abneigung und Niedergeschlagenheit, angenommen. »Es gibt sogar Ehen mit den Utes.«

Durch die staubigen Fenster von Largos Büro hatte Leaphorn die Entstehung eines Gewitterturms über der Tuba Mesa beobachtet. Jetzt drang bereits ferner Donner aus der Wolke, als ob selbst die Heiligen Menschen gegen diese Mischung des Blutes ihrer Dinees mit ihren alten Feinden protestierten.

»Und außerdem hat sich die Frau, die behauptet, den Hubschrauber gesehen zu haben, gar nicht um neun Monate verspätet«, erläuterte Largo. »Sie hat es einem Veterinär gesagt, der dort hinauskam, um ihre Schafe zu behandeln. Das war immerhin im Juni.« Largo hielt inne und zog die Aufzeichnungen in der Akte zu Rate. ». . . Der Tierarzt hat es dem Burschen gesagt, der dort draußen den Schulbus fährt, und der hat es Shorty McGinnis gesagt, etwa Ende Juli. Und vor drei Tagen war Tomas Charley dort und hat es von McGinnis erfahren.« Largo blickte Leaphorn durch seine Bifokalbrille an. »Kennen Sie diesen McGinnis?«

Leaphorn lachte. »Aus der Zeit, als ich noch ein blutiger Anfänger und hier in Tuba City stationiert war. Er war für mich eine Art Ein-Mann-Radarstation, dazu ein Lauschposten und ein Gerüchtesammler. Ich hab immer gedacht, es müßte nicht so schwer sein, ihn bei etwas zu entdecken, was ihm zehn Jahre Knast einbringt. Versucht er immer noch, seine Handelsstation zu verkaufen?«

»Das versucht er nun schon seit vierzig Jahren«, sagte Largo. »Ich glaube, wenn ihm jetzt jemand ein Angebot macht, trifft ihn der Schlag.«

»Und der Bericht dieser Augenzeugin – hilft er uns irgendwie weiter?« fragte Leaphorn.

»Ach was«, antwortete Largo. »Sie hat ihre Schafe aus einem Wasserloch getrieben, und grade als sie rausgekommen ist auf die freie Ebene, hat sie den Hubschrauber gesehen, nur ein paar Meter über dem Boden.« Largo zeigte ungeduldig auf die Akte. »Es steht alles da drinnen. Sie hat es mit der Angst bekommen. Das Pferd hat gescheut und ist durchgegangen, und die Schafe haben sich in alle Richtungen zerstreut. Charley hat erst vorgestern mit ihr darüber gesprochen. Er meint, daß sie immer noch stocksauer ist darüber.«

»War es denn der richtige Hubschrauber?«

Largo zuckte mit den Schultern. »Blaugelb oder schwarzgelb. Daran erinnert sie sich. Und ziemlich groß. Und laut. Vielleicht war er es, vielleicht auch nicht.«

»Und – war es auch der richtige Tag?«

»Es sieht so aus«, sagte Largo. »Sie hat die Schafe heimgetrieben, weil sie am nächsten Tag mit ihrem Mann und dem Rest der Familie zu einem Yeibachi drüben am Spider Rock fahren wollte. Charley hat das überprüft und festgestellt, daß die Zeremonie tatsächlich einen Tag nach dem Banküberfall in Santa Fe stattgefunden hat. Es muß also der richtige Tag gewesen sein.«

»Welche Uhrzeit?«

»Auch die scheint zu stimmen. Es wurde gerade dunkel, hat sie gesagt.«

Sie dachten darüber nach. Von draußen drang wieder das Geräusch entfernten Donners herein.

»Halten Sie es für möglich, daß wir den Hubschrauber übersehen haben?« fragte Largo.

»Möglich ist es auf jeden Fall. Da draußen könnte man ganz Kansas City verstecken. Aber ich glaube es nicht.«

»Ich auch nicht«, sagte Largo. »Man hätte damit irgendwo landen müssen, an einer Stelle, von der aus man weiterkommt. Zum Beispiel in der Nähe einer Straße, um in ein Auto umzusteigen.«

»Genau«, sagte Leaphorn.

»Und wenn sie den Hubschrauber in der Nähe einer Straße zurückgelassen hätten, wäre er inzwischen längst gefunden worden.« Largo nahm ein Päckchen Winston aus seiner Hemdtasche, hielt es Leaphorn hin und zündete sich dann selbst eine Zigarette an. »Die Geschichte ist irgendwie seltsam«, sagte er.

»Ja.« Und das Seltsamste, dachte er, waren die Präzision, mit der dieser Plan ausgedacht und koordiniert worden war, und die Tatsache, daß dabei alles wie am Schnürchen geklappt hatte. Eine derart peinliche Genauigkeit der Planung war bei einer militanten politischen Gruppe eigentlich nicht zu erwarten gewesen – und die Buffalo Society war so militant, wie man sich das nur vorstellen konnte. Sie hatte sich von der amerikanisch-indianischen Bewegung AIM abgespalten, nachdem die Besetzung von Wounded Knee durch die AIM im Sand verlaufen war; dabei hatte sie den seinerzeitigen Leitern der Bewegung Feigheit und Unfähigkeit vorgeworfen. Außerdem hatte sie eine formelle Kriegserklärung gegen die Weißen ausgesprochen. Dem war eine Serie von Bombenanschlägen gefolgt, dazu zwei Entführungen, an die sich Leaphorn erinnerte, und schließlich diese Affäre in Sante Fe. Dort hatte man einen Sicherheitstransporter der Wells Fargo, der aus der First National Bank von Santa Fe gekommen war, durch einen Mann in der Uniform eines Stadtpolizisten über eine der engen Straßen in die Altstadt umgeleitet. Andere Mitglieder der Society hatten gleichzeitig den Verkehr in der Innenstadt durch raffiniert aufgestellte Umleitungsschilder zum Stillstand gebracht. Es hatte zwar ein kurzes Feuergefecht um den gepanzerten Transporter gegeben, bei dem ein Mitglied der Society schwerverwundet zurückgelassen worden war, aber die Bande hatte die Tür des Transporters aufgesprengt und war mit fast 500 000 Dollar entkommen. Der Hubschrauber war auf dem Flugplatz von Santa Fe für einen Charterflug reserviert gewesen. Er hatte mit einem einzigen Passagier an Bord zu dem Zeitpunkt abgehoben, als der Transporter der Wells Fargo die Bank verließ. In dem Durcheinander, das danach entstand, wurde er nicht vermißt, bis später am Abend die Frau des Piloten bei der Chartergesellschaft anrief, weil sie sich Sorgen machte um ihren Mann. Als die Polizei die Sache am nächsten Tag überprüfte, kam sie dahinter, daß man den Hubschrauber gesehen hatte, wie er knapp eine halbe Stunde nach dem Raubüberfall in den Sangre de Cristo-Vorbergen östlich von Santa Fe nach einer Zwischenlandung erneut gestartet war. Er war gesehen und eindeutig identifiziert worden von einem Piloten, der sich wenig später im Anflug auf den Flughafen Los Alamos befunden hatte. Zu diesem Zeitpunkt war der Hubschrauber in niedriger Höhe genau in westliche Richtung geflogen. Er war noch einmal gesehen und so gut wie eindeutig identifiziert worden, als er zur Zeit des Sonnenuntergangs einen Bautrupp der Gas Company of New Mexico überflog, der die Arbeiten an einer Pipeline nordöstlich von Farmington ausführte. Auch diesmal war er niedrig und genau in Richtung Westen geflogen. Außerdem hatte noch der Fahrer eines Greyhound-Busses einen niedrig fliegenden Hubschrauber gesehen, der diesmal nur als schwarz und gelb identifiziert wurde, auf der U.S. 666 nordwestlich von Shiprock. Diese Berichte hatte man ergänzt durch die Feststellung, daß der verschwundene Hubschrauber bei vollem Treibstofftank von Santa Fe in westlicher Richtung höchstens bis in die Mitte des Navajo-Reservats kommen konnte, und das hatte der Navajo-Polizei eine harte und erfolglose Suche beschert, die eine Woche lang dauerte.

Der FBI-Bericht über diese Affäre ergänzte noch, daß der Hubschrauber tags zuvor telefonisch bestellt worden war, im Namen einer ortsansässigen technischen Firma, die ihn schon öfters gechartert hatte, daß ein Passagier aus einem blauen Personenwagen der Marke Ford in den Hubschrauber umgestiegen war, ohne daß ihn sich jemand genauer angesehen hätte, und daß der Ford daraufhin weggefahren sei. Eine Überprüfung brachte zutage, daß die technische Firma den Hubschrauber gar nicht hatte reservieren lassen, und ansonsten gab es nichts, wovon man hätte ausgehen können. Das FBI unterstrich, daß der Hubschrauber zwar höchstwahrscheinlich dazu benützt worden war, um sieben Geldsäcke abzutransportieren, daß diese Verbindung jedoch bei den derzeitigen Ermittlungen nicht mit hundertprozentiger Sicherheit nachzuweisen sei. Wieder hatte sich die Planung als perfekt erwiesen.

»Na schön«, sagte Largo. Er nahm die Brille ab, schaute sie mit gefurchter Stirn an, leckte an einer Stelle des Brillenglases und polierte es rasch mit seinem Taschentuch, ehe er sich die Brille wieder aufsetzte. Dann neigte er das Kinn und schaute Leaphorn durch die obere Hälfte seiner Brille an. »Da haben Sie sie«, sagte er und schob ihm die drei braunen Ordner und den gelben Aktendeckel zu. »Ein alter Heroinfall, ein alter Doppelmord, ein alter Fall eines verschwundenen Hubschraubers und ein neuer Job: die Bewachung jugendlicher Touristen. Suchen Sie sich aus, was Ihnen am besten gefällt.«

»Danke«, sagte Leaphorn.

»Wofür?« fragte Largo. »Weil ich Sie auf lauter solche unangenehmen Dinge hetze, die Ihnen nur Ärger einbringen können? Wissen Sie, was ich denke, Joe? Daß es nicht klug ist, wenn Sie sich persönlich an diesem Kerl rächen wollen. Das paßt nicht zu unserer Arbeit. Warum vergessen Sie es nicht, fahren hinüber nach Window Rock und helfen Ihren Kollegen, sich um die Pfadfinder zu kümmern? Und wir fangen unterdessen für Sie diesen Kerl.«

»Sie haben recht«, sagte Leaphorn. Er überlegte sich, wie er Largo erklären konnte, was er empfand. Würde Largo es verstehen, wenn er ihm beschrieb, wie der Mann gegrinst hatte, als er versuchte, ihn zu töten? Wahrscheinlich nicht, dachte Leaphorn, weil er selbst es ja kaum verstand.

»Ich habe recht«, sagte Largo. »Und Sie lassen sich nicht davon abbringen, was?«

Leaphorn stand auf und trat an eines der Fenster. Die Gewitterwolke trieb nach Osten und zog Regenfahnen hinter sich her, die den durstigen Boden nicht ganz erreichten. Die riesigen, alten Pappeln, die auf beiden Seiten der einzigen gepflasterten Straße von Tuba City standen, sahen staubig und verwelkt aus.

»Es geht nicht nur darum, daß ich eine persönliche Rechnung mit ihm zu begleichen habe«, sagte Leaphorn in Richtung auf das Fenster. »Ich finde, ein Kerl, der lacht, während er versucht, einen Menschen umzubringen, ist gefährlich. Das ist der Hauptgrund, weshalb ich ihn fangen will.«

Largo nickte. »Und der zweite Hauptgrund, der Ihnen genauso wichtig erscheint, ist die Tatsache, daß diese ganze Geschichte für Sie keinen Sinn zu ergeben scheint. Ich kenne Sie, Joe. Sie wollen immer alles ordentlich sortieren, so, daß man es verstehen kann. Sie wollen wissen, warum dieser Kerl seinen Wagen an der Stelle verlassen hat und Richtung Norden zu Fuß weitergegangen ist.«

Largo lächelte und deutete mit einer ausladenden Geste an, daß er seine Bemühungen aufgab, den anderen zur Vernunft zu bringen. »Zum Teufel, Mann: Er hat einfach die Hosen voll gehabt und ist abgehauen. Und er ist auch heute nicht als Anhalter auf einer dieser Straßen aufgetaucht, weil er sich da draußen verlaufen hat. Früher oder später wird er an einem Hogan um einen Schluck Wasser betteln.«

»Vielleicht«, sagte Leaphorn. »Bisher scheint ihn jedenfalls niemand gesehen zu haben. Und seine Spur geht geradeaus in Richtung Norden, so, als ob er gewußt hätte, wohin er gehen mußte.«

»Vielleicht hat er es gewußt«, bestätigte Largo. »Vielleicht sollten Sie es so sehen: Da ist dieser Tourist . . . Wie heißt er noch, der Besitzer des Mercedes? Also schön, dieser Frederick Lynch hält an einer Kneipe in Farmington, und einer der Short Mountain-Leute kommt aus der Kneipe, sieht den teuren Wagen, der davor parkt, und fährt damit weg. Als Sie ihn aufhalten, läßt er die Karre einfach stehen und geht zu Fuß nach Hause.«

»Ja, so kann es natürlich auch gewesen sein«, sagte Leaphorn.

Beim Hinausgehen stieß er fast mit der rundlichen Sekretärin zusammen, die hereinkam. Sie hatte zwei Telexausdrucke der Arizona State Police bei sich, eines aus Washington und eines aus Silver Spring in Maryland. Frederick Lynch wohnte an der auf dem Aufkleber in seinem Wagen angegebenen Adresse und war der Polizei in Silver Spring bisher nicht unangenehm aufgefallen. Die einzige Notiz, die es über ihn gab, war die Klage eines Nachbarn darüber, daß er gefährliche Hunde halte. Er war derzeit nicht zu Hause und zuletzt vor sieben Tagen von einem Nachbarn gesehen worden. Das andere Telex war eine negative Auskunft der Meldestelle für gestohlene Wagen. Wenn der Mercedes dieses Frederick Lynch in Maryland, New Mexico oder anderswo gestohlen worden war, so hatte Lynch das jedenfalls bisher nicht gemeldet.

4 Es ist gleich aussichtslos, ob ein Mann oder tausend Männer die Wildnis der steinigen Erosionsgebiete durchkämmen, die sich entlang der Grenze von Utah und Arizona südlich des Rainbow-Plateaus erstrecken. Lieutenant Joe Leaphorn unternahm erst gar nicht den Versuch. Statt dessen traf er sich mit Corporal Emerson Bisti. Corporal Bisti war in Kaibito Wash geboren und hatte seine Jugendzeit bei den Herden seiner Mutter in diesem einsamen, wilden Land verbracht. Seit dem Ende des Koreakrieges patrouillierte er dort als Stammespolizist der Navajos, und es gab wohl keinen, der sich besser auskannte als er. Bisti schaute sich Leaphorns Landkarte genau an und markierte dann alle Stellen, wo Wasser zu finden war. Es gab nicht viele davon. Danach befaßte sich Bisti noch einmal mit der Karte und strich die Wasserstellen durch, die nach der Frühlingsflut ausgetrocknet waren oder die nur ein paar Wochen nach einem Wolkenbruch Wasser führten. Zuletzt blieben insgesamt elf übrig. Zwei befanden sich in der Nähe von Handelsposten: Navajo Springs und Short Mountain. Eine war in Tsai Skizzi Rock, eine andere war vom Stammesrat ausgebaut worden, um das Zilnez Chapter House mit Wasser zu versorgen. Ein Fremder konnte sich diesen Orten nicht unbemerkt nähern, und Captain Largos Polizeistreifen hatten sich bereits bei allen umgehört.

Bis zum späten Nachmittag hatte Leaphorn die restlichen sieben Möglichkeiten auf vier reduziert. Bei den ersten drei Wasserstellen hatte er eine Vielfalt von Spuren entdeckt: Schafe, Pferde, Menschen, Hunde, Kojoten und Reptilien, die sich hier in der unwirtlichen Wüste trafen. Die Spur des Mannes, der den Mercedes stehengelassen hatte, war nicht unter ihnen, und es gab auch keine Pfotenabdrücke von Hunden, die groß genug gewesen wären, daß sie zu denen paßten, die Leaphorn in der Umgebung des Mercedes gefunden hatte.

Selbst mit Bistis Markierung auf der Landkarte hätte Leaphorn beinahe das nächste Wasserloch übersehen. Die ersten drei waren leicht zu finden gewesen, markiert entweder durch Tierspuren, die sternförmig davon ausgingen, oder von den Pappeln, die sie tränkten, in einer Landschaft, die ansonsten zu trocken war für irgend etwas Grünes. Aber Bistis kleines Kreuzchen hatte die vierte in einer spurenlosen Welt aus rotem Chinle-Sandstein vermerkt.

Die lange nicht mehr benützte Wagenspur, die zu dieser Quelle führte, war leicht zu entdecken gewesen. Leaphorn war ihr die sieben Komma acht Meilen genau nach Bistis Anweisung gefolgt und hatte den Wagen bei einem mächtigen Schieferblock geparkt, der aus dem Wüstenboden zutage trat, wie Bisti es beschrieben hatte. Dann war er zwei Meilen in ostnordöstlicher Richtung gegangen, auf eine rötliche Spitzkuppe zu, die nach der Beschreibung Bistis die Wasserstelle überragte. Aber schon nach der Hälfte der Strecke war er umgeben gewesen von rötlichen Felsen ohne eine Spur von Wasser oder den Hinweis auf Vegetation. Er hatte in immer weiteren, konzentrischen Kreisen gesucht, war auf Sandsteinwälle geklettert, hatte Steinbrüche umrundet und war umgeben gewesen von einer Landschaft, deren Farben aus verschiedenen Schattierungen von Rosa und Rot bestanden. Schließlich hatte er eine der oben abgeflachten Zinnen erklettert und sich dort niedergelassen. Von dort aus überblickte er die Umgebung unter sich mit seinem Fernglas und sah sich nach einer Spur von Grün um oder nach einer geologischen Unregelmäßigkeit, die auf eine Quelle hinweisen konnte. Da er auf den ersten Blick nichts Entsprechendes fand, wartete er erst einmal. Bisti war schon als kleiner Junge in dieser Gegend gewesen; er irrte sich bestimmt nicht, was die Wasserstellen betraf. Doch das Oberflächenwasser in dieser Wüste war ein Magnet für alles Lebendige: Mit der Zeit mußte die Natur sich selbst verraten. Leaphorn würde warten und nachdenken. Er war gut im einen wie im anderen.

Die Gewitterwolke, die vormittags einen Regenschauer für die Tuba Mesa versprochen hatte, war nach Osten über die Gemalte Wüste gedriftet und hatte sich aufgelöst, ohne ihr Versprechen zu erfüllen. Jetzt war ein anderer, größerer Gewitterturm im Norden hoch aufgeschossen in den Himmel, über den Vorbergen des Navajo Mountain in Utah. Auf der Unterseite war er blauschwarz. Das wies darauf hin, daß zumindest auf einem kleinen Gebiet der Vorberge der ersehnte, gesegnete Regen fallen würde. Weit im Südosten, blau und verschwommen in der Ferne, war ein weiterer Gewitterturm über den Chuskas an der Grenze zwischen Arizona und New Mexico aufgestiegen. Es gab auch noch einige vielversprechende Wolken im Süden, die über das Hopi-Reservat trieben. Die Hopis hatten am vergangenen Sonntag einen Regentanz abgehalten und die Wolken – ihre Ahnen – dabei angerufen, ihrem Land den Segen des Wassers zu schenken. Vielleicht hatten die *kachinas* die Bitte ihrer Hopi-Enkel erfüllt, vielleicht auch nicht. Der Gedanke, daß sich die Natur den Bedürfnissen der Menschen fügen sollte, gehörte nicht zu den Vorstellungen der Navajos. Die Navajos versuchten vielmehr, sich selbst den Gegebenheiten der Natur anzupassen und in Harmonie mit dem Universum zu leben. Wenn die Natur ihnen den Regen versagte, versuchten die Navajos, das Schema dieses Phänomens zu ergründen – genau wie er selbst bei allem, was ihm begegnete, das Schema zu ergründen versuchte –, um seine Schönheit zu entdecken und mit ihr in Harmonie zu leben.

Jetzt forschte Leaphorn nach einem Schema im Verhalten eines Mannes, der lieber versuchte, einen Polizisten zu töten, als ein Strafmandat wegen zu schnellen Fahrens zu bekommen. Was waren das für Umstände, in die eine derartige Tat paßte? Leaphorn saß da, bewegungslos wie der Stein unter ihm, und überlegte sich eine Variation von Captain Largos Theorie. Der Mann mit der Goldrandbrille war nicht Frederick Lynch. Er war ein Navajo, der Lynch getötet und ihm den Wagen weggenommen hatte, ein Indianer, der danach in einem ihm vertrauten Gebiet Schutz und Deckung gesucht hatte. Ein toter Lynch konnte nicht den Diebstahl seines Wagens melden. Das würde auch erklären, warum sich der Mann mit der Goldrandbrille so direkt und voller Selbstvertrauen in die Wüste gewagt hatte. Wie Largo es gesagt hatte: Er war ja auf dem

Nachhauseweg. Er hatte nicht bei einem der näheren Wasserlöcher Halt gemacht, sei es, weil er eine Flasche Wasser im Wagen gehabt hatte, oder weil er lieber vierundzwanzig Stunden ohne Wasser auskommen wollte, als irgendein Risiko einzugehen und zuletzt doch noch aufgespürt zu werden.

Leaphorn überlegte sich alternative Theorien, fand aber keine, die ihm sinnvoll erschienen, und kehrte zu der ersten zurück. Schön, der Mann mit der Goldrandbrille war also ein Navajo – aber was war dann mit dem Hund? Warum nahm ein Navajo-Autodieb den Hund seines Opfers mit? Und warum hatte ein Hund, der immerhin gefährlich genug war, daß er einen Maulkorb brauchte, einem Fremden gestattet, daß dieser den Wagen seines Herrn stahl? Warum würde der Navajo den Hund mitnehmen trotz des Risikos, von ihm gebissen zu werden? Oder, noch unerklärbarer, warum war der Hund diesem Fremden gefolgt?

Leaphorn seufzte. Vorläufig konnte keine dieser Fragen beantwortet werden. Alles in dieser Affäre stellte sich gegen den ihm angeborenen Ordnungssinn. Er überlegte sich eine Theorie, daß der Mann mit der Goldrandbrille Lynch sei, kam aber nicht weiter damit. Ein Ohrlerchenpaar flog an ihm vorbei und über eine große Sandsteinkuppe nicht weit von der hoch aufragenden Wand der Mesa. Die Vögel kehrten nicht zurück. Eine halbe Stunde später verschwand eine kleine Gruppe wilder Tauben in derselben Gegend und blieb für mindestens fünf Minuten weg. Leaphorn hatte diese Stelle schon zuvor beobachtet – neben einigen anderen –, da er einen jungen Cooper-Habicht bei seiner Patrouille innehalten und am Rand der Mesa darüber kreisen gesehen hatte. Jetzt kletterte er vorsichtig von seinem Hochsitz nach unten. Die Vögel hatten ihm die Wasserstelle gewiesen.

Die Quelle befand sich am Fuß einer kleinen Anhöhe, dort, wo der Sandstein an eine härtere Steinformation grenzte. In den Jahrtausenden hatte der Wind in dieser schmalen Spalte der Landschaft einen Boden aus Staub und Sand zusammengetragen, der einer verkümmerten Zedernzypresse, einem Büschel Moskitogras und etwas windzerzaustem Präriegras Nahrung und Halt verschaffte. Leaphorn war zuvor keine hundert Meter von der Stelle entfernt vorbeigekommen, ohne sie zu entdecken, und hatte eine Schafspur übersehen, die direkt hinführte, weil er ausgerechnet an der Stelle, wo er das Wasserloch umkreiste, auf nackten Sandstein gekommen war. Jetzt hockte er sich auf die Hacken und schaute, was ihm der Sand sagen konnte. Überall waren Spuren, alte und neue. Unter den neuen fand er die Paarzeherabdrücke einer kleinen Herde von Ziegen und Schafen, die Pfotenspuren von Hunden – es waren mindestens drei verschiedene Abdrücke – und die Abdrücke derselben Stiefel, in denen sich der Mann mit der Goldrandbrille von seinem Mercedes entfernt hatte. Leaphorn überprüfte einen stehengebliebenen Sandrand vom Profil der Stiefelsohlen in der Nähe des Wassers, berührte ihn, prüfte die Feuchtigkeit, setzte die Wetterbedingungen in Beziehung dazu und die feuchte Kühle dieser schattigen Stelle. Der Mann mit der Goldrandbrille mußte vor wenigen Stunden hiergewesen sein, wahrscheinlich nicht lange vor Mittag, und der Hund war noch bei ihm. Seine Pfotenspuren, die fast grotesk groß waren für einen Hund, konnte man überall sehen. Die anderen Hunde waren etwa zur gleichen Zeit hiergewesen. Leaphorn betrachtete den Sandboden und studierte einen Eindruck, der von einem etwa fünfzig mal zwanzig Zentimeter großen, rechteckigen Gegenstand verursacht worden war. Der Gegenstand war entweder ziemlich schwer, oder er war auf feuchtem Sand abgestellt worden. Leaphorn fand noch eine zweite Stelle, wesentlich undeutlicher und schwerer zu erkennen, wo ein gewisser Druck den Sand geglättet hatte. Er betrachtete auch diesen aus verschiedenen Blickwinkeln und hielt dabei das Gesicht dicht über den Sand. Zuletzt kam er zu dem Ergebnis, daß der Mann mit der Goldrandbrille hier einen Rucksack abgestellt haben mußte. Nicht weit von der Stelle, wo der Rucksack gestanden hatte, hob Leaphorn ein rundes, verklebtes Sandkügelchen auf. Er zerdrückte es zwischen Daumen und Zeigefinger, und es wurde klebrig und rot. Ein trocknendes Blutströpfchen. Er säuberte sich die Finger mit

Sand und ging auf den Wall des Wasserbeckens zu. Dann schaute er hinunter. Auf der gegenüberliegenden Seite der kleinen Pfütze war ein Sandstreifen auffallend glatt; hier hatte jemand die vielfachen Spuren verwischt.

Leaphorn hatte sich nicht überlegt, was er dort finden würde. Er grub einfach mit den Händen im Sand und schaufelte ihn zur Seite. Keine dreißig Zentimeter unter der Oberfläche stießen seine Finger auf Haar.

Das Haar war weiß. Leaphorn hockte sich wieder auf die Hacken und gönnte sich einen Moment Zeit, um die Überraschung auf sich wirken zu lassen. Dann stocherte er mit einem Finger nach dem Haar und stieß auf ein Hundeohr, und als er daran zog, wurde der Kopf eines großen Hundes frei. Leaphorn zog den Leichnam des Tieres aus seinem flachen Grab. Dabei sah er den Vorderlauf eines zweiten Hundes. Er legte die beiden Tiere nebeneinander in die Nähe des Wassers, schöpfte mit seinem Filzhut Wasser aus dem Teich und spülte damit den Sand von den Tierkörpern. Dann begann er mit einer sorgfältigen Überprüfung. Es war ein großer, braunweißer Bastardrüde und eine etwas kleinere, schwarze Hündin. Die Hündin hatte Bißwunden am Rücken und am Hals, war aber offensichtlich an Genickbruch gestorben. Beim Rüden dagegen war die Kehle aufgerissen.

Leaphorn setzte den nassen Stetson wieder auf, rückte ihn nach hinten und schaute dann hinunter auf die beiden Tiere. Er stand dort lange genug, um die Kühle seines Schweißes am Hals zu spüren, den Ruf einer Ohrlerche irgendwo zwischen den Felsen zu hören und die Stimme einer frühen Eule von oben, von der Mesa. Dann kletterte er rasch aus dem dunkler werdenden Becken und ging mit großen Schritten zurück zu der Stelle, wo er seinen Wagen geparkt hatte.

Die San Francisco Peaks bildeten dunkelblaue Höcker vor dem gelb schimmernden Horizont. Die Wolke über dem Navajo Mountain war inzwischen leuchtendrosa, und die Sandsteinwüste, durch die Leaphorn marschierte, war in diesem schräg einfallenden

Licht zu einem Universum aus Zinnobertönen geworden. Normalerweise wäre Leaphorn geradezu betrunken gewesen von dieser dramatischen Schönheit und tief gerührt. Jetzt nahm er sie kaum zur Kenntnis. Er mußte an andere Dinge denken.

Er dachte an einen Mann namens Frederick Lynch, der auf direktem Weg über dreißig Meilen felsigen Landes und tief eingeschnittene, trockene Canyons zu einer verborgenen Wasserstelle gegangen war. Nachdem Leaphorn diese Möglichkeit als unglaubwürdig abgetan hatte, richteten sich seine Gedanken auf Herdenhunde und die Art, wie sie arbeiteten und kämpften, ein gutgeübtes Team. Er dachte an Lynch, der mit seinem Hund an die Wasserstelle gekommen war und die Herde vorgefunden hatte mit den beiden Hunden, welche die Schafe bewachten. Er versuchte, sich den Kampf vorzustellen: Der Rüde, der wahrscheinlich einen vorgetäuschten Angriff versuchte, während die Hündin das Opfer von der Flanke her angriff. Nachdem es auf diese Weise abgelenkt war, versuchte der Rüde, ihm die Kehle aufzureißen. Leaphorn hatte schon viele solcher Kämpfe zwischen Hunden erlebt. Aber er hatte nie erlebt, daß dem angegriffenen Hund, wie wild er auch sein mochte, etwas anderes als ein Rückzug unter Geheul übriggeblieben wäre. Was wäre geschehen, wenn der Schafhirte – vermutlich ein Kind – zu seinen Hunden zurückgekommen wäre? Und was würde dieser Schafhirte morgen denken, wenn er hierherkam und seine toten Helfer vorfand? Kein Hirte würde glauben, daß seine zwei Hunde von einem einzigen Tier hätten getötet werden können. Aber er konnte glauben, daß ein Hexer sie getötet hatte, ohne das Vertrauen in seine Tiere zu verlieren. Einem Werwolf war nicht einmal ein ganzes Rudel von Hunden gewachsen. Es gab nichts, was einen Hexer aufhalten konnte.

Leaphorn verscheuchte diese unproduktiven Gedanken und konzentrierte sich statt dessen darauf, daß der Mann mit der Goldrandbrille weniger vor seiner Affäre mit der Navajopolizei davonrannte, als daß er sich beeilte, irgendwo hinzukommen. Aber was wollte er dort, wo wollte er hin? Und warum? Leaphorn zeichnete eine gedachte Linie auf einer gedachten Landkarte von der Stelle, wo Lynch den Wagen stehengelassen hatte, bis zu dem Wasserloch. Dann führte er die Linie weiter nach Norden. Sie erstreckte sich zwischen dem Navajo Mountain und dem Short Mountain direkt in die Nokaito Bench und weiter in die Steinwüste des Glen Canyon-Landes und zum Lake Powell-Stausee. Sie lief, wie sich Leaphorn klarmachte, nicht weit von dem Hogan auf der Nokaito Bench vorbei, wo vor einigen Monaten ein alter Mann namens Hosteen Tso und ein junges Mädchen namens Anna Atcitty getötet worden waren. Leaphorn ging den gewundenen Weg durch die Landschaft aus Sandstein, und seine Gestalt in der Khakiuniform wirkte zwergenhaft vor den riesigen Felsbrocken, leuchtete jetzt rot im sterbenden Licht. Er überlegte sich, warum diese beiden Menschen gestorben waren. Als er sein Fahrzeug erreicht hatte, entschloß er sich, gleich morgen zum Handelsposten Short Mountain zu fahren. Und noch an diesem Abend wollte er sich mit der Tso-Atcitty-Akte beschäftigen und versuchen, auf diese Frage eine Antwort zu finden.

An diesem Abend beschäftigte sich Leaphorn in Tuba City eingehend mit den drei Berichten, die ihm Largo gegeben hatte. Die Heroinaffäre erforderte die wenigsten Gedanken. Ein kleines Plastikpäckchen Heroin, unverschnitten und im Straßenhandel etwa fünftausend Dollar wert, war mit Klebeband hinter dem Armaturenbrett eines Autowracks befestigt, das seit Jahren etwa sieben Meilen von den Keet Seel-Ruinen vor sich hinrostete. Der Fund war das Ergebnis eines anonymen Anrufs gewesen, der im Hauptquartier der Stammespolizei in Window Rock eingegangen war. Als Anrufer hatte man nur eine Frauenstimme ausmachen können. Die Polizei hatte das Heroin aus dem Wagen entfernt und das Päckchen mit weißem Puderzucker gefüllt, ehe sie es wieder unter dem Armaturenbrett des Wagens anbrachte. Dann wurde das Versteck beobachtet, eine Woche lang rund um die Uhr und einen weiteren Monat lang in regelmäßigen Abständen. Aber niemand war gekommen, niemand hatte das Plastikpäckchen entfernt oder auch nur berührt. Das war freilich leicht zu erklären. Vermutlich hatte der Käufer oder der Verkäufer die Falle geahnt, und das Versteck und sein Inhalt waren einfach als Verlust abgeschrieben worden. Gerade weil man sich die Sache leicht erklären konnte, interessierte sie Lieutenant Joe Leaphorn nur wenig.

Der Fall des verschwundenen Hubschraubers war da schon eine größere Herausforderung. Die ersten Berichte über die Sichtungen waren ihm bekannt gewesen, ebenso die Landkarte, auf der man die einzelnen Beobachtungsorte mit einer Linie verbunden hatte, um den Flug des Helikopters zu rekonstruieren; Leaphorn hatte sie schon seinerzeit studiert, als man das Suchkommando ausgeschickt hatte. Die Linie verlief im wilden Zickzack über die Karte. Bezeichnenderweise hatte sich der Hubschrauber vorwiegend über offenem Land bewegt, war dabei Orten wie Aztec, Farmington und Shiprock in New Mexico ausgewichen und hatte sich, als er ins Innere des Großen Reservats gekommen war, auch von Handelsposten und Wasserstellen, wo er von den Menschen gesehen werden konnte, ferngehalten.

Man kannte eine eindeutige und klare Flugstrecke nördlich von Teec Nos Pos, danach wurde die Linie undeutlicher und skizzenhafter. Neben den meisten Sichtungspunkten waren von da an Fragezeichen angebracht. Leaphorn blätterte die neueren Berichte von Sichtungen durch, die sich in den Monaten gesammelt hatten, nachdem die Jagd bereits abgeblasen worden war. In den ersten zwei Monaten danach hatte jemand die Karte noch auf dem neuesten Stand gehalten und die Linie entsprechend den neuesten Berichten verändert. Aber dann hatte man diese unergiebigen Nachforschungen offenbar zu den Akten gelegt. Leaphorn nahm seinen Kugelschreiber heraus und verbrachte ein paar Minuten damit, die Karte auf den gegenwärtigen Erkenntnisstand zu bringen, was allerdings die bereits vorhandene Linie ohne Abschweifungen bestätigte. Immer noch wurde sie hundert Meilen östlich des Short Mountain unsicher, vielleicht, weil der Hubschrauber gelandet war, vielleicht auch, weil es in diesen leeren Landschaften niemanden gab, der ihn hätte sehen können. Leaphorn legte den Kugelschreiber weg und überlegte. Fast vierzig Männer hatten damals den Hubschrauber gejagt, hatten die Wildnis um den Navajo Mountain und den Short Mountain kreuz und quer durchsucht, jeden, dessen sie habhaft werden konnten, gefragt und absolut nichts gefunden.

Die Sichtungen hatte man seinerzeit in drei Kategorien eingeteilt: ›definitiv bis wahrscheinlich‹, ›möglich bis zweifelhaft‹ und ›unwahrscheinlich‹. Das Geschwätz über Geister und Hexerei befand sich in der Gruppe ›unwahrscheinlich‹. Leaphorn befaßte sich jetzt mit dieser Kategorie.

Eine Sichtung stammte von einem zwölfjährigen Mädchen, das sich beeilt hatte, vor Einbruch der Dunkelheit nach Hause zu kommen. Es berichtete von einem Geräusch und einem Licht am Abendhimmel. Das Geräusch der Geister, die im Wind schrien. Und ein schwarzes Ungeheuer, das sich in der Luft bewegte. Das Mädchen war schreiend zum Hogan seiner Mutter gerannt. Außer ihm hatte niemand etwas gehört. Der untersuchende Beamte hielt die Information für nicht brauchbar. Leaphorn sah nach, wo das Mädchen die Beobachtung gemacht zu haben schien. Die Stelle befand sich fast dreißig Meilen südlich ihrer Linie.

Die nächste Beobachtung stammte von einem alten Mann, der ebenso wie das Mädchen in seinen Hogan gerannt war, um den Geistern zu entkommen, die in der sich senkenden Dunkelheit herausgekommen waren. Er hatte ein regelmäßiges Donnern am Himmel vernommen und einen fliegenden Wolf gesehen, der sich schwarz vor dem schwachen Abendrot auf einer steinernen Wand der Mesa abzeichnete. Auch diese Beobachtung war südlich der wildesten Zickzackbewegungen der Linie gemacht worden.

Die anderen waren ähnlich. Eine alte Frau, die gerade Holz hackte, erschrak über ein Geräusch und eine Bewegung in der Luft, und als sie in ihren Hogan kroch, wiederholte sich das Geräusch viermal in die vier symbolischen Richtungen; ein Schuljunge von den Dinnehotso hatte seine Verwandten besucht und einen Kojoten auf einer Klippe in der Nähe des südlichen Ufers des Lake Powell beobachtet. Er berichtete, daß der Kojote auf einmal verschwunden sei, und Augenblicke später habe er ein Rauschen von Flügeln gehört und etwas wie einen dunklen Vogel gesehen, der sich auf die Wasserfläche senkte und eintauchte wie eine Ente, die nach einem Fisch taucht. Und schließlich hatte ein junger Mann einen riesigen schwarzen Vogel über den Highway nördlich von Mexican Water fliegen sehen, der sich, als er an ihm vorbeikam, in einen Lastwagen verwandelte und dann weiterflog, bis er im Westen verschwand. Dieser Bericht, den ein Beamter der Straßenwacht von Arizona aufgenommen hatte, wies am Rand die Bemerkung: ›Subjekt angeblich zum Zeitpunkt der Beobachtung betrunken‹ auf.

Leaphorn markierte jede einzelne Sichtung auf der Karte mit einem kleinen Kreis. Der fliegende Lastwagen war der eigentlichen Linie nahe genug, daß er in das Schema paßte, und der tauchende Kojote-Vogel paßte ebenfalls, wenn man die Linie vierzig Meilen nach Westen und von dort aus scharf nach Norden verlängerte.

Leaphorn gähnte und steckte die Landkarte wieder in die Akte. Wahrscheinlich war der Hubschrauber irgendwo gelandet, hatte bei einem dort wartenden Lastwagen aufgetankt und war im Schutz der Nacht zu einem Versteck geflogen, das weit genug vom Suchbereich entfernt war.

Als er die Tso-Atcitty-Akte aus dem Umschlag nahm, spürte er fast so etwas wie Vorfreude. Dieser Fall entzog sich, wie er sich erinnerte, allen logischen Folgerungen.

Er las die unkomplizierten Tatsachen rasch noch einmal durch. Eine Nichte von Hosteen Tso hatte Mrs. Margaret Cigaret, eine Lauscherin von beträchtlichem Ruf im Land des Rainbow-Plateaus, zu dem alten Mann gebracht; sie sollte herausfinden, woran er erkrankt war. Mrs. Cigaret war blind. Sie war von Anna Atcitty, einer Tochter von Mrs. Cigarets Schwester, zum Hogan von Tso gefahren worden. Man hatte die üblichen Befragungen durchgeführt; dann hatte Mrs. Cigaret den Hogan verlassen, um draußen bei den Felsen in Trance zu kommen und zu lauschen. Während sie in Trance war, tötete jemand Tso und die Atcitty durch Schläge auf die Köpfe mit einem harten Gegenstand; dabei dürfte es sich um ein Metallrohr oder einen Gewehrkolben gehandelt haben. Mrs. Cigaret hatte nichts gehört. Soweit man das feststellen konnte, war den beiden Opfern nichts gestohlen und auch der Hogan nicht geplündert worden. Ein FBI-Beamter namens Jim Feeney aus Flagstaff hatte mit Hilfe eines BIA-Beamten und zwei von Largos Leuten an dem Fall gearbeitet. Leaphorn kannte Feeney und hielt ihn für wesentlich schlauer als die durchschnittlichen FBI-Agenten. Er kannte auch einen von Largos Männern; auch er war ein ungewöhnlich schlauer Bursche. Die Untersuchung wurde genauso durchgeführt, wie Leaphorn es gemacht hätte: Man suchte in erster Linie nach einem Motiv. Das Vier-Mann-Team hatte angenommen, genau wie Leaphorn angenommen hätte, daß der Mörder zum Hogan von Tso gekommen war, ohne zu wissen, daß sich die beiden Frauen dort aufhielten, daß er das Mädchen Atcitty nur getötet hatte, um eine Belastungszeugin zu eliminieren, und daß Mrs. Cigaret am Leben geblieben war, weil sie während des Überfalls auf die beiden nicht am Hogan gewesen war. Also hatte sich das Team bemüht, jemanden zu finden, der einen Grund hatte, Hosteen Tso umzubringen, hatte Nachbarn und Bekannte verhört, Gerüchte überprüft und so gut wie alles über den alten Mann in Erfahrung gebracht, außer einem Motiv für seinen Tod.

Nachdem sich so alle Hinweise auf Tso erschöpft hatten, war das Team darangegangen, die Theorie zu revidieren, und suchte nun nach dem Mörder von Anna Atcitty. Dabei gelang es ihm, das recht typische Leben eines Teenagers im Reservat zu enthüllen, mit Freunden und Freundinnen auf der High School in Tuba City, einem Kreis von Kusinen und zwei oder drei näheren Freunden daheim – alles keine wirklich ernstzunehmenden Affären. Es gab keinen Hinweis auf eine Beziehung, die so intensiv gewesen wäre, daß sie Liebe oder Haß entfacht geschweige ein Motiv für den Mord geliefert hätte.

Der letzte Bericht schloß eine Abhandlung über Hexengerüchte ein. Drei der Verhörten waren davon überzeugt, daß Tso das Opfer einer Hexe oder eines Hexers sein müsse, und es gab auch einige Spekulationen darüber, daß der Alte selbst ein Skinwalker hätte sein können. Angesichts dessen, daß diese Gegend des Reservats für seine Rückständigkeit und seinen Aberglauben berüchtigt war, entsprachen die Geschichten über Hexerei etwa dem, was Leaphorn erwartet hatte.

Leaphorn schloß die Akte und steckte sie wieder in ihren Umschlag, zusammen mit dem Tonband, welches die Aussage von Margaret Cigaret beim FBI enthielt. Er ließ sich zurücksinken in seinen Sessel, massierte sich die Augen mit den Handrücken und versuchte, sich zu vergegenwärtigen, was beim Hogan von Tso geschehen sein mußte. Wer es auch war, er hatte vorgehabt, den Alten zu töten, denn das Mädchen hätte er leichter irgendwo anders erwischt. Was aber war die Ursache dafür, daß der Alte getötet worden war? Darauf schien es keine Antwort zu geben. Leaphorn entschloß sich, gleich am nächsten Morgen ein Kassettengerät auszuborgen und sich anzuhören, was Margaret Cigaret bei dem Verhör gesagt hatte. Erst danach wollte er zur Handelsstation Short Mountain fahren. Vielleicht warf das, was Listening Woman für die Ursache von Hosteen Tsos Krankheit hielt, ein Licht auf das, was ihn getötet hatte ...

5 Die Stimme von Listening Woman begleitete Joe Leaphorn auf der Fahrt über die Navajo-Route 1 nach Osten von Tuba City bis zur Abzweigung Cow Springs und danach, eine holperige Meile nach der anderen, die Straße hinauf zum Short Mountain. Die Stimme kam aus dem Kassettenrecorder, der auf dem Sitz neben ihm lag: die Worte zögernd, dann plötzlich hastig herausgesprudelt, manchmal stotternd und manchmal sich selbst wiederholend. Leaphorn hörte zu, die Augen aufmerksam nach vorn auf die steinige Straße gerichtet, während sich seine Gedanken auf die Worte konzentrierten, die aus dem Lautsprecher kamen. Hier und da verlangsamte er die Fahrt, hielt das Band an, ließ es ein Stück zurücklaufen und wiederholte eine Passage. Einen Abschnitt spulte er sogar zweimal zurück und hörte die gelangweilte Stimme von Feeney, der die Frau fragte:

»Hat Tso Ihnen sonst noch etwas gesagt? Hat er über jemanden gesprochen, der ihm böse ist, der einen Groll hat auf ihn? Irgend etwas in der Art?«

Und dann die Stimme von Listening Woman: »Er hat gedacht, es könnte der Geist seines Urgroßvaters sein. Das kommt daher . . .« Mrs. Cigarets Stimme verstummte, als sie nach englischen Wörtern suchte, welche geeignet waren, die metaphysischen Begriffe der Navajos zu erklären. »Das kommt daher, weil Hosteen Tso ein Versprechen abgegeben hat . . .«

»Seinem Urgroßvater? Das muß aber eine Weile her sein.« Feeneys Stimme klang nicht gerade begeistert.

»Ich glaube, es war etwas, was immer vom ältesten Sohn an den ältesten Sohn weitergegeben wurde«, erklärte Mrs. Cigaret. »Also hat Hosteen Tso das Versprechen seinem Vater gegeben, und der hat es seinem Vater gegeben, und –«

»Okay«, unterbrach Feeney. »Und was war das für ein Versprechen?«

»Es geht dabei um ein bestimmtes Geheimnis«, sagte Mrs. Cigaret. »Etwas, das er sicher bewahren sollte.«

»Nämlich?«

»Es ist ein Geheimnis«, wiederholte Mrs. Cigaret. »Natürlich hat er es mir nicht gesagt.« Ihr Ton drückte aus, daß sie niemals so vermessen gewesen wäre, danach zu fragen.

»Hat er von irgendwelchen Drohungen gesprochen, die er erhalten hat? Gab es zwischen ihm und irgend jemandem Streit? Hat er –«

Leaphorn schnitt eine Grimasse und drückte auf die Vorlauftaste. Warum hatte Feeney nicht in dieser Richtung weitergefragt? Vermutlich, weil der FBI-Beamte im Verlauf einer Morduntersuchung keine Zeit vergeuden wollte mit Geschichten über die Geister von Urgroßvätern. Aber andererseits war es klar, zumindest für Leaphorn, daß Mrs. Cigaret die Sache durchaus für erwähnenswert hielt. Das Band lief quakend nach vorne, wobei man auch im Schnellauf erkennen konnte, daß es um Fragen und Antworten ging, die sich mit dem Verhältnis von Tso zu seinen Nachbarn und seinen Verwandten befaßten. Leaphorn hielt das Band an einem Punkt kurz vor dem Ende des Verhörs an. Dann drückte er auf die Wiedergabetaste.

». . . daß es ihm oft in der Brust sehr weh tut«, sagte Mrs. Cigaret gerade. »Und manchmal auch auf der Seite. Auch seine Augen haben ihm weh getan, das heißt, der Schmerz war eigentlich im Kopf, hinter den Augen. Es hat angefangen weh zu tun, nachdem er herausgefunden hatte, daß jemand einige Sandbilder gefunden hatte und daraufgetreten war, direkt auf den Maiskäfer, den Talking God, das Gilaungeheuer und das Wasserungeheuer. Und am selben Tag ist er geklettert, hat einen Felsblock losgelöst, und der hat einen Frosch erschlagen. Und der Frosch war der Grund, weshalb seine Augen —«

Feeneys Stimme unterbrach ihre Schilderung. »Aber sind Sie sicher, daß er nichts gesagt hat von jemandem, der ihm etwas antun wollte? Sind Sie sicher? Hat er nicht vielleicht irgendeine Hexe oder einen Hexer dort draußen dafür verantwortlich gemacht?«

»Nein«, sagte Mrs. Cigaret. Zögerte sie dabei nicht ein wenig? Leaphorn ließ die Stelle noch einmal durchlaufen. Ja. Sie zögerte.

»Okay«, sagte Feeney. »Hat er noch irgend etwas erwähnt, bevor Sie weggingen zu dieser Klippe?«

»Ich erinnere mich an nichts mehr«, antwortete Mrs. Cigaret. »Ja, ich habe ihm gesagt, er soll sich von jemandem nach Gallup bringen und sich dort die Brust röntgen lassen, weil er vielleicht ja auch eine von den Krankheiten haben könnte, die die Weißen heilen. Er meinte, er würde von jemandem seinem Enkel schreiben lassen; der würde sich dann um alles kümmern, und dann habe ich gesagt, ich gehe jetzt raus und werde lauschen und vielleicht herausfinden, warum seine Augen so schmerzen und was sonst noch mit ihm nicht in Ordnung ist, und –«

Hier unterbrach wieder die Stimme von Feeney, und sie klang eine Spur ungeduldiger. »Hat er darüber gesprochen, daß ihm jemand etwas stehlen will? Über einen Streit mit Verwandten oder –«

Leaphorn schaltete das Gerät ab, steuerte den Wagen um einen ausgewaschenen Felsblock herum und dann über die steile Serpentinenstraße, die hinunterführte in den Maki Canyon. Er bedauerte es zutiefst, wie schon zuvor, daß Feeney Mrs. Cigaret immer wieder so schnell unterbrochen hatte. Was für ein Versprechen hatte Hosteen Tso seinem Vater gemacht? Er sollte sich um ein Geheimnis kümmern, sollte es bewahren, hatte Mrs. Cigaret gesagt. Er sollte etwas sicher bewahren, ja. Tso hatte ihr das Geheimnis nicht verraten, aber vielleicht hatte er ihr mehr darüber gesagt, als Mrs. Cigaret bei dem Gespräch mit Feeney berichten durfte. Und die Sandbilder? Plural, mehr als eines? Leaphorn hatte sich diese Stelle immer und immer wieder angehört, und es bestand kein Zweifel, sie hatte deutlich gesagt: ›Jemand hatte einige Sandbilder gefunden und war daraufgetreten.‹ Aber bei einer Heilungszeremonie gab es jeweils nur ein einziges Sandbild. Der Sänger präparierte den Boden des Hogans mit einem Untergrund von feinem Sand, dann schuf er seine geheiligten Bilder mit verschiedenfarbigen Sanden und legte den Patienten darauf, führte dann die Rituale und Gesänge durch, und anschließend zerstörte er das Bild, er wischte es aus, damit der Zauber daraus entfernt wurde. Doch sie hatte ›einige Sandbilder‹ gesagt. Außerdem kam ihm die Liste der heiligen Gestalten, die dabei entweiht worden waren, sehr sonderbar vor. Sandbilder stellten stets Ereignisse aus der mythischen Geschichte des Navajovolkes dar. Leaphorn konnte sich kein Ereignis denken, das sowohl das Gilaungeheuer als auch das Wasserungeheuer vereinigte. Das Wasserungeheuer kam nur ein einziges Mal in der Mythologie der Dinees vor: Es ließ die Flut kommen, welche die Dritte Welt zerstörte, nachdem der Kojote die Babies gestohlen hatte. Weder das Gilaungeheuer noch der Talking God hatten eine Rolle in dieser Episode. Leaphorn schüttelte den Kopf und wünschte sich, daß er anstelle von Feeney die Befragung der Listening Woman durchgeführt hätte. Doch schon während er es dachte, wurde ihm bewußt, daß das unfair war gegenüber dem FBI-Mann. Feeney konnte keinen Grund erkennen, wie man die Unregelmäßigkeiten bei einem Heilungsgesang mit kaltblütigem Mord in Verbindung bringen konnte. Außerdem hatte Feeney damals nicht wissen können, daß alle logischeren Verfahren, sich dem Fall zu nähern, scheitern würden. Als Leaphorn seinen Geländewagen auf den Fleck nackter, festgebackener Erde steuerte, der als Hof des Handelspostens von Short Mountain diente, war er zu der Erkenntnis gekommen, daß seine Faszination über die Ungereimtheiten in der Geschichte von Mrs. Cigaret mehr mit seinem zwanghaften Bedürfnis zusammenhing, das Unerklärte erklären zu wollen, als mit der Untersuchung des Mordfalls. Dennoch würde er mit Mrs. Cigaret sprechen und ihr die Fragen stellen, die Feeney ihr begreiflicherweise nicht gestellt hatte. Er würde von ihr erfahren wollen, an welcher Heilungszeremonie Hosteen Tso vor seinem Tod teilgenommen hatte, wer die Sandbilder entweiht hatte und was sonst noch dabei geschehen war.

Er parkte neben einem rostigen General Motors-Lastwagen und blieb noch einen Moment sitzen, wobei er sich umschaute. Das Zu-Verkaufen-Schild, das seit langem zu den festen Bestandteilen der vorderen Veranda gehörte, war noch da. Ein mitternachtsblauer Stingray, der gar nicht in die Umgebung paßte, stand zwischen den Schafställen; er war vorne aufgebockt. Davor parkten zwei Kleinlieferwagen und ein alternder Plymouth. Im Schatten der Veranda hockte eine weißhaarige Matrone auf einem Ballen Schafsfelle und sprach mit einem fetten Mann in mittleren Jahren, der mit verschränkten Beinen im Schneidersitz auf dem Steinboden neben ihr saß. Leaphorn wußte genau, worüber sie sprachen. Es ging um den Navajo-Stammespolizisten, der da gerade vorgefahren war, sie spekulierten, wer Leaphorn sein mochte und was er hier in Short Mountain zu suchen hatte. Die alte Frau sagte etwas zu dem Mann, der daraufhin lachte, ein Blitzen weißer Zähne in einem dunklen, beschatteten Gesicht. Sicher hatten sie gerade einen Scherz gemacht über Leaphorn. Er lächelte und brachte seine rasche Überprüfung der Umgebung des Handelspostens zu Ende. Es war alles so wie in seiner Erinnerung. Eine Ansammlung müder, alter Bauten, die sich auf einem schattenlosen Fleck ausgelaugter Erde am Rand des Short Mountain-Schwemmlands zusammendrängten und von der Spätnachmittagssonne gebacken wurden. Leaphorn fragte sich, warum ausgerechnet dieser ungastliche Platz als Handelsstation ausgewählt worden war. Die Legende überlieferte, daß der Mormone, der den Posten 1910 gegründet hatte, sich diesen Platz ausgesucht hatte, weil er weit von jeder Konkurrenz entfernt war. Er war freilich auch weit von den Kunden entfernt. Das Short Mountain-Schwemmland durchzog eine der unwirtlichsten und ödesten Landschaften der westlichen Hemisphäre. Der Legende nach war der Mormone, der über zwanzig schwere Jahre lang hier ausgehalten hatte, in eine Auseinandersetzung über Vielweiberei verwickelt worden. Danach hatte er seine beiden Frauen packen lassen und war mit ihnen nach Mexico in eine Dissidentenkolonie gezogen. McGinnis, damals jung und noch relativ dumm, war der neue Besitzer geworden. Er hatte sehr bald seinen Fehler erkannt. Es hieß, er habe schon dreißig Tage nach dem Erwerb des Handelspostens das Schild DIESER BESITZ IST ZU VERKAUFEN – NACHFRAGEN IM HAUS auf die Veranda gehängt, und es dekorierte sie nun schon seit mehr als vierzig Jahren. Doch wenn jemand John McGinnis tatsächlich übers Ohr gehauen hatte – in der Folklore des Reservats wurde jedenfalls nicht darüber gesprochen.

Leaphorn kletterte aus seinem Geländewagen und überlegte sich die Fragen, die er McGinnis stellen wollte. Der Händler würde nicht nur wissen, wo Mrs. Cigaret wohnte, sondern auch, wo sie in dieser Woche zu finden war – ein wichtiger Unterschied bei Leuten, die den Schafherden folgten. Außerdem würde McGinnis wissen, ob man etwas Neues über den verschwundenen Hubschrauber gehört hatte oder über die Zuverlässigkeit derer, welche die früheren Berichte erstattet hatten, denn McGinnis wußte alles über das Leben und die Geschicke des verarmten Clans, der diesen leeren und unwirtlichen Teil des Rainbow-Plateaus besetzt hatte. Er würde auch wissen, warum diese Theodora Adams hier war. Und vor allem würde er wissen, ob hier in der Gegend ein Fremder mit einer Goldrandbrille gesichtet worden war.

In diesem Moment ging die Fliegengittertür auf, und John McGinnis kam heraus. Er blieb einen Moment stehen, blinzelte Leaphorn im harten, hellen Licht an, ein untersetzter, gebückter, weißhaariger Mann in einem neuen Overall, der ihm um mehrere Nummern zu groß war. Dann hockte er sich auf den Boden zwischen der alten Frau und dem Mann. Alles, was er sagte, rief gackerndes Gelächter bei der Frau und glucksendes Lachen bei dem Mann hervor. Wieder war er selbst Gegenstand des Lachens, dachte Leaphorn. Er hatte nichts dagegen. McGinnis würde ihm einen Haufen Mühe ersparen.

»Ich weiß, wer du bist«, sagte McGinnis. »Du bist der Junge aus dem Langsamsprechenden Dinee, der früher einmal von Tuba City aus auf Patrouille gegangen ist.« Er hatte Leaphorn in sein Privatzimmer auf der Rückseite des Ladens eingeladen und bedeutete ihm, daß er sich setzen solle. Dann schenkte er ein Coca-Cola-Glas halbvoll mit Whisky aus einer Jack Daniels-Flasche, ließ die Flüssigkeit im Glas kreisen und schaute dabei Leaphorn an. »Das Dinee sagt, daß du keinen Whisky trinken darfst, daher biete ich dir auch keinen an.«

»Das stimmt«, sagte Leaphorn.

»Mal sehen, ob ich es zusammenkriege. Also, wenn ich mich nicht irre, war deine Mama Anna Gorman – stimmt das? –, und sie kam von weiß Gott wo drüben bei den Two Gray Hills, ja? Und du bist ein Enkel von Hosteen Klee-Thlumie.«

Leaphorn nickte. McGinnis schaute ihn mit zusammengekniffenen Augen an.

»Ich meine nicht einen verdammten Clan-Enkel«, sagte er, »sondern einen richtigen Enkel. Er war der Vater deiner Mutter, stimmt's?«

Wieder nickte Leaphorn.

»Dann hab ich deinen Opa gekannt, mein Junge«, sagte McGinnis. Er trank darauf mit einem tüchtigen Schluck warmen Bourbons, dann dachte er darüber nach, und seine hellen, alten Augen schauten an Leaphorn vorbei auf die Wand. »Ich hab ihn schon gekannt, als er noch lange nicht Hosteen war. Nichts als ein junger Indianer, der lernen wollte, wie man Sänger wird. Damals haben sie ihn Pferdekicker genannt.«

»Als ich ihn kennenlernte, hieß er Hosteen Klee«, sagte Leaphorn.

»Wir haben uns ein paarmal geholfen«, erklärte McGinnis und sprach weniger mit Leaphorn als mit seinen Erinnerungen. »Das kann ich nicht von vielen behaupten.« Er trank wieder einen Schluck Bourbon und schaute Leaphorn über den Rand des Glases an. Kein Zweifel, jetzt war er wieder ganz in der Gegenwart. »Du willst die alte Cigaret finden«, sagte er. »Dafür kann es nur einen Grund geben. Es hat sich etwas getan in der Mordsache Tso. Habe ich recht?«

»Es gibt nicht viel Neues«, entgegnete Leaphorn. »Aber Sie wissen ja, wie das ist. Die Zeit vergeht, und der eine oder andere sagt vielleicht etwas. Oder er sieht etwas, das uns hilft.«

McGinnis grinste. »Und wenn jemand etwas gehört hat, dann erfährt es der alte John McGinnis als erster. Habe ich recht?« Das Grinsen verschwand, weil ihm ein neuer Gedanke gekommen war. »Sag, du weißt nichts über einen gewissen Noni? Er behauptet, ein Seminole zu sein.« Der Ton der Frage deutete an, daß er alle Behauptungen dieses Noni anzweifelte.

»Ich glaube nicht«, sagte Leaphorn. »Was ist mit ihm?«

»Er ist vor einer Weile hergekommen und hat sich in meinem Geschäft und im Lager umgeschaut«, erklärte McGinnis. »Sagte, er und ein paar andere verdammte Indianer hätten ein Darlehen vom Staat bekommen und wollten dieses Höllenloch kaufen. Ich dachte mir damals, daß sie eigentlich erst einmal mit dem Stammesrat reden müßten wegen einer Lizenz.«

»Das müßten sie«, bestätigte ihm Leaphorn. »Doch das hat nichts mit der Polizei zu tun. Wollten sie wirklich kaufen?« Die Vorstellung, daß McGinnis schließlich doch noch den Handelsposten Short Mountain losschlagen würde, war mehr als unglaubhaft. Das wäre so gewesen, wie wenn der Stammesrat die miese Baracke in Window Rock abreißen und neu mit Ziegeln errichten oder wie wenn Arizona den Grand Canyon verkaufen würde.

»Wahrscheinlich haben sie das Geld nicht wirklich bekommen«, meinte McGinnis. »Vielleicht haben sie sich nur umgeschaut, ob man hier leicht einbrechen kann und ob es sich lohnt. Mir hat dieser Noni nicht gefallen.« McGinnis schaute mit düsterer Miene auf sein Glas und wohl auch auf die Erinnerung an diesen Noni. Dann setzte er seinen Schaukelstuhl in Bewegung, stützte den Ellbogen auf die Lehne des Stuhls und hielt das Glas steif in der Hand. Die bräunliche Flüssigkeit schwappte wie Ebbe und Flut mit jeder Bewegung des Stuhls hin und her. »Nun zu der Sache mit dem Mord an Tso. Weißt du, was ich darüber höre?« Er wartete darauf, daß Leaphorn etwas sagte.

»Was denn?« fragte Leaphorn.

»Gar nichts«, erwiderte McGinnis.

»Komisch«, sagte Leaphorn.

»Das kann man wohl sagen.« McGinnis schaute Leaphorn an, als versuchte er in seinem Gesicht eine Erklärung zu entdecken. »Weißt du, was ich glaube? Ich glaube nicht, daß es ein Navajo getan hat.«

»Glauben Sie nicht?«

»Das glaubst du doch auch nicht«, sagte McGinnis. »Jedenfalls nicht, wenn du so gescheit bist, wie man sagt. Ihr Navajos seid jederzeit zum Stehlen bereit, wenn ihr denkt, daß man es euch nicht nachweisen kann, aber ich habe noch nie gehört, daß ein Navajo einen anderen ermordet hätte.« Er hob das Glas, um seine Behauptung zu unterstreichen. »Das ist ein Verbrechen der Weißen, das die Navajos nicht übernommen haben. Wenn einer einen anderen erschlägt, dann höchstens, wenn sie betrunken sind, oder bei Raufereien. Aber das Planen im voraus, dieses heimtückische, vorsätzliche Morden wie bei den Weißen ist bei den Navajos unbekannt, habe ich recht?«

Leaphorn ließ sein Schweigen für sich sprechen. McGinnis hatte lange genug in der Nachbarschaft der Navajos gelebt, um es zu wissen. Was der Händler gesagt hatte, entsprach der Wahrheit. Für das traditionelle Dinee war der Tod eines Menschen das größte, das äußerste Übel – denn der Navajo kannte kein Leben nach dem Tod. Das, was natürlich in einem Menschen war und daher gut, hörte beim Tod auf zu existieren. Das, was unnatürlich und daher böse war, wanderte als Geist durch die Dunkelheit, störte die Natur und rief Krankheiten hervor. Die Navajos teilten nicht die Auffassung ihrer Nachbarn, der Hopi-, Zuni- und Pueblo-Indianer, daß der menschliche Geist den Tod in der Erfüllung einer ewigen *kachina* besiegte, und auch nicht den Glauben der Indianer aus den Ebenen, daß man eins werde mit einem persönlichen Gott. In der alten Tradition war der Tod das durch kein Heilsversprechen eingeschränkte, äußerste Entsetzen, das Ende der menschlichen Existenz. Selbst der Tod eines Feindes in der Schlacht war eine Tat, von der sich der Krieger in einem Feindeswegritual reinwaschen mußte. Es sei denn, ein Navajo-Wolf war dabei im Spiel. Die Hexerei war eine Umkehrung des Navajo-Weges.

»Es sei denn, jemand hat geglaubt, daß er ein Navajo-Wolf ist«, sagte jetzt McGinnis. »Wenn man ihn für einen Hexer gehalten hätte, wäre er dafür getötet worden.«

»Haben Sie jemals gehört, daß das jemand dachte?«

»Das ist ja das Problem«, sagte McGinnis wieder etwas fröhlicher.

»Niemand konnte etwas Schlechtes über den alten Hosteen Tso sagen.« Danach war es in dem unaufgeräumten Hinterzimmer still, während McGinnis über diese seltsamen Dinge nachdachte. Er rührte seinen Drink mit einem Bleistift aus seiner Hemdtasche um.

»Was wissen Sie über seine Familie?« fragte Leaphorn.

»Er hat einen Jungen gehabt, der alte Tso. Nur ein Kind. Der Junge war nicht gut. Sie haben ihn Ford genannt. Er hat ein Mädchen drüben in Teec Nos Pos geheiratet, eine vom Salt Cedar-Clan, glaube ich; er ist zu ihren Leuten gezogen und hat in der Gegend von Farmington gesoffen und herumgehurt, bis ihn ihr Clan rausgeworfen hat. Ford hat immer gerauft und gestohlen und alles mögliche angestellt.« McGinnis trank einen kleinen Schluck, und sein Gesicht hatte sich mißbilligend verzogen. »Man könnte ja verstehen, wenn jemand *diesem* Navajo ein Ding über den Schädel gegeben hätte«, sagte er.

»Ist er jemals wieder hierher zurückgekommen?« fragte Leaphorn.

»Niemals«, erwiderte McGinnis. »Er ist übrigens schon vor Jahren gestorben. Ich glaube, in Gallup. Wahrscheinlich hat seine Leber den vielen Alkohol nicht vertragen.« Er prostete sich mit einem Schluck Bourbon zu.

»Wissen Sie etwas von einem Enkel?« fragte Leaphorn.

McGinnis zuckte mit den Schultern. »Du weißt doch selbst am besten, wie es bei den Navajos ist«, sagte er. »Der Mann zieht zu den Verwandten seiner Frau, und wenn es Kinder gibt, werden sie in den Clan der Mutter geboren. Wenn du etwas über Tsos Enkel wissen willst, mußt du nach Teec Nos Pos fahren und dich dort bei den Leuten vom Salt Cedar Clan erkundigen. Ich wußte nicht einmal, daß Ford ein Kind hatte, bis der alte Hosteen Tso nicht lange vor seinem Tod hierhergekommen ist und mir sagte, daß er einen Brief an seinen Enkelsohn schreiben wollte.« McGinnis' Gesicht verzog sich vor Vergnügen, als er sich daran erinnerte. »Ich sagte ihm, daß ich nichts von seinem Enkel gewußt habe, und er meinte, das seien nun schon zwei Dinge von ihm, die ich nicht weiß, und als ich ihn fragte, was das andere ist, hat er gesagt, ich wüßte nicht, mit welcher Hand er sich den Hintern abwischt.« McGinnis kicherte und trank einen Schluck Whisky. »Ein witziger alter Knabe«, sagte er.

»Was hat er denn schreiben lassen?«

»Ich habe den Brief nicht geschrieben«, antwortete McGinnis. »Aber mal sehen, vielleicht erinnere ich mich an das eine oder andere. Er ist eines Tages hier aufgetaucht, da war es noch verdammt kalt. Muß Anfang März gewesen sein. Er hat mich gefragt, was ich dafür verlange, wenn ich für ihn einen Brief schreibe, und ich sagte, das mache ich bei Stammkunden umsonst. Er hat mir gesagt, was er diesem Enkel schreiben wollte, und ob ich den Brief denn schreiben könnte, und natürlich hab ich ihn erst einmal gefragt, wo denn der Junge lebt, und da hat er gesagt, weit im Osten von hier unter lauter weißen Menschen. Ich sagte ihm, daß ich etwas mehr wissen müßte, denn der Brief müßte eine Adresse auf dem Umschlag haben.«

»Ja, klar«, sagte Leaphorn. Wenn im matriarchalischen System der Navajos eine Ehe zerbrach, war es nicht ungewöhnlich, daß die Großeltern väterlicherseits die Enkel aus den Augen verloren. Sie wurden dann Mitglieder der Familie ihrer Mutter. »Haben Sie jemals etwas von Fords Frau gehört?«

McGinnis rieb sich die buschigen weißen Augenbrauen mit dem Daumen und schien auf diese Weise sein Gedächtnis anzuregen. »Ich glaube, ich habe gehört, daß sie auch eine Säuferin war. Auch eine, die nicht gut ist. So geht es oft. Gleich und gleich, du weißt . . .« McGinnis unterbrach sich selbst und schlug mit der einen Hand auf die Armlehne des Schaukelstuhls. »Meine Güte«, sagte er. »Da fällt mir etwas ein. Es ist schon lange her, ich glaube, fast zwanzig Jahre; damals hat ein Junge bei Hosteen Tso gewohnt. Er ist ein Jahr oder so geblieben und hat ihm mit den Schafen und allem geholfen. Wette, daß das der Enkel gewesen ist.«

»Schon möglich«, meinte Leaphorn. »Wenn seine Mutter wirklich eine Trinkerin war.«

»Es ist schwer, die Spur der Navajo-Kinder zu verfolgen«, bemerkte jetzt McGinnis. »Aber ich habe mal gehört, daß dieser auf das Internat des Klosters St. Anthony gegangen ist. Vielleicht erklärt das, was Hosteen Tso sagte, ich meine, daß er die Jesus-Straße gegangen ist. Vielleicht haben ihn die Franziskanermönche dort katholisch gemacht.«

»Noch etwas möchte ich gern wissen«, sagte Leaphorn. »Tso ist zu einem Singen gegangen, kurz bevor er umgebracht worden ist. Wissen Sie etwas davon?«

McGinnis zog die Stirn in Falten. »Es hat, soviel ich weiß, gar kein Singen gegeben. Wann sagst du – letzten März? Da hatten wir das schlimme Wetter, erinnerst du dich? Wind und Schnee. Also, auf dem Plateau hat es jedenfalls kein Singen gegeben.«

»Und etwas früher?« fragte Leaphorn. »Im Januar oder Februar?« Wieder runzelte McGinnis die Stirn. »Es gab ein kleines gleich nach Weihnachten. Ein Mädchen in Yazzie Springs ist krank geworden. Ein Nakai-Mädchen. Das war Anfang Januar.«

»Und was für eine Zeremonie hat man angewendet?«

»Ich glaube, den Weg des Windes«, sagte McGinnis. »Sie mußten einen Sänger von weither kommen lassen, von Many Farms. Das war verdammt teuer.«

»Und sonst?« Der Weg des Windes war nicht das richtige Ritual. Das Sandbild dafür würde zwar den Maiskäfer einschließen, aber keine der anderen Gestalten vom Heiligen Volk, die Hosteen Tso erwähnt hatte.

»Es war ein schlechtes Frühjahr für Gesänge«, erklärte McGinnis. »Entweder die Leute sind alle von selbst gesund geworden, oder sie waren zu arm, um sich ein Ritual leisten zu können.«

Leaphorn knurrte. Da waren ein paar Dinge, die er erst einmal miteinander in Verbindung bringen mußte. Sie saßen da. McGinnis bewegte sein Glas langsam in kleinen Kreisen, die den Bourbon bis auf Fingerbreite unter den Rand trieben. Leaphorn ließ die Blicke schweifen. Es war ein großer Raum mit zwei hohen Fenstern nach Osten und zwei nach Westen. Jemand hatte die

Fenster vor vielen Jahren mit Vorhängen ausgestattet, ein Baumwollstoff mit Röschen auf einem blauen Untergrund. Aber so groß das Zimmer war, die Möbel ließen es übervoll erscheinen. In einer Ecke stand ein Doppelbett mit einer Überdecke, daneben ein abgenutztes Sofa im Stil der vierziger Jahre; dahinter ein Sessel, dessen Polster mit glänzendem, blauen Vinyl überzogen waren, und zwei andere, unauffällige, dicke gepolsterte Sessel, dazu drei verschiedene Schränkchen und Kommoden. Jede glatte Fläche war mit dem Krimskrams vollgestellt, wie er sich im Laufe eines langen Lebens ansammelt: indianische Keramik, *kachina*-Puppen, ein billiges Kunststoff-Radio, ein Bücherregal und sogar – auf einem der Fensterbretter – eine Sammlung von Speerspitzen aus Feuerstein, Artefakte, die Leaphorn seit seinem Anthropologie-Studium an der Staatsuniversität von Arizona interessierten. Draußen, durch die staubige Scheibe, sah er zwei junge Männer, die neben einem der Lagerschuppen der Handelsstation standen und miteinander sprachen. Der Schuppen war aus Stein und ursprünglich als christliche Missionskirche errichtet worden, kurz nachdem McGinnis die Station als Händler und Postmeister übernommen hatte. Der Optimismus des Pfarrers, die Menschen vom Dinee davon überzeugen zu können, daß Gott ein persönliches und besonderes Interesse an ihnen hatte, war schon bald dahingeschwunden, und seitdem stand die Kirche leer. Eine Weile danach hatte McGinnis sich entschlossen, den Kirchenraum in drei Wohnräume für Touristen zu unterteilen. Aber, wie einer seiner Kunden es einmal ausgedrückt hatte, ›es war ebenso schwer, die weißen Touristen auf die Short Mountain-Straße zu bringen wie die Najavos in den christlichen Himmel‹. Die Räume hatten genau wie die Kirche die meiste Zeit leergestanden.

Leaphorn warf einen Blick auf McGinnis. Der Händler saß da, ließ seinen Drink kreisen, und sein Gesicht war faltig und vom Alter gezeichnet. Leaphorn begriff, warum der Alte diesen Noni nicht ausstehen konnte. McGinnis wollte in Wirklichkeit keinen Käufer. Hier am Short Mountain hatte er sich in seiner eigenen

Hartnäckigkeit gefangen, und der Berg hatte ihn sein Leben lang festgehalten; das ZU VERKAUFEN-Schild war von Anfang an nicht mehr als eine Geste gewesen, ein Hinweis darauf, daß er schlau genug gewesen war, um zu wissen, daß man ihn übers Ohr gehauen hatte. Und der Preis, den er für den Handelsposten verlangte, war, wie Leaphorn öfters gehört hatte, geradezu astronomisch hoch, so daß alle Verkaufsverhandlungen im Keim erstickt wurden.

»Nein«, sagte McGinnis schließlich. »Hier in der näheren Umgebung hat es gar kein Singen gegeben.«

»Okay. Wenn es also hier kein Singen gab, und wenn euch Hosteen Tso sagte, daß er gesehen hatte, wie jemand im vergangenen März auf zwei oder drei Sandbilder getreten ist, wo hätte das geschehen sein können?«

McGinnis richtete den Blick von seinem Glas auf Leaphorn; er blinzelte ihn fragend an. »Nirgends«, sagte er. »Quatsch. Was soll diese Frage?«

»Hosteen Tso war dabei, als es passiert ist.«

»Nirgends, gar nirgends kann das gewesen sein«, sagte McGinnis. Sein Ausdruck war verwirrt. »Und wozu zwei oder drei Sandbilder auf einmal?«

»Es kann jedenfalls nicht das vom Weg des Windes sein«, sagte Leaphorn. »Dazu gibt es ein anderes Bild.«

»Und der Clan stimmt auch nicht. Die Nakais sind Rotstirnen. Hätte wenig Sinn gehabt für den alten Tso, dort hinunterzugehen und den Weg des Windes mitzumachen.« Er nippte wieder an seinem Whisky. »Wo hast du den Quatsch aufgeschnappt?«

»Margaret Cigaret hat es dem FBI gesagt, als sie sie verhört haben. Wenn ich hier weggehe, fahre ich zu ihr und versuche, mehr darüber herauszufinden.«

»Sie ist wahrscheinlich nicht zu Hause«, sagte McGinnis. »Jemand hat mir gesagt, daß sie irgendwo hinfährt. Vielleicht besucht sie ihre Familie. Irgendwo östlich von Mexican Water.«

»Vielleicht ist sie ja auch schon zurück.«

»Ja, vielleicht«, sagte McGinnis. Seinem Ton nach zu urteilen, zweifelte er daran.

»Ich glaube, ich versuche einfach mal, es rauszufinden«, erklärte Leaphorn. Er würde sie wahrscheinlich nicht zu Hause antreffen, und ›östlich von Mexican Water‹ bedeutete, daß sie sich in einem Gebiet von tausend Quadratmeilen an der Grenze zwischen Arizona und Utah aufhielt. Leaphorn war der Ansicht, daß er das Gespräch jetzt endlich auf das Thema bringen mußte, dessentwegen er in Wirklichkeit hier war: auf den Mann mit der Goldrandbrille. Er versuchte es auf dem indirekten Weg.

»Sind das eure Speerspitzen?« fragte er und nickte in Richtung auf das Fensterbrett.

McGinnis stieß sich mühsam aus dem Schaukelstuhl hoch, schlurfte ans Fenster und brachte drei oder vier von den Spitzen aus Feuerstein mit. Er gab sie Leaphorn und ließ sich wieder in dem Schaukelstuhl nieder.

»Die sind bei der Grabung weiter oben im Schwemmland des Short Mountain gefunden worden«, sagte er. »Die Anthropologen meinen, daß sie frühe Anasazis sind, aber dafür kommen sie mir zu groß vor. Ich glaube, die haben mindestens hundert davon gefunden.«

Die Spitzen waren aus einem glänzenden, basaltischen Schiefer gehauen. Sie waren dick und ziemlich grob bearbeitet worden, mit nur einer einzigen leichten Riffelung, wo sie am Speerschaft befestigt wurden. Leaphorn fragte sich, wie McGinnis an diese Speerspitzen herangekommen sein mochte. Aber er stellte dem Alten keine entsprechenden Fragen. Normalerweise hätten die Anthropologen derartige Funde eifersüchtig bewacht, und die Umstände, unter denen McGinnis sie bekommen hatte, waren vermutlich nicht ganz lupenrein. Leaphorn wechselte das Thema und näherte sich seinem Hauptinteresse.

»Ist mal wieder jemand vorbeigekommen und hat einen alten Hubschrauber gefunden oder gesehen?«

McGinnis lachte. »Das Ding ist längst verschwunden«, sagte er.

»Vorausgesetzt, es ist überhaupt jemals über dieses Land geflogen.« Er trank einen Schluck. »Vielleicht war der Hubschrauber ja wirklich hier. Aber wenn er abgestürzt wäre, dann hätten ein paar von den Begay-Jungen oder die Tsossies oder jemand aus der Gegend hier schon längst einmal nachgefragt, ob es eine Belohnung dafür gibt, oder sie hätten versucht, mir das Ding zu verkaufen, ganz oder in Einzelteilen, oder etwas in dieser Art.«

»Noch etwas«, begann Leaphorn wieder. »Mrs. Cigaret hat gesagt, daß Tso Angst hatte, er könnte eine Krankheit vom Geist seines Urgroßvaters bekommen haben. Sagt Ihnen das etwas?«

»Nanu«, erwiderte McGinnis plötzlich lebhaft. »Das ist wirklich interessant. Du weißt doch, wer sein Urgroßvater war? Er stammt aus einer großen Linie, dieser Tso.«

»Und wer war er?«

»Natürlich hatte er vier Urgroßväter«, bemerkte McGinnis. »Aber der eine, um den es hier geht, war ein großer Mann, noch vor dem Langen Weg. Es gibt viele Geschichten über ihn. Sie nannten ihn Standing Medicine. Er war einer von denen, die nicht nachgaben, als Kit Carson hier durchgekommen ist. Einer aus der Schar um Häuptling Narbona und Ganado Mucho, die es mit der Armee ausgekämpft haben. Man hielt ihn für einen großen Medizinmann. Angeblich hat er den ganzen Weg der Segnungen gekannt, alle sieben Tage davon, dazu den Weg des Bergs und viele andere Gesänge.«

McGinnis schenkte sich noch einen Schuß Whisky ein, so daß die Flüssigkeit wieder bis zur unteren Grenze des Coca-Cola-Schriftzugs reichte. »Ich habe nie etwas davon gehört, daß sein Geist irgendwo aufgetaucht ist oder daß er die Menschen plagte.« Er nippte an dem aufgefrischten Drink und schnitt eine Grimasse. »Aber man kann nie wissen, vielleicht hat er dort draußen überall Geisterkrankheiten verbreitet.« Jetzt war es Zeit für die entscheidende Frage, dachte Leaphorn.

»Haben Sie in den letzten ein, zwei Tagen etwas von einem Fremden mit einem sehr großen Hund gehört?«

»Ein Fremder?«

»Ja – oder ein Navajo.«

McGinnis schüttelte den Kopf. »Nein.« Dann lachte er. »Aber heute vormittag habe ich eine Navajo-Wolf-Geschichte gehört. Ein Mann auf der anderen Seite des Plateaus hat mir erzählt, daß ein Navajo-Wolf die Hunde seines Neffen, die bei den Schafen waren, draußen beim Wasserloch Falling Rock getötet hat. Aber du meinst einen wirklichen Hund, nicht wahr?«

»Ja, ich meine einen wirklichen«, wiederholte Leaphorn. »Hat dieser Neffe denn den Najavo-Wolf gesehen?«

»Meines Wissens nicht«, antwortete McGinnis. »Die Hunde sind nicht mit den Schafen zurückgekommen. Also ist der Junge am nächsten Tag dort hinausgegangen, um nachzusehen. Er hat sie dort gefunden, tot, und überall waren Werwolfspuren auf dem Sand, wo sie getötet worden sind.« McGinnis zuckte mit den Schultern. »Du weißt ja, wie es zu so etwas kommt. Es ist immer wieder dieselbe alte Hexergeschichte.«

»Also nichts von einem Fremden«, sagte Leaphorn.

McGinnis schaute den Polizeibeamten an und beobachtete seine Reaktion. »Ja nun, wir haben allerdings eine fremde Person hier in Short Mountain. Ist heute morgen ziemlich früh angekommen.« Er hielt inne mit dem Talent des Geschichtenerzählers, Spannung zu erzeugen. »Eine Frau«, sagte er dann.

Leaphorn antwortete nicht.

»Eine hübsche, junge Frau«, bekräftigte McGinnis und beobachtete immer noch den Navajo-Polizisten. »Mit einem großen Sportwagen. Aus Washington.«

»Sie meinen Theodora Adams?« fragte Leaphorn.

McGinnis ließ sich seine Enttäuschung nicht anmerken.

»Dann weißt du über sie Bescheid?«

»Ein bißchen«, sagte Leaphorn. »Sie ist die Tochter eines Doktors beim Gesundheitsamt. Ich habe allerdings keine Ahnung, was sie hier macht. Aber es interessiert mich auch nicht. Gehört sie zu diesen Anthropologen oben im Schwemmland?«

McGinnis überprüfte den Flüssigkeitsstand in seinem Glas, bewegte es leicht und schaute dabei Leaphorn aus den Augenwinkeln an.

»Sie versucht, jemanden zu finden, der sie zu Hosteen Tsos Hogan bringen kann«, sagte McGinnis und grinste. Endlich war es ihm gelungen, bei Lieutenant Joe Leaphorn eine Reaktion auszulösen.

6 Die Suche nach Theodora Adams erwies sich als unnötig. Joe Leaphorn kam gerade aus der Tür des Handelspostens von Short Mountain, als sie auf ihn zugelaufen kam; sie hatte selbst nach ihm gesucht.

»Sie sind der Polizist, der diesen Wagen fährt«, sagte sie. Ihr Lächeln war strahlend, ein blitzend weißer Bogen makelloser Zähne in einem gebräunten, makellosen Gesicht. »Sie könnten mir einen Gefallen erweisen«, – wieder dieses Lächeln –, »wenn Sie wollen.«

»Und das wäre?« fragte Leaphorn.

»Ich muß unbedingt zum Hogan eines Mannes namens Hosteen Tso«, sagte Theodora Adams. »Ich habe zwar jemanden gefunden, der den Weg kennt, aber ich fürchte, mein Wagen schafft es nicht.« Dabei warf sie einen bedauernden Blick auf den Corvette Stingray, der im Schatten von einer der Scheunen parkte. Zwei junge Männer waren dabei, an dem Wagen herumzuhämmern. Und dann richteten sich ihre Augen wieder voll auf Leaphorn. »Er liegt zu niedrig«, erklärte sie. »Die Felsblöcke, die hier überall auf der Straße herausragen, reißen den Unterboden auf.«

»Ich soll Sie also zum Hogan von Tso bringen?«

»Ja«, sagte sie, und ihr Lächeln fügte ein ›bitte‹ hinzu.

»Warum wollen Sie dorthin?«

Das Lächeln verblaßte ein wenig. »Ich habe dort etwas zu erledigen.«

»Mit Hosteen Tso?«

Das Lächeln verschwand ganz. »Hosteen Tso ist tot«, sagte sie. »Sie müssen das wissen. Schließlich sind Sie Polizist.« Jetzt betrachtete sie Leaphorns Gesicht, ein wenig feindselig vielleicht, aber vor allem mit unverhohlener Neugierde. Leaphorn erinnerte sich, wann er zum erstenmal solche blauen Augen gesehen hatte. Damals war er auf dem Internat gewesen, in Kayenta, bei seinem Onkel und seinem Vetter, und da hatte es eine weiße Frau mit blauen Augen gegeben; sie hatte ihn unverwandt angestarrt. Erst hatte er gedacht, daß so seltsame Augen vermutlich blind sein müßten. Dabei hatte ihn die Frau ihrerseits betrachtet, als ob er ein interessantes, unbekanntes Objekt der Gattung Mensch sei. Am selben Tag hatte er, wie er sich erinnerte, zum erstenmal einen Mann mit Bart gesehen, was einem Navajojungen so seltsam wie eine gefiederte Schlange vorkommen mochte, aber die ungewohnte Direktheit dieser hellen Augen hatte ihn noch mehr beeindruckt. Er hatte sie nicht vergessen, und jetzt beeinflußte die Erinnerung daran seine Frage.

»Mit wem haben Sie denn etwas zu erledigen?«

»Das geht Sie nichts an«, sagte Theodora Adams. Sie trat einen halben Schritt zurück, hielt inne und kam dann wieder auf ihn zu. »Entschuldigen Sie«, sagte sie. »Natürlich geht es Sie etwas an. Sie sind ja Polizist.« Jetzt zeigte sie eine schuldbewußte Miene und zuckte mit den Schultern. »Es ist eben eine sehr persönliche Sache. Es ist nichts, was gegen die Gesetze verstößt, aber ich kann einfach nicht darüber reden.« Wieder lächelte sie nachdenklich. »Es tut mir leid«, entschuldigte sie sich noch einmal.

Ihr Ausdruck sagte Leaphorn, daß das Bedauern echt war. Sie war ein bemerkenswert hübsches Mädchen mit hohen, festen Brüsten, schlank, und trug eine weiße Hose und ein blaues Hemd, das genau der Farbe ihrer Augen entsprach. Sie sieht ›teuer‹ aus, dachte Leaphorn, aber auch tüchtig und selbstbewußt. Und sie schien hier am Handelsposten von Short Mountain völlig fehl am Platze zu sein.

»Wissen Sie denn inzwischen, wie man zu Tsos Hogan kommt?«

»Dieser Mann wollte es mir zeigen.« Sie deutete auf die beiden jungen Männer an ihrem Wagen, wobei der eine sich jetzt daruntergelegt hatte und offenbar die Schäden besichtigte, während der andere daneben auf den Fersen hockte. »Aber wir kriegen den verdammten Stingray nicht über die felsigen Straßen.« Sie richtete ihre Augen wieder sehr eingehend auf Leaphorn. »Ich hätte ihm fünfundzwanzig Dollar dafür bezahlt.« Es war eine Erklärung, die zwischen ihnen in der Luft hing, kein Angebot, kein Bestechungsversuch, nichts als eine Erklärung, die sich Leaphorn überlegen konnte. Er überlegte und fand, daß sie sich dabei recht geschickt anstellte. Dieses Mädchen war schlau.

»Das ist das einzige, was ich habe. Viel Geld«, erklärte sie.

»Die Stammespolizei der Navajos hat bestimmt, daß es ihren Beamten verboten ist, Anhalter oder andere Privatpersonen mitzunehmen«, sagte Leaphorn. Zugleich überlegte er. Er würde Largo sagen, daß seine Theodora Adams hier war, gesund und munter. Und er würde ihm sagen, wo sie hinwollte. Er war so gut wie sicher, daß ihm Largo den Auftrag geben würde, sie zu Tsos Hogan zu bringen, und sei es nur, um herauszufinden, was sie dort wollte. Aber vielleicht entschied sich Largo auch anders. Als man von Window Rock aus Largo gebeten hatte, sich nach dem Wohlergehen von Theodora Adams zu erkundigen, hatte man ihn in Wirklichkeit mit der Verantwortung für die junge Frau belastet. Und unter diesen Umständen war es Largo vielleicht gar nicht recht, wenn man sie so weit ins Hinterland brachte.

»Und wieviel wissen Sie über Hosteen Tso?« fragte er sie jetzt.

»Ich weiß, daß ihn jemand getötet hat, wenn Sie das meinen. Im vergangenen Frühjahr.«

»Und wir wissen nicht, wer es getan hat«, sagte Leaphorn. »Daher sind wir an jedem interessiert, der dort ›etwas zu erledigen‹ hat.«

»Meine Sache hat aber nichts mit dem Verbrechen zu tun«, sagte Theodora Adams. Sie schaute ihn ein wenig amüsiert an. »Ich sagte schon, es ist nichts, was gegen die Gesetze verstößt, und es hat auch nichts mit der Polizei zu tun. Es ist eine rein persönliche Angelegenheit. Und wenn Sie nicht bereit sind, mir zu helfen, werde ich jemand anders dafür finden.« Damit ging sie über den Platz und verschwand im Laden des Handelspostens.

Einer der besonderen Nachteile des Standorts für diesen Handelsposten lag darin, daß er nicht über Kurzwellenfunk zu erreichen war. Um mit Tuba City Kontakt aufnehmen zu können, mußte Leaphorn aus der Senke fahren, die durch das Schwemmland gebildet wurde, weit genug hinauf auf die Mesa, damit der Empfang nicht durch die hohen Felswände des Plateaus behindert wurde. Als er dann mit Tuba City sprach, stellte er fest, daß Captain Largo ziemlich überrascht war über den Wunsch der Adams, den Hogan von Tso zu besuchen.

»Soll ich sie hinbringen?« fragte Leaphorn. »Ich bin unterwegs zur Cigaret, da liegt es fast am Weg. Die gleiche Richtung jedenfalls.«

»Nein«, sagte Largo. »Aber finden Sie heraus, was sie vorhat.«

»Ich bin ziemlich sicher, daß sie es mir nicht verraten wird«, erklärte Leaphorn. »Sie hat mir schon versichert, daß es uns nichts angeht.«

»Sie könnten sie zu uns bringen, zu einem Verhör.«

»Könnte ich das? Ich meine, halten Sie das für empfehlenswert?«

Die Pause war kurz – Largo erinnerte sich an den ursprünglichen Grund, weshalb er sich für diese Theodora Adams interessierte. »Wahrscheinlich nicht«, sagte er. »Es sei denn, es bleibt uns nichts anderes übrig. Machen Sie es so, wie Sie es für richtig halten. Aber sehen Sie zu, daß ihr nichts passiert.«

Leaphorn hatte sich bereits entschieden, Theodora Adams von sich aus die Fahrt zum Hogan von Tso anzubieten. Wenn er das tat, konnte sie ihm kaum verheimlichen, warum sie dort hinwollte. Er würde also zurückfahren zum Handelsposten, dort Theodora Adams suchen und sich mit ihr auf den Weg machen.

Aber als er zum Handelsposten kam, war es nach 10 Uhr abends, und Theodora Adams war weg. Außerdem der General Motors-

Kleinlastwagen, der einer Frau namens Naomi Many Goats gehörte.

»Ich hab gesehen, wie sie mit Naomi Many Goats geredet hat«, sagte McGinnis. »Sie ist hier reingekommen und hat mich eine kleine Kartenskizze zeichnen lassen, wie sie zu dem Besitz von Tso kommt. Dann hat sie mich gefragt, ob du zurückfährst nach Tuba City, und ich habe ihr gesagt, du bist vielleicht zu einer Stelle weiter oben auf der Mesa zum Funken gefahren, weil du eigentlich zu dieser Cigaret wolltest. Also sollte ich ihr auf der Landkarte zeigen, wo der Hogan der Cigaret ist. Dann hat sie mich gefragt, wen sie anheuern könnte, damit er sie zum Hogan von Tso bringt, und ich habe gesagt, daß man bei den Navajos nie so genau weiß, wie man dran ist, und zuletzt hat sie dann mit Naomi gesprochen.«

»Also läßt sie sich von dieser Many Goats-Frau hinfahren?«

»Ich weiß es doch nicht«, sagte McGinnis. »Ich hab sie nicht mal wegfahren gesehen.«

»Ich wette, sie ist auf dem Weg dorthin«, erklärte Leaphorn.

»Dabei wird mir klar, daß ich dir eine Menge erzählt habe, und du hast mir gar nichts Neues verraten«, sagte McGinnis vorwurfsvoll. »Warum will denn das Mädchen zum Hogan von Tso?«

»Ich mach Ihnen einen Vorschlag«, sagte Leaphorn. »Sobald ich es weiß, verrate ich es Ihnen.«

7 Nach den lockeren Begriffen des Navajo-Reservats wurden die ersten drei Meilen der Straße zum Hogan von Hosteen Tso offiziell als ›unbefestigt – bei trockenem Wetter befahrbar‹ bezeichnet. Sie führten durch das Short Mountain-Schwemmland hinauf zu der Stelle, wo ein anthropologisches Team in den Ruinen der früher bewohnten Felsenhöhlen forschte. Die Straße folgte dabei dem überwiegend festgebackenen Sand am Grund des Schwemmlands, und wenn man sich bemühte, die weichen Stellen zu umfahren, bot sie keine besonderen Gefahren oder Unbequemlichkeiten. Leaphorn kam kurz nach Mitternacht an den Ruinen vorbei. Außer einem Lastwagen und einem kleinen Camping-Anhänger, der im Schatten von ein paar Pappeln parkte, gab es kein Zeichen von Leben. Von dort aus freilich verschlechterte sich die Straße zusehends, bis es eigentlich gar keine Straße mehr war, sondern bestenfalls eine Wagenspur. Sie verließ das enger werdende Schwemmland durch das Trockenbett eines zufließenden Arroyos, schlängelte sich durch eine halbe Meile Schieferschutt und kam schließlich oben auf dem Rainbow-Plateau heraus. Die Landschaft wurde zum Traum für Geologen und zum Alptraum für Straßenbauer. Hier hatte sich vor Äonen die Erdkruste verschoben und gewunden; nichts war gerade und eben geblieben. Sandsteinsedimente, riesige Mengen von Buntsandstein, Granitfelsen, die aus dem Boden wuchsen, und sogar dicke Marmoradern waren in einem unvorstellbaren Ausbruch tektonischer Kräfte zusammengequetscht worden – und dann geschnitten und poliert und davongespült in zehn Millionen Jahren Wind, Regen, Frost und Tauwetter. Hier war das Fahren eine Geschicklichkeitsprüfung auf einem kaum markierten Pfad, der kreuz und quer zwischen Felsen hindurch verlief. Es erforderte höchste Sorgfalt, Geduld und Konzentration. Aber Leaphorn hatte Mühe, sich zu konzentrieren. Sein Kopf war voller Fragen. Wo war Frederick Lynch? Wohin wollte er? Sein Kurs vom stehengelassenen Wagen in nördliche Richtung führte ihn in die Nähe des Hogans von Hosteen Tso. War die Angelegenheit, die Theodora Adams beim Hogan von Tso erledigen wollte, ein Geschäft mit Frederick Lynch? Das erschien logisch, wenn es bei dieser merkwürdigen Sache überhaupt so etwas wie Logik gab. Wenn sich zwei Weiße zur gleichen Zeit in dieser abgelegenen Ecke der Erde aufhielten, die eine auf dem Weg zum Hogan von Tso, während der andere sich immerhin in diese Richtung bewegte, sagte einem die Logik, daß das kein Zufall sein konnte. Aber warum, um alles in der Welt, würden sie einen halben Kontinent überqueren, um sich schließlich an einem der entferntesten und am schwersten zugänglichen Punkte der westlichen Hemisphäre zu treffen? Leaphorn fiel kein Grund dafür ein. Die Vernunft sagte ihm, daß dieses Treffen etwas zu tun hatte mit dem Mord an Hosteen Tso, aber Leaphorn fehlte ein Verbindungsglied. Er fühlte den Ärger und das Unbehagen, die ihn stets ergriffen, wenn seine Umwelt aus der logischen Ordnung geraten zu sein schien. Außerdem wuchs seine Sorge. Largo hatte ihm den Auftrag gegeben, darauf zu achten, daß Theodora Adams nichts zustieß. Sie war ihm höchstwahrscheinlich ein Stück voraus auf dieser Straße, und sie fuhr mit einer Frau, der die Gefahren vertraut waren und die vermutlich schneller fahren konnte als Leaphorn... Dann tauchte wieder vor seinen Augen die grinsende Grimasse von Lynch auf, als er sich entschlossen hatte, Leaphorn zu töten. Er dachte an die Hütehunde, die von dem Tier getötet worden waren, das Lynch bei sich hatte. Und das war der Mann, den Theodora Adams treffen würde! Leaphorn fuhr mit dem Geländewagen etwas schneller als ratsam über eine kleine Anhöhe, hörte, wie die Bodenplatte des Wagens über den Stein schleifte und fluchte laut in der Navajo-Sprache.

Als er den Wagen zum Stehen brachte, merkte er, daß etwas hinten auf der Ladefläche war. Es war nicht mehr als ein Gefühl von Bewegung, ein unerklärbares Geräusch, das ihn erreichte. Er knöpfte den Revolverhalfter auf, entsicherte die Waffe, hatte sie in der Hand und drehte sich herum. Nichts. Dann schaute er über die Sitzbank nach hinten. Dort, auf dem Laderaum, gepolstert durch seinen Schlafsack, lag Theodora Adams.

»Ich hatte gehofft, daß der Wagen nicht aufsitzt«, sagte sie. »Das ist mir nämlich passiert, als mein Stingray auf den Felsen aufgekommen ist.«

Leaphorn schaltete das Innenlicht ein und schaute auf Miss Adams hinunter, ohne ein Wort zu sagen. An die Stelle der Überraschung trat nun deutlicher Ärger, und der wurde gleich danach von seiner Erleichterung vertrieben. Immerhin war Theodora Adams hier bei ihm in Sicherheit.

»Ich sagte Ihnen, es gibt für uns eine Bestimmung gegen die Mitnahme von Anhaltern.« Leaphorns Stimme klang vorwurfsvoll.

Sie kletterte über die Rücklehne auf den hinteren Sitz und schüttelte den Kopf, um die Masse ihres blonden Haars zu lockern. »Ich hatte keine andere Wahl. Diese Frau wollte mich nicht mitnehmen, und der alte Mann hatte mir gesagt, daß Sie sowieso in diese Gegend fahren.«

»McGinnis?«

Theodora Adams zuckte mit den Schultern. »McGinnis. Wie auch immer er heißt. Also hat es für mich nur eine Möglichkeit gegeben: mich bei Ihnen einzuschleichen.«

Es war eine Erklärung, gegen die es zwar Einwände, aber kaum eine Antwort gegeben hätte. Außerdem war Leaphorn nicht der Typ, der anderen widersprach. Er überlegte sich, ob er sie hier an dieser Stelle aussetzen und bei der Rückfahrt wieder einsammeln sollte. Doch der Gedanke wurde überlagert von der Frage, was sie am Hogan von Tso zu suchen hatte. Ihre Augen waren ungewöhnlich blau, oder vielleicht wurde die Farbe unterstrichen durch das Weiß, das die Iris umgab. Das waren Augen, die sich nicht so leicht senkten, sich statt dessen auf Leaphorns Augen richteten, furchtlos, arrogant und vielleicht auch ein wenig amüsiert.

»Setzen Sie sich nach vorn«, befahl Leaphorn. Er wollte sie nicht hinter sich haben.

Sie fuhren schweigend durch die Steinwüste und danach auf die glattere Piste einer langen Steigung, die über Sandsteinboden führte. Theodora Adams grub in ihrer Handtasche, nahm einen zusammengefalteten Notizzettel heraus und glättete ihn auf ihrem Oberschenkel. Es war eine Bleistiftskizze der Umgebung. »Wo sind wir jetzt ungefähr?«

Leaphorn schaltete die Innenbeleuchtung ein und warf einen Blick auf die Skizze. »Hier etwa«, sagte er und zeigte darauf. Dabei fühlte er ihren Schenkel unter seiner Fingerspitze. Genau wie sie seinen Finger fühlen mußte, dachte er.

»Noch etwa zehn Meilen?«

»Zwanzig.«

»Dann sind wir also bald dort?«

»Nein«, sagte Leaphorn. »Das dauert noch eine ganze Weile.« Er schaltete in den kleinen Gang, als er über einen Steinbuckel fuhr. Der Wagen rollte in den Schatten eines Felsvorsprungs, so daß ihr Spiegelbild plötzlich auf der Innenseite der Windschutzscheibe zu sehen war. Sie beobachtete ihn und wartete darauf, daß er seine Antwort ausführlicher erläuterte.

»Warum nicht?«

»Weil wir zuerst zum Hogan der Cigaret fahren. Ich rede ein paar Worte mit Margaret Cigaret. Danach können wir uns überlegen, ob wir zum Hogan von Tso fahren oder nicht.« Es gab keinen Grund, früher als zum Tagesanbruch beim Hogan der Cigaret zu sein. Er hatte vorgehabt, ihn erst zu finden und sich dann ein paar Stunden aufs Ohr zu legen.

»Wir können es uns – überlegen, meinen Sie?«

»Ja. Wenn Sie mir sagen, was Sie vorhaben. Dann entscheide ich, ob wir hinfahren oder nicht.«

»Es tut mir leid«, sagte sie, »ich war wirklich unhöflich, unten beim Handelsposten. Aber Sie waren auch nicht gerade besonders nett zu mir. Warum können wir nicht . . .« Sie hielt inne. »Wie heißen Sie?«

»Joe Leaphorn.«

»Joe«, sagte sie, »ich bin Judy Simons, und meine Freunde nennen mich Judy. Ich frage mich, warum wir nicht auch Freunde sein können.«

»Greifen Sie mal in Ihre Handtasche, Miss Simons, und zeigen Sie mir Ihren Führerschein«, sagte Leaphorn. Er schob ihr die Handtasche hin.

»Ich habe ihn nicht dabei.«

Leaphorns rechte Hand fuhr ungeniert in die Handtasche und zog eine dicke, blaue, lederne Brieftasche heraus.

»Stecken Sie das sofort zurück.« Ihre Stimme war eisig. »Sie haben kein Recht, das zu tun.«

Der Führerschein befand sich im ersten Plastikfutteral. Das Gesicht, das ihn daraus anschaute, war das Gesicht der Frau neben ihm, das gewinnende Lächeln, das nicht einmal verschwand, als sie vor einer Kamera der Führerscheinbehörde saß. Der Name lautete Theodora Adams. Leaphorn klappte die Brieftasche wieder zu und steckte sie in die Handtasche.

»Okay«, erklärte sie. »Es geht Sie zwar nichts an, aber ich sage Ihnen, warum ich zu dieser Hütte von Tso will.« Der Wagen holperte wieder einmal über einen aus der Oberfläche ragenden Stein. Sie hielt sich am Türgriff fest, um nicht zu Leaphorn hinüberzurutschen. »Aber Sie müssen mir versprechen, daß Sie mich hinbringen.«

Theodora Adams wartete auf eine Antwort und schaute ihn erwartungsvoll an. Leaphorn schwieg.

»Ich habe einen Freund, einen Navajo. Er steckt in einer Riesenklemme.« Leaphorn warf ihr einen Blick zu. Ihr Lächeln strafte die Samariterrolle Lügen. »Er hat Probleme, zu sich zu finden, verstehen Sie. Deshalb hat er sich entschlossen, nach Hause zu fahren. Und ich habe mich entschlossen, ihm hierher nachzukommen und zu helfen.«

Die Stimme hielt inne; das Schweigen forderte einen Kommentar heraus. Leaphorn schaltete wieder herunter, um auf der abschüssigen Straße nicht ins Rutschen zu kommen.

»Wie heißt dieser Navajo?«

»Tso. Er ist Hosteen Tsos Enkel. Der alte Mann hatte es sich gewünscht, ihn noch einmal zu sehen.«

»Aha«, sagte Leaphorn. Aber war dieser Enkel zugleich Frederick Lynch? War er der Mann mit der Goldrandbrille? Leaphorn war sich dessen so gut wie sicher.

»Joe«, sagte sie, und ihre Fingerspitzen berührten sein Bein, »Sie können mich doch bei Tso absetzen und auf der Heimfahrt mit Mrs. Cigaret sprechen. Das dauert auch nicht länger.«

»Ich werde es mir überlegen«, sagte Leaphorn. Mrs. Cigaret war höchstwahrscheinlich nicht zu Hause. Und was sie ihm auch sagen konnte, es erschien ihm trivial und unwichtig angesichts der Vorstellung, dem Mann mit der Goldrandbrille gegenübertreten zu können – ja, den Mann in Haft zu nehmen, der so hämisch und skrupellos versucht hatte, ihn zu töten. »Erwartet er Sie dort?«

»Sie bringen mich ja doch nicht zuerst dorthin«, erwiderte sie. »Sie sind nicht bereit, mir einen Gefallen zu tun. Warum sollte ich Ihnen dann erzählen, was ich vorhabe?«

»Wir fahren zuerst zum Hogan von Tso«, sagte Leaphorn. »Warum haben Sie es so eilig? Weiß er, daß Sie kommen?«

Sie lachte. In ihrem Lachen lag unverfälschte Fröhlichkeit, so daß Leaphorn kurz den Blick von der Straße auf sie richtete. Es war ein herzliches Lachen, ein Laut voll glücklicher Erinnerungen. »Ja und nein«, sagte sie. »Das heißt, eigentlich ja. Er weiß es.« Sie schaute Leaphorn an, und in ihren Augen zeigte sich unschuldige Freude. »Das ist so, wie wenn man jemanden fragt, ob die Sonne wieder aufgeht. Natürlich geht sie wieder auf. Wenn nicht, bedeutet es das Ende der Welt.«

Eine erstaunliche junge Frau, dachte Leaphorn. Er wollte sie nicht bei sich haben, wenn er sich dem Grundstück von Hosteen Tso näherte. Ob es ihr paßte oder nicht, sie würde im Wagen sitzen bleiben und warten müssen, während er feststellte, wer oder was sie dort im Hogan des Ermordeten erwartete.

8

Wäre Leaphorns Zeiteinteilung perfekt gewesen, dann hätte er mit dem ersten Licht des Tages auf dem Rand der Mesa ankommen müssen, von der aus man Tsos Hogan sehen konnte. In Wirklichkeit traf er etwa eine Stunde früher ein; der Mond war schon fast am westlichen Horizont verschwunden, und die Sterne waren hell genug, um schwach die unten auf der Ebene liegenden Gebäude erkennen zu können. Leaphorn blieb sitzen und wartete. Er war so weit vom Rand der

Mesa entfernt, daß die Drift kühler Luft, die von hier aus nach unten fiel, nicht seine Witterung mit sich trug. Für den Fall, daß der Hund dort unten war, wollte Leaphorn vermeiden, daß er seinen Herrn vorwarnte. Immer wieder waren seine Gedanken zu dem riesigen Hund zurückgekehrt, während er sich auf die nur ungenügend von den Scheinwerfern seines Wagens beleuchtete Fahrspur zum Hogan konzentriert hatte, als er sich hinaufgewunden hatte auf diese kleine, nicht allzu hohe Mesa. Leaphorn bezweifelte zwar, daß das Tier draußen sein würde, aber in diesem sonderbaren Fall war alles möglich. Der Gedanke an den riesigen Hund hatte seine Vorsicht geschärft und seine Nerven angespannt. Jetzt, als er dasaß und sich an einen großen Felsblock lehnte, der ihm zugleich von hinten Schutz bot, entspannte er sich wieder. Wenn das Tier hier oben auf dem Plateau herumschlich, würde er es so rechtzeitig hören, daß er noch auf einen Angriff reagieren konnte. Die Gefahr – wenn es denn eine gegeben hatte – war jetzt vorüber.

Stille. Im schwach erhellten, ruhigen Universum vor der Dämmerung waren die Gerüche stärker als das Hören und Sehen. Leaphorn konnte den stechenden Duft der Zedernzypressen hinter sich wahrnehmen, das Aroma von Staub und andere Gerüche, die so schwach waren, daß man sie kaum definieren konnte. Von irgendwo hinter ihm kam ein einziger, fast unhörbarer, knackender Laut. Vielleicht ein Stein, der auskühlte von der Sonne des Tages und sich dabei zusammenzog, vielleicht ein Tier, das nachts jagte und auf einen Zweig getreten war, vielleicht die Erde selbst, die um ein Ticken gealtert war. Das Geräusch brachte Leaphorns Gedanken wieder zu dem Hund, zu den Augen, die ihn aus dem Wagen angestarrt hatten, auf das, was mit den Hunden des Schafhirten geschehen war, und auf die Hexenhunde, die Navajo-Wölfe aus der alten Tradition seines Volkes. Die Navajo-Wölfe waren Männer und Frauen, welche sich von der Harmonie ab- und dem Chaos zugewendet hatten; dafür war ihnen die Kraft gegeben worden, sich in Kojoten, Hunde, Wölfe und sogar Bären zu verwandeln. Auf diese Weise konnten sie durch die Luft fliegen und Krankheiten unter dem Dinee verbreiten. Als Junge hatte er unerschütterlich und ängstlich zugleich an dieses Konzept des Bösen geglaubt. Zwei Meilen vom Hogan seiner Großmutter entfernt gab es eine Anhöhe, einen verwitterten Vulkankegel, dem sich die Leute seines Clans niemals näherten. Es hieß, daß sich dort die Hexer in den Höhlen versammelten, um ihrem Clan der Wölfe neue Mitglieder einzuverleiben. Als Student der Staatsuniversität von Arizona hatte er ebenso unerschütterlich die alten Traditionen als Aberglauben abgetan. Er hatte seine Großmutter besucht und war allein zu dem Vulkankegel gegangen. Als er hinaufgeklettert war in die bröckelnden Basaltfalten, mutig und aufgeklärt, wie er war, hatte er zwei Höhlen entdeckt, wovon die eine direkt ins schwarze Herz der Erde zu führen schien. Es hatte keine Hexer gegeben und auch kein Zeichen dafür, daß diese Höhlen von jemandem benützt worden waren, es sei denn von Kojoten. Aber er war auch nicht hinein in die Dunkelheit geklettert.

Schon seit einigen Minuten hatte sich Leaphorn jetzt eingebildet, einen schwachen Schimmer am östlichen Horizont zu erkennen, und schließlich bestätigten seine Augen, was er sich zuvor schon vorgestellt hatte: eine gezackte Trennlinie zwischen dem dunklen Himmel und der noch dunkleren Erde, die Umrisse der Chuska Mountains an der Grenze nach New Mexico. Und hier, an diesem stillen Punkt, erreichte noch ein anderes Geräusch den lauschenden Leaphorn; er erkannte, daß er es zuvor schon wahrgenommen hatte, dicht unter der Schwelle des eigentlichen Hörens. Aber nun war es ein Murmeln, das anschwoll und abebbte und wieder schwoll. Es schien von Norden zu kommen. Leaphorn runzelte die Stirn und wunderte sich. Doch dann wurde ihm klar, was es sein mußte. Es war das Geräusch von fließendem Wasser, der San Juan River, der über seine Stromschnellen plätscherte, unten in seinem Canyon, auf dem Weg zum Lake Powell. Zu dieser Jahreszeit führte der Fluß vermutlich nur wenig Wasser; die Schneeschmelze der Rocky Mountains war längst vorüber und davongeflossen in den Stausee. Selbst in dieser Stille wunderte sich Leaphorn, daß das Geräusch, ohnehin durch die Tiefe des Canyons gedämpft, bis hierher getragen wurde. Aber vielleicht brachte eine der mäanderartigen Windungen den Fluß bis auf ein paar Meilen vor Tsos Hogan.

Leaphorn sah eine blitzartige Bewegung im grauen Licht unter sich – eine Eule auf der Jagd. Oder, dachte er spöttisch, der Geist von Hosteen Tso, der seinen alten Hogan heimsuchte. Im Osten wurde es rasch heller. Leaphorn stand behutsam von seinem Stein auf und ging näher an den Rand der Mesa heran. Die Gebäude waren jetzt deutlich zu sehen. Er prägte sich die Szenerie ein. Direkt hinter ihm hatte das Wasser eine Mulde aus der Sandsteinwand der Mesa gewaschen. Das mußte die Stelle sein, wo Listening Woman mit der Erde gesprochen hatte, während ihr Patient und ihre Helferin ermordet worden waren. Er betrachtete die Topographie. Inzwischen war es hell genug, um die Wagenspur ausmachen zu können, die den Hogan von Tso etwas locker mit der übrigen Welt verband. Über diese Spur mußte der Mörder gekommen sein. Die Polizei hatte nur die Spuren des Wagens von Mrs. Cigaret gefunden und keine Pferdespuren. Also war der Killer zu Fuß gekommen; er mußte vom Hogan schon aus drei- oder vierhundert Meter Entfernung zu sehen gewesen sein. Tso und das Mädchen hatten vermutlich beobachtet, wie ihr Tod auf sie zukam. Sie hatten offenbar nicht mit einer Bedrohung, einer Gefahr gerechnet. Hatten sie einen Freund gesehen oder einen Fremden? Direkt unterhalb der Stelle, wo Leaphorn stand, wand sich die Fahrspur in Kurven auf die Klippe zu und verlief keine fünfzehn Meter von der Mulde entfernt, wo Mrs. Cigaret unsichtbar hinter einem Vorhang aus Stein gesessen hatte, während der Killer an ihr vorbeigekommen war. Was hatte er danach getan? Er sah die rituellen Malereien auf der Brust des alten Mannes. Das hätte ihm sagen müssen, daß sich Tso einer zeremoniellen Diagnose unterzog, daß also ein Lauscher oder ein Hand-Zitterer irgendwo in der Nähe sein mußte. Vielleicht glaubte er, daß das junge Mädchen der

Diagnostiker war – aber nicht, wenn es sich bei dem Killer um einen Navajo aus der Gegend handelte. Der hätte außerdem gewußt, daß der Lieferwagen Listening Woman gehörte. Leaphorn betrachtete die Ebene unter sich und versuchte, die Szene zu rekonstruieren. Der Mörder hatte sich offenbar gleich nach der Tat davongemacht. Das heißt, zumindest schien nichts von Tsos Habseligkeiten verschwunden zu sein. Er war gegangen, wie er gekommen war, über die Fahrspur, fünfzehn Meter unter Leaphorns Stiefelspitze. Leaphorn verfolgte die Linie dieser Flucht, dann hielt er inne. Runzelte die Stirn, und im gleichen Augenblick witterte er Rauch.

Der Horizont war jetzt im Osten gelb und rot gestreift und gab schon genug Licht, um eine zitternde, dünne, bläuliche Linie erkennen zu lassen, die aus dem Rauchloch in Tsos Hogan kam. Der Mann war also da. Leaphorn fühlte wilde Aufregung in sich. Er nahm seinen Feldstecher heraus, stellte ihn rasch ein und überprüfte dann den Boden rings um den Hogan. Wenn der Hund dabei war, mußte er das wissen. Aber er entdeckte keinen Hinweis auf das Tier. Die wenigen Sandflächen, auf denen Spuren entstehen konnten, zeigten nur die Abdrücke von Stiefeln. Und es gab keinen Hundekot. Leaphorn betrachtete Stellen, wo ein Hund gern uriniert, wo er sich in der Nachmittagssonne ausgeruht hätte. Er fand nichts dergleichen. Jetzt senkte er das Fernglas und rieb sich die Augen. Währenddessen ging die Tür des Hogans auf, und heraus kam ein Mann.

Er stand da, eine Hand an der Tür, und schaute in die Dämmerung. Ein ziemlich großer Mann, jung, in einem aufgeknöpften weißen Hemd, weißen Boxershorts und kurzen, nicht zugebundenen Stiefeln. Leaphorn betrachtete ihn mit dem Feldstecher und versuchte, diesen Mann, der die Schönheit des frühen Morgens genoß, mit dem grinsenden Gesicht in Verbindung zu bringen, das er durch die Windschutzscheibe des Mercedes gesehen hatte. Sein Haar war schwarz, genau wie das Haar des Mannes mit der Brille. Und dieser Mann war groß; seine Gestalt wurde durch den

Blickwinkel und die Vergrößerung von Leaphorns Feldstecher sogar noch etwas verkleinert. Mindestens einsachtzig, schätzte Leaphorn, mit schmalen Hüften und einem breiten, muskulösen Brustkorb. Der Mann betrachtete den Himmel des frühen Morgens, und Leaphorn konnte sein Gesicht besser sehen. Ein Navajo-Gesicht, länglich, mit stark ausgeprägtem Knochenbau. Ein schlaues, intelligentes Gesicht, das nichts widerspiegelte als die stille Freude über den neuen Tag. Der Druck in der Brust ließ Leaphorn erkennen, daß er die Luft angehalten hatte. Er atmete wieder. Ein Teil der Spannung der Nacht hatte sich gelöst. Er hatte auf den Inbegriff des Bösen Jagd gemacht, auf ein Wesen, das bereit war, mit skrupellosem Vergnügen zu töten. Statt dessen fand er einen ganz gewöhnlichen Sterblichen. Und doch mußte dieser Navajo, der da unter ihm stand und den rosigen Morgenhimmel betrachtete, der Mann sein, der vor drei Tagen versucht hatte, ihn mit lachendem Gesicht umzubringen. Nur das ergab einen Sinn.

Der Mann drehte sich abrupt um und ging wieder hinein in den Hogan. Leaphorn senkte den Feldstecher und überlegte. Keine Brille. Kein Goldrand. Doch das bedeutete vielleicht nur, daß er sie in der Tasche hatte. Leaphorn studierte noch einmal die Lage der Gebäude dort unten. Er fand eine Stelle, wo er von der Mesa hinunterklettern konnte, ohne gesehen zu werden. Er wollte sich dem Hogan von der Ostseite nähern. Bevor er sich bewegen konnte, kam der Mann wieder heraus. Jetzt war er angezogen, trug eine schwarze Hose und eine Art purpurroten Schal um den Hals. Er hatte etwas bei sich. Durch den Feldstecher erkannte Leaphorn zwei Flaschen und einen kleinen, schwarzen Behälter. Über den Arm hatte er sich eine Art weißes Handtuch gehängt. Der Mann ging mit raschen Schritten zur Laube und stellte die Flaschen und den Behälter dort auf den Tisch, dann legte er das Handtuch darüber.

Er will sich rasieren, dachte Leaphorn. Doch das, was der Mann dort tat, hatte nichts mit Rasieren zu tun. Er hatte mehrere Gegenstände aus dem Behälter genommen und auf den Tisch gestellt. Dann stand er da, ohne sich zu bewegen, und schaute hinunter auf den Tisch. Und plötzlich kniete er sich davor nieder und stand wieder auf. Leaphorn runzelte die Stirn. Er richtete den Feldstecher auf die Flaschen. Die eine schien halb voll zu sein mit einer roten Flüssigkeit, die andere mit etwas, das so klar war wie Wasser. Jetzt hatte der Mann etwas Kleines, Weißes in der Hand, hielt es ins Licht und blickte darauf. Er hielt es mit den Fingern beider Hände, als wäre es schwer und sehr zerbrechlich. Durch das Fernglas sah Leaphorn, daß es ein Stück Brot war. Der Mann schenkte die rote Flüssigkeit in einen Becher, gab ein paar Tropfen der klaren Flüssigkeit dazu, dann hob er den Becher mit beiden Händen etwa in Augenhöhe. Sein Gesicht war versunken, und seine Lippen bewegten sich leicht, als spreche er zu dem Becher. Und in diesem Moment brachte Leaphorns Gedächtnis etwas an die Oberfläche, was er vor Jahren erlebt hatte und was damals seine Gedanken wochenlang in Beschlag genommen hatte. Leaphorn wußte jetzt, was der Mann tat, er kannte sogar die Worte, die er sprach: »Das ist mein Blut, das Blut des Neuen und Ewigen Bundes. Es wird vergossen für euch und für alle Menschen, damit ihre Sünden vergeben werden...«

Leaphorn senkte den Feldstecher. Der Mann dort unten bei Tsos Hogan war ein römisch-katholischer Priester. Und wie es die Regeln seiner Priesterschaft täglich von ihm verlangten, zelebrierte er die Messe.

Als Leaphorn zurückkam zu seinem Wagen, fand er das Mädchen schlafend vor. Sie hatte sich auf dem Vordersitz zusammengerollt, den Kopf auf die Handtasche gebettet, den Mund ein wenig offen. Leaphorn betrachtete sie einen Moment lang, dann sperrte er die Fahrertür auf, schob sachte ihre nackten Füße weg und setzte sich hinter das Lenkrad.

»Sie waren lang genug fort«, sagte Theodora Adams. Sie setzte sich auf und strich sich das Haar aus dem Gesicht. »Haben Sie die Stelle gefunden?«

»Ich möchte Ihnen das Folgende einfach und klar verständlich machen«, sagte Leaphorn, während er den Motor des Wagens anließ. »Wenn Sie mir meine Fragen über diesen Mann beantworten, bringe ich Sie hin zu ihm. Wenn Sie anfangen, mich zu belügen, fahre ich Sie zurück nach Short Mountain. Und ich merke es sofort, wenn Sie lügen.«

»Er ist also da«, schloß sie aus dem, was Leaphorn gesagt hatte. Es war keine Frage, und das Mädchen hatte wohl auch zuvor schon nicht daran gezweifelt. Aber jetzt zeigte sich eine gewisse Erwartung auf ihrem Gesicht, eine bis dahin verborgene Begeisterung.

»Ja, er ist da«, sagte Leaphorn. »Etwa einsachtzig groß oder größer, schwarzes Haar. Ist das der Mann, der Sie erwartet?«

»Ja«, sagte sie.

»Wer ist er?«

»Ich kann Ihnen die größten Schwierigkeiten machen«, sagte das Mädchen. »Sie haben kein Recht, mich so zu verhören.«

»Okay«, antwortete Leaphorn. »Tun Sie, was Sie nicht lassen können. Wer ist der Mann?«

»Ich habe es Ihnen schon gesagt. Benjamin Tso.«

»Und was tut er?«

»Was er tut?« Sie lachte. »Sie meinen, um sich den Lebensunterhalt zu verdienen? Ich weiß es nicht.«

»Sie lügen«, sagte Leaphorn. »Sagen Sie es mir, oder wir fahren zurück nach Short Mountain.«

»Er ist ein Priester«, sagte das Mädchen. »Ein Pater vom Orden der Franziskaner.« Ihre Stimme klang ärgerlich, sei es über die Tatsache selbst oder darüber, daß er sie gezwungen hatte, damit herauszurücken.

»Was macht er hier?«

»Ausruhen. Er ist müde, hat eine lange Reise hinter sich.«

»Von wo?«

»Von Rom.«

»Rom in Italien?«

»Ja, in Italien.« Sie lachte. »Kennen Sie ein anderes?«

Leaphorn schaltete den Motor ab. »Ich schlage vor, wir hören jetzt auf mit diesem albernen Spiel«, sagte er. »Wenn Sie diesen Mann sehen wollen, müssen Sie mir mehr von ihm erzählen.«

»Na schön«, erwiderte sie. »Ach, warum auch nicht?« Und nachdem sie sich dazu entschlossen hatte, sprach sie frei darauflos und schien die Erzählung sogar zu genießen.

Sie hatte Tso in Rom kennengelernt. Er war dort zum Abschluß seines Studiums auf das amerikanische College des Vatikans geschickt worden und wohnte im Priesterseminar der Franziskaner außerhalb der Stadt. Sie war mit ihrem Vater in Rom gewesen und hatte Tso über den Bruder ihrer Zimmergenossin im College kennengelernt, der ebenfalls die Weihen genommen hatte. Nach ihrer Begegnung mit Tso, die für beide schicksalhaft gewesen zu sein schien, war sie unter einem Vorwand in Rom geblieben, während ihr Vater nach Washington zurückkehrte.

»Um es kurz zu machen, wir wollen heiraten. Ich lasse dabei zwischendurch einiges aus, aber er ist hierhergekommen, um seinen Großvater zu sehen, und ich bin ihm nachgefahren, um bei ihm zu sein.«

Du hast eine ganze Menge ausgelassen, dachte Leaphorn. Zum Beispiel den Teil, daß du dich um einen Menschen bemühst, den du nicht haben kannst, und daß du trotzdem nicht von ihm abläßt. Und der Navajo, ein Produkt des Lebens im Hogan, dann des Internats der katholischen Mission und schließlich des Priesterseminars, hatte etwas erlebt, was ihm bis dahin fremd gewesen war, und er wußte nicht, wie er damit fertig werden konnte. Strenggenommen gab es freilich gar keine Entscheidung für ihn, wie Leaphorn vermutete. Dabei erinnerte er sich, wie Tso zu dem Brot emporgeblickt hatte, das er in den Händen hielt, und spürte einen ihm unverständlichen Zorn in sich aufsteigen. Er wollte das Mädchen fragen, warum sie Tso nicht in Ruhe ließ.

Statt dessen fragte er: »Wird er das Priestertum aufgeben?«

»Ja«, antwortete sie. »Katholische Priester können nicht heiraten.«

»Was hat ihn hierher geführt?«

»Oh, er bekam einen Brief von seinem Großvater, und dann wurde sein Großvater getötet, wie Sie ja wissen. Also sagte er, er müsse herkommen und sich darum kümmern.«

»Und was hat Sie hierher geführt?«

Sie bedachte ihn mit einem feindseligen Blick. »Er hat gesagt, ich soll mich hier mit ihm treffen.«

Von wegen, dachte Leaphorn. Er ist vor dir davongelaufen, und du hast ihn aufgespürt. Jetzt ließ er den Geländewagen an und konzentrierte sich ein paar Sekunden lang aufs Fahren. Außerdem bezweifelte er, daß er noch etwas Brauchbares aus Theodora Adams herausbringen konnte. Vielleicht waren sie und Tso nur das, was sie zu sein schienen. Das Kaninchen und der Kojote. Vielleicht war Tso wirklich nichts weiter als ein Priester, der die Idee gehabt hatte, vor dieser Frau zu fliehen, und sei es aus einem gewissen Selbsterhaltungstrieb. Um was zu retten? Sich selbst? Seine Ehre? Seine Seele? Und wahrscheinlich war Theodora Adams die Frau, die alles hatte und diesen Mann verfolgte und erobern wollte, gerade weil er für Frauen tabu war.

Oder Pater Tso war der Mann mit der Goldrandbrille. In diesem Fall wäre die Rolle von Theodora Adams mehr gewesen als sexuelle Vernarrtheit. Aber welche Rolle sie auch spielte, Leaphorn fühlte, daß sie zu abgebrüht und zu schlau war, um mehr zu verraten, als sie wollte.

Der Wagen holperte ächzend über den steilen Pfad von der Mesa hinunter auf die Ebene und rollte dann über die festgestampfte Erde, die als Hof des Hogans diente. Das Mädchen war aus dem Wagen gesprungen, bevor er hielt, rannte auf den Hogan zu und rief: »Bennie, Bennie!« Sie zog die Tür auf und verschwand im Inneren. Leaphorn wartete einen Moment und sah sich nach dem Hund um. Doch es gab nirgends eine Spur davon. Er stieg gerade aus dem Wagen, als das Mädchen aus dem Hogan kam.

»Sie haben gesagt, er ist hier«, herrschte sie ihn vorwurfsvoll an. Dazu wirkte sie wütend und enttäuscht zugleich.

»Er war hier«, sagte Leaphorn. »Oder, genauer gesagt, er ist hier.«

Tso war aus den Zypressen westlich des Hogans aufgetaucht und kam mit langsamen Schritten auf sie zu, wobei er sie überrascht anschaute. Die Morgensonne stand ihm im Gesicht, und er hatte das Mädchen noch nicht erkannt. Dann wurde es ihm bewußt, wer sie war, und er blieb wie betäubt stehen. Theodora Adams entging die Reaktion nicht.

»Bennie«, sagte sie. »Ich habe versucht, dir fernzubleiben.« Ihre Stimme brach. »Ich habe es nicht geschafft.«

»Das sehe ich«, erwiderte Tso. Er hatte die Augen auf ihr Gesicht gerichtet. »Hattest du eine angenehme Reise?«

Theodora Adams lachte etwas gekünstelt. »Natürlich nicht«, sagte sie und nahm seine Hand. »Es war schrecklich. Aber jetzt ist alles gut.«

Tso schaute über ihre Schulter hinweg auf Leaphorn. »Der Polizist hat dich hergebracht«, sagte er. »Du hättest nicht kommen dürfen.«

»Ich mußte einfach zu dir kommen«, sagte sie. »Das weißt du doch.«

Leaphorn war die Szene auf einmal sehr peinlich.

»Pater Tso«, sagte er, »es tut mir leid, aber ich muß Ihnen ein paar Fragen stellen. Über Ihren Großvater.«

»Selbstverständlich«, sagte Tso. »Aber ich weiß nicht viel über ihn. Ich habe ihn seit vielen Jahren nicht gesehen.«

»Meines Wissens bekamen Sie einen Brief von ihm. Was hat er geschrieben?«

»Nicht viel. Nur, daß er krank war. Ich sollte kommen, ein Singen vorbereiten und mich um alles kümmern, wenn er stirbt.« Tso zog die Stirn in Falten. »Warum würde jemand einen alten Mann wie ihn umbringen wollen?«

»Genau das ist das Problem«, erwiderte Leaphorn. »Wir wissen es nicht. Hat er vielleicht etwas geschrieben, was uns helfen könnte? Haben Sie den Brief noch?«

»Er ist bei meinen Sachen«, sagte Tso und verschwand im Hogan.

Leaphorn schaute Theodora Adams an. Sie erwiderte den Blick.

»Meinen Glückwunsch«, sagte Leaphorn.

»Ach, rutschen Sie mir doch den Buckel runter, Sie –« Tso kam durch die Tür, und die Adams brach abrupt ab.

»Es steht nicht viel drin, aber Sie können ihn gern lesen«, sagte der Priester.

Der Brief war mit der Hand geschrieben, in schwarzer Tinte auf billigem Maschinenpapier.

»*Mein lieber Enkelsohn*«, begann er, »*ich habe die Geisterkrankheit. Es ist niemand hier, der mit dem Sänger redet und alles tut, was getan werden muß, damit ich in Schönheit von dieser Welt gehen kann. Ich möchte, daß Du kommst und den richtigen Sänger besorgst und Dich um den Gesang kümmerst. Wenn Du nicht kommst, werde ich sehr bald tot sein. Komm. Es gibt wertvolle Dinge, die ich Dir übergeben muß, bevor ich sterbe.*«

»Ich fürchte, das hilft Ihnen kaum weiter«, sagte Tso.

»Ihr Großvater konnte nicht schreiben, oder? Wissen Sie, wen er dafür in Anspruch nehmen würde?«

»Nein, das weiß ich nicht. Wahrscheinlich irgendeinen Freund.«

»Wie ist er an Ihre Adresse gekommen?«

»Der Brief war an den Abt der Franziskaner beim amerikanischen College gerichtet. Vermutlich hat man die Franziskaner von St. Anthony gefragt.«

»Wann wurde er aufgegeben?«

»Ich habe ihn Mitte April erhalten. Also würde ich sagen, er hat ihn kurz vor seinem Tod aufgegeben.« Tso warf einen Blick auf seine Hände. Offensichtlich hatte er viel darüber nachgedacht. »Ich hatte damals eine Menge zu erledigen«, sagte er, schaute Leaphorn an und suchte nach einem Zeichen von Verständnis für sein Versagen. »Außerdem wäre es ohnehin zu spät gewesen.«

»Bennie hat gedacht, er könnte noch eine Weile warten«, fügte Theodora Adams hinzu.

»Ja, ich glaube, ich habe mich nach der Navajo-Zeit gerichtet«, sagte Tso, aber er lächelte nicht über den alten Scherz. »Ich hatte den alten Mann seit meinem elften oder zwölften Lebensjahr nicht mehr gesehen. Ich dachte wirklich, es hat Zeit.«

Leaphorn sagte nichts dazu. Er erinnerte sich an Mrs. Cigarets Stimme auf dem Tonband, wie sie Feeney berichtete, was Tso gesagt hatte. ». . . Und er meinte, er würde von jemandem seinem Enkel schreiben lassen.« Das hatte Mrs. Cigaret gesagt. Von jemandem schreiben lassen . . . Danach hatte Tso keine Stunde mehr gelebt. Dennoch war der Brief geschrieben worden. Wer hatte ihn geschrieben? Leaphorn entschloß sich, zurückzufahren zur Handelsstation und noch einmal mit McGinnis zu sprechen.

»Haben Sie eine Ahnung, was das für wertvolle Dinge sind, die er Ihnen übergeben wollte?« fragte Leaphorn.

»Nein«, antwortete Tso. »Ich habe nicht die leiseste Ahnung. Alles, was ich im Hogan gefunden habe, war zusammen keine hundert Dollar wert.« Tso schaute nachdenklich drein. »Aber vielleicht meinte er einen ideellen Wert, der nicht in Dollars auszudrücken ist.«

»Ja, vielleicht«, sagte Leaphorn. Er dachte an den Brief. Wenn McGinnis ihn nicht geschrieben hatte, zum Teufel, wer denn dann?

9 McGinnis schenkte den Bourbon vorsichtig ein und hielt inne, als er das Copyright-Zeichen unter dem Coca-Cola-Schriftzug des Glases erreicht hatte. Danach blickte er auf und schaute Leaphorn an.

»Ein Doktor hat mir gesagt, ich soll aufhören mit dem Zeug, weil es schlecht ist für mein Trommelfell, und ich hab ihm geantwortet, daß mir das, was ich trinke, mehr Spaß macht als das, was ich höre.«

Er hielt das Glas ins Licht und erfreute sich an der Ambrafarbe seines Getränks, wie sich ein Weintrinker an der Farbe seines Rotweins erfreut.

»Zwei Dinge, die für mich unerklärlich sind«, fuhr McGinnis dann fort. »Das eine, wer ihm diesen Brief geschrieben haben soll, und das andere, warum er nicht gleich zu mir gekommen ist, nachdem er die Adresse herausgefunden hatte.« McGinnis dachte darüber nach, und diesmal war sein Ausdruck säuerlich. »Man könnte vielleicht denken, es war deshalb, weil ich einer bin, der bekannt ist dafür, daß er überall Bescheid weiß. Eine Klatschbase. Aber alle Leute hier draußen wissen, daß ich kein Wort über das verliere, was ich für sie in ihre Briefe schreibe. Das müßten sie eigentlich nach all den Jahren wissen.«

»Ich werde Ihnen genau sagen, was in dem Brief gestanden hat«, erklärte Leaphorn. Er beugte sich in seinem Sessel nach vorn und hatte die Augen aufmerksam auf das Gesicht von McGinnis gerichtet. »Hören Sie gut zu. Er lautete: ›*Mein lieber Enkelsohn, ich habe die Geisterkrankheit. Es ist niemand hier, der mit dem Sänger reden und alles tun kann, was getan werden muß, damit ich in Schönheit von dieser Welt gehen kann. Ich möchte, daß Du kommst, den richtigen Sänger besorgst und Dich um den Gesang kümmerst. Wenn Du nicht kommst, werde ich sehr bald tot sein. Komm. Es gibt wertvolle Dinge, die ich Dir geben muß, bevor ich sterbe.*‹«

McGinnis schaute gedankenvoll in den Bourbon. »Weiter«, sagte er. »Ich höre.«

»Das ist alles«, antwortete Leaphorn. »Ich habe den Text auswendig gelernt.«

»Komisch«, sagte McGinnis.

»Und jetzt frage ich Sie, ob das das gleiche ist wie der Brief, den Sie für ihn schreiben sollten.«

»Ich habe mir gedacht, daß du das fragst«, erwiderte McGinnis. »Zeig mir den Brief.«

»Ich habe ihn nicht«, sagte Leaphorn. »Dieser Benjamin Tso hat ihn mir gezeigt.«

»Dann hast du ein verdammt gutes Gedächtnis«, stellte McGinnis mit Staunen fest.

»Bis jetzt funktioniert es einigermaßen«, sagte Leaphorn. »Und wie steht es mit Ihrem? Erinnern Sie sich an das, was er hatte schreiben wollen?«

McGinnis schürzte die Lippen. »Ja nun«, erklärte er, »es ist schon so, wie ich es gesagt habe. Ich bin hier überall bekannt dafür, daß ich nicht über das rede, was die Leute in ihre Briefe schreiben wollen.«

»Dann schlage ich vor, Sie hören sich jetzt etwas an«, sagte Leaphorn. »Das ist ein Tonband, das ein FBI-Beamter namens Feeney aufgenommen hat, als er sich mit Margaret Cigaret unterhielt und sie ihm sagte, was ihr Hosteen Tso an dem Nachmittag berichtet hat, bevor er umgebracht wurde.« Leaphorn nahm den Kassettenrecorder und drückte auf die Wiedergabe-Taste.

». . . noch irgend etwas gesagt, bevor Sie weggingen zu dieser Klippe?« fragte die Stimme von Feeney.

Und dann war die Stimme von Listening Woman zu hören. »Ich erinnere mich an nichts mehr. Ja, ich habe ihm gesagt, er soll sich von jemandem nach Gallup bringen und sich dort die Brust röntgen lassen, weil er vielleicht ja auch eine von den Krankheiten haben könnte, die die Weißen heilen. Er meinte, er würde von jemandem seinem Enkel schreiben lassen; der würde sich dann um alles kümmern, und dann habe ich gesagt, ich gehe jetzt raus und –«

Leaphorn stoppte das Band, ließ aber McGinnis nicht aus den Augen.

»Nanu«, sagte McGinnis. Er setzte den Schaukelstuhl in Bewegung. »Wenn ich das richtig gehört habe, dann . . .« Er legte eine Pause ein. »Das hat sie gesagt, kurz bevor der alte Tso erschlagen wurde?«

»Richtig«, bestätigte Leaphorn.

»Und er sagt, daß er den Brief noch nicht hat schreiben lassen. Also kann ihn eigentlich niemand geschrieben haben, es sei denn, Anna Atcitty, und das halte ich für verdammt unwahrscheinlich. Selbst wenn sie ihn geschrieben hätte, was ich bezweifle, dann hätte ihn der Kerl, der die beiden umbrachte, bestimmt nicht zur Post gegeben.« Er schaute Leaphorn an. »Oder glaubst du das?«

»Nein«, sagte Leaphorn.

McGinnis stoppte abrupt das Schaukeln. Das Kreisen des Bourbons im Coca-Cola-Glas wurde im selben Augenblick zur überschwappenden Welle.

»Mein Gott«, sagte McGinnis mit Begeisterung in der Stimme. »Die Sache ist wirklich mysteriös.«

»Ja«, bestätigte Leaphorn.

»Das war aber auch ein kurzer Brief«, bemerkte McGinnis. »Das, was er mir gesagt hat, hätte einen langen Brief ergeben. Schätze, an die eineinhalb Seiten. Und meine Schrift ist sehr klein.« McGinnis stieß sich aus dem Schaukelstuhl hoch und langte nach der Bourbon-Flasche. »Weißt du«, sagte er, während er die Flasche aufschraubte, »ich bin ebenso dafür bekannt, daß ich Geheimnisse bewahren kann, wie man behauptet, ich bin eine Klatschbase. Und ich bin als ein Indianerhändler bekannt. Das bin ich auch, meinem Beruf nach. Ich bin Händler, du bist Indianer. Also laß uns handeln.«

»Um was denn?« fragte Leaphorn.

»Wie du mir, so ich dir«, schlug McGinnis vor. »Ich sage dir, was ich weiß. Du sagst mir, was du weißt.«

»Ein faires Angebot«, stellte Leaphorn fest. »Nur daß ich momentan verdammt wenig darüber weiß.«

»Dann bleibst du mir eben etwas schuldig«, meinte McGinnis. »Und du sagst es mir, wenn du was erfahren hast. Das heißt allerdings, daß ich dir vertrauen muß. Gibt es da irgendwelche Probleme für dich?«

»Nein«, antwortete Leaphorn.

»Gut«, sagte McGinnis. »Weißt du etwas über einen gewissen Jimmy?«

Leaphorn schüttelte den Kopf.

»Der alte Tso war hier, dort drüben hat er gesessen.« McGinnis machte eine Bewegung mit der Hand, in der er das Glas hielt, in Richtung auf einen der hochgepolsterten Sessel. »Er hat gesagt, daß er einen Brief an seinen Enkel schreiben wollte, um ihm mitzuteilen, daß er krank ist und daß der Enkel herkommen und einen

Sänger besorgen soll, der ihn heilt. Außerdem wollte er ihm sagen, daß sich Jimmy sehr schlecht aufführte, so, als ob er keine Verwandten bei den Navajos hätte.«

McGinnis hielt inne, nippte an seinem Whisky und dachte nach. »Mal überlegen . . . Er meinte, ich soll dem Enkel schreiben, daß sich dieser Jimmy wie ein verdammter Weißer aufführt. Und daß Jimmy vielleicht ein Hexer geworden ist. Sein Enkel sollte sich beeilen und gleich herkommen, weil er ihm etwas sagen muß. Er könnte nicht sterben, bevor er mit ihm gesprochen hätte.« McGinnis hatte beim Reden in sein Glas geschaut. Jetzt hob er wieder den Blick auf Leaphorn; sein altes, eingefallenes Gesicht war ausdruckslos, aber seine Augen suchten nach einer Erklärung. »Hosteen Tso sagte mir, ich sollte das zweimal schreiben – den Satz, daß er nicht sterben könnte, bevor er seinem Enkel etwas mitgeteilt hätte. Erst danach, wenn er es ihm gesagt hätte, sei es Zeit für ihn zum Sterben. Sieht ganz so aus, als ob das jemand beschleunigt hätte.« Er saß einen Moment lang bewegungslos in seinem Schaukelstuhl. »Ich möchte wissen, wer.«

»Und ich möchte wissen, wer dieser Jimmy ist«, sagte Leaphorn.

»Keine Ahnung. Ich hab den Alten aushorchen wollen, aber er hat nur erklärt, daß dieser Jimmy ein verdammter Schweinehund ist und vielleicht sogar ein Hexer. Aber er wollte nicht sagen, wer er war. Vermutlich nahm er an, daß es sein Enkel wissen würde.«

»Hat er auch gesagt, daß er dem Enkel etwas Wertvolles geben wollte?«

McGinnis schüttelte den Kopf. »Was hatte er denn? Ein paar Schafe. Schmuck, der in der Pfandleihe höchstens vierzig, fünfzig Dollar wert ist. Kleidung. Nein, er hat bestimmt nichts Wertvolles gehabt.« McGinnis dachte nach, und das einzige Geräusch im Raum war das langsame, rhythmische Knarren seines Schaukelstuhls.

»Dieses Mädchen«, sagte er schließlich. »Mal sehen, ob ich richtig geraten habe. Sie ist hinter dem Priester her. Er läuft vor ihr davon, sie rennt hinter ihm her, und jetzt hat sie ihn erwischt.« Er warf einen Blick auf Leaphorn, um es sich bestätigen zu lassen. »Habe ich recht? Du hast sie draußen bei ihm gelassen.«

»Stimmt«, sagte Leaphorn. »Sie haben recht.«

Sie dachten eine Weile darüber nach. Die alte Standuhr hinter Leaphorns Sessel tickte plötzlich überlaut in der Stille. McGinnis lächelte kaum merklich über seinem Coca-Cola-Glas. Aber der Alte hatte es nicht gesehen, hatte nicht wie Leaphorn die Niederlage des Priesters Benjamin Tso erlebt. Leaphorn hatte dem Priester noch ein paar Fragen gestellt über diesen Brief und dabei erfahren, daß Pater Tso nichts von dem Mann mit der Goldrandbrille gesehen oder gehört hatte und auch nichts von dem Hund wußte. Dann hatte Theodora Adams die hintere Tür des Geländewagens geöffnet, ihre kleine Reisetasche herausgenommen und auf den Boden neben das Fahrzeug gestellt. Benjamin Tso hatte erst die Tasche, dann das Mädchen angeschaut, hatte tief eingeatmet und gesagt: »Theodora, du kannst nicht bleiben.« Und Theodora hatte schweigend dagestanden, ihn angeschaut, dann den Blick auf ihre Hände gesenkt, dabei waren ihre Schultern ein wenig nach unten gesackt, und Leaphorn hatte an dem gequälten Ausdruck auf dem Gesicht von Pater Tso erkannt, daß Theodora Adams weinte, woraufhin Leaphorn erklärt hatte, er wolle sich ›ein bißchen umschauen‹ und weggegangen war von diesem Kampf zweier Seelen, der, wie Miss Adams ihm mit Recht gesagt hatte, die Stammespolizei der Navajos nichts anging. Der Kampf hatte nicht lange gedauert. Als Leaphorn die ergebnislose Überprüfung des Bodens hinter dem Hogan beendet hatte, drückte Pater Tso das Mädchen an seine Brust und flüsterte ihm etwas ins Haar.

»Das ist vielleicht eine Frau«, sagte McGinnis mehr zu sich selbst. Seine wäßrigen alten Augen waren fast geschlossen. Leaphorn konnte dem nichts hinzufügen. Er dachte an den Ausdruck auf dem Gesicht des Paters, als er ihm gesagt hatte, er solle das Mädchen hierlassen. Der Gott, den Tso verehrte, war jetzt nicht mehr als eine ferne Abstraktion. Das Mädchen stand neben ihm, warm und lebendig, auch wenn in diesem Stadium des Abfalls von Pater Tso nicht die Fleischeslust der Feind war. Tsos Feind, dachte Leaphorn, war eine komplizierte Mischung aus mehreren Umständen. Dazu gehörten Mitleid, auch wenn es fehl am Platz sein sollte, Zuneigung, Einsamkeit und – Eitelkeit. Die Lust kam später, wenn Theodora Adams es so wollte, und dann würde Tso klar werden, wie sehr er seine Widerstandskraft überschätzt hatte.

»Es gibt Frauen, die wollen immer gerade das, was sie nicht haben können«, sagte McGinnis jetzt. »Sie können nicht zusehen, wenn ein Mann ein Versprechen hält. Einige von ihnen machen sich mit Vorliebe an verheiratete Männer heran. Aber für eine wahre Tigerin wie diese Adams, für die muß es ein Priester sein.« Er trank einen Schluck und schaute Leaphorn von der Seite an. »Weißt du, wie das bei einem katholischen Priester ist?« fragte er. »Bevor sie die letzten Weihen bekommen, haben sie noch etwas Zeit, um über die Versprechungen und Gelübde nachdenken zu können, die sie ablegen müssen – sie müssen immerhin dem Besitz auf dieser Welt, den Frauen und allem möglichen entsagen. Und wenn dann die Zeit kommt, treten sie an den Altar, legen sich auf den Boden, mit dem Gesicht nach unten, und machen ihr Gelöbnis in Anwesenheit des Bischofs. Psychologisch und auch in der Sicht der katholischen Kirche ist es absolut verbrecherisch, wenn man danach noch seine Meinung ändert. Daß sie einem dafür nicht die Eier abschneiden ist noch alles.« McGinnis trank wieder. »Das ist natürlich eine gewaltige Herausforderung für eine Frau«, fügte er hinzu.

Leaphorn dagegen dachte an eine andere Herausforderung. Es war geradezu zwanghaft bei ihm. Irgendwo in diesem Dschungel aus Widersprüchen, Merkwürdigkeiten, Zufällen und unwahrscheinlichen Ereignissen mußte es ein Muster geben, einen Plan, etwas, das Ursache und Wirkung miteinander in Beziehung setzte, eine Wirkung, welche von den Gesetzen der natürlichen Harmonie und der Vernunft diktiert wurde. Es mußte ein solches Muster geben.

»McGinnis«, sagte er und versuchte, es nicht allzu wehleidig klingen zu lassen, »gibt es etwas, das Sie mir verschweigen und das mir helfen könnte, ein wenig Sinn in diese Sache zu bringen? Dieses Geheimnis, das der alte Mann bewahrt hat, was könnte das sein? Könnte es etwas sein, für das es sich zu töten gelohnt hätte?«

McGinnis knurrte. »Es gibt hier weit und breit nichts, für das es sich zu töten lohnt«, sagte er. »Das ganze Short Mountain-Land ist es nicht wert, daß man einen Mann dafür erschlägt.«

»Was ist dann Ihre Meinung dazu?« fragte Leaphorn. »Sagen Sie irgend etwas, das mir hilft.«

Der Alte schien mit dem Fingerbreit Whisky zu sprechen, der noch in seinem Glas war. »Ich könnte dir eine Geschichte erzählen«, sagte er schließlich. »Wenn es dir nichts ausmacht, daß du deine Zeit dafür verschwendest.«

»Ich höre sie mir gern an«, bekräftigte Leaphorn.

»Ein Teil davon ist wahr«, sagte McGinnis. »Der andere Teil ist wahrscheinlich der typische Navajo-Quatsch. Die Geschichte fängt ungefähr vor hundertzwanzig Jahren an, als Standing Medicine der Häuptling des Bitterwasser-Dinees war, ein großer Mann, berühmt für seine Weisheit.« McGinnis lehnte sich in seinem Schaukelstuhl zurück und berichtete langsam und anschaulich, wie sich im Jahre 1863 der Gouverneur von New Mexico entschlossen hatte, die Navajos zu vernichten, wie sich Standing Medicine mit Narbona zusammengetan und gegen die Armee von Kit Carson gekämpft hatte, bis nach dem strengen Hungerwinter von 1864 die wenigen, die von der Gruppe noch übriggeblieben waren, den Kampf einstellten, sich ergaben und zu den anderen Navajos gebracht wurden, die man in Bosque Redondo gefangenhielt.

»Bis dahin ist es sicher wahr«, sagte McGinnis. »Jedenfalls kann man den Namen von Standing Medicine in den Akten der Armee nachschlagen; dort heißt es, daß er 1864 gefangengenommen wurde und 1865 in Bosque Redondo gestorben ist.« McGinnis lehnte den Kopf zurück und ließ sich die letzten Tropfen Bourbon über die Zunge laufen. Dann stellte er das Glas hin, füllte es wieder genau bis zur Copyright-Marke, schraubte die Flasche zu und hob das Glas in Richtung auf Leaphorn. »Als ich noch ein junger Mann war, war Standing Medicine für jeden hier in diesem Teil des Reservats ein Begriff, ein großer Mann und ein berühmter Heiler. Vielleicht hab ich dir das schon mal erzählt. Aber er kannte außerdem den ganzen Weg der Segnungen auswendig, konnte auch den Weg des Windes zelebrieren, den Gesang des Bergwegs und Teile von mehreren anderen Gesängen. Es hieß, daß er auch eine Zeremonie kannte, von der heute niemand mehr etwas weiß. Ich hörte, daß sie der Sonnenweg genannt wurde, oder das Lied des Zurückrufens. Man nimmt an, daß es sich dabei um die Zeremonie handelt, die die Changing Woman und der Talking God den Menschen beigebracht haben, damit sie sie feiern, wenn die Vierte Welt zu Ende geht.«

McGinnis hielt inne, um das Coca-Cola-Glas zu kippen – nur ein paar Tropfen, die er sich auf die Zunge gab. »Ihr habt in eurem Clan vielleicht eine andere Version«, sagte er. »Aber wir hier um den Short Mountain gehen davon aus, daß die Vierte Welt nicht so endet wie die Dritte Welt, nicht mit dem Wasserungeheuer, das eine Flut hereinbrechen läßt. Diesmal kommt das Übel über die Menschen, weil Vater Sonne erkaltet, und das Dinee soll sich irgendwo in den Chuska-Bergen in einer Höhle verstecken. Ich glaube, daß sich der Schöne Berg zu dieser Höhle öffnet. Dann, wenn es an der Zeit ist, zelebrieren sie den Sonnenweg, rufen damit das Licht und die Wärme zurück und beginnen die Fünfte Welt.«

»Ich hab nie von einer solchen Version gehört«, sagte Leaphorn.

»Wie gesagt, vielleicht ist alles nur Quatsch. Aber es gibt einen bestimmten Punkt, den ich für wichtig halte. Nach der alten Geschichte war Standing Medicine der Meinung, daß dieser Weg die wichtigste von allen Zeremonien war. Er befürchtete, Kit Carson und die Soldaten würden ihn fangen und töten, und er nahm an, daß das Ritual dann vergessen werden würde, daher . . .« Wieder nippte McGinnis an seinem Glas, beobachtete Leaphorn und wartete einen Moment, um die Wirkung des folgenden zu verstärken. »Daher fand er einen geeigneten Platz und rettete in der einen oder anderen magischen Weise, was er über die Rituale wußte. Er sagte es nur seinem ältesten Sohn, damit Kit Carson und die Belacani-Soldaten es ebensowenig finden konnten wie die Utes, und damit es auf diese Weise unzerstört bleiben würde.«

»Interessant«, sagte Leaphorn.

»Ich bin noch nicht fertig. Wir kommen erst noch zum interessantesten Teil«, versprach McGinnis. »Interessant ist, daß der Sohn von Standing Medicine vom Langen Marsch zurückgekommen ist und eine Frau aus dem Mud-Clan heiratete, und sein ältester Sohn war ein Mann namens Mustache Tsossie, und er heiratete zurück in den Salt Cedar-Clan, und sein ältester Sohn war der Mann, den wir Hosteen Tso nannten.«

»Also ist das vielleicht das Geheimnis«, sagte Leaphorn.

»Ja, vielleicht. Aber, wie gesagt, vielleicht ist das alles nur typischer Navajo-Quatsch.« McGinnis blieb vorsichtig und neutral.

»Und ein Teil dieses Geheimnisses wäre dann der Ort, wo Standing Medicine den Sonnenweg versteckt hat«, sagte Leaphorn. »Haben Sie eine Ahnung, wo das sein könnte?«

»Mein Gott«, erwiderte McGinnis. »Damit kommen wir in den Bereich der Magie. Und magisch, das könnte oben am Himmel sein oder unter der Erde. In diesem Canyonland könnte es überall sein.«

»Ich habe die Erfahrung gemacht«, erklärte Leaphorn, »daß Geheimnisse schwer zu bewahren sind. Wenn es der Vater und der Sohn wissen, wissen es bald auch andere.«

»Du vergißt dabei eines«, sagte McGinnis. »Viele der Leute hier in der Gegend sind Utes oder zumindest zur Hälfte Utes. Es gibt viele Heiraten zwischen den Clans. Man muß bedenken, was halsstarrige Oldtimer wie Hosteen Tso und seine Angehörigen vor ihm in dieser Sache dachten. In einer solchen Umgebung ziehen sie sich dann doch sehr zurück und werden verschlossen, vor allem, wenn es um wichtige Geheimnisse geht.«

Leaphorn dachte darüber nach. »Ja«, sagte er dann. »Ich verstehe, was Sie meinen.« Die Utes hatten seit jeher diesen Teil des Reservats überfallen, und als Kit Carson mit seiner Armee gekommen war, hatten ihn die Späher der Utes geführt, hatten die Verstecke der Navajos und ihre Lebensmittellager verraten und mitgeholfen, das verhungernde Volk zu vernichten. Standing Medicine hätte sein Geheimnis vor den Utes ebenso gehütet wie vor den Weißen – und nun hatten die Utes sogar in die Clans hineingeheiratet.

»Selbst wenn wir wüßten, was es ist und wo es ist, würde uns das nicht viel helfen«, sagte McGinnis. »Du würdest wahrscheinlich nicht viel mehr als einen alten Medizinbeutel und ein paar Yei-Masken und Amulette finden. Jedenfalls nichts, wofür man einen Mord begehen würde.«

»Auch nicht, wenn man damit das Ende der Welt aufhalten könnte?« fragte Leaphorn.

McGinnis schaute ihn prüfend an und sah, daß er lächelte. »Es ist eure Aufgabe, nicht wahr«, meinte er dann. »Ihr müßt diesen Mord an Tso aufdecken, und ihr müßt auf das Motiv dazu kommen.« McGinnis schaute in sein Glas. »Trotzdem, es ist verdammt komisch, wenn man darüber nachdenkt«, sagte er. »Man sieht es geradezu vor sich. Jemand, der über die Wagenspur näher kommt, und der Alte und die kleine Atcitty schauen ihm entgegen, sagen wahrscheinlich ›Ya-ta-hey‹, gleich, ob es ein Freund oder ein Fremder ist, und dann nimmt dieser Kerl einen Gewehrkolben oder was auch immer, erschlägt damit den Alten, rennt dem Mädchen nach, erschlägt es ebenfalls, und dann . . .« Er schüttelte ungläubig den Kopf. »Und dann kehrt er einfach um und geht auf der Wagenspur zurück.« McGinnis schaute Leaphorn über den Rand des Glases hinweg an. »Es ist doch völlig klar, daß einer einen wirklichen Grund haben muß, um so etwas zu tun. Denk doch, es gibt keine andere Möglichkeit.«

Joe Leaphorn dachte darüber nach.

Draußen der Lärm von Hämmern, Lachen, einem Motor eines Kleinlastwagens, der angelassen wurde. Leaphorn war so in Gedanken versunken, daß er es nicht hörte. Wieder versuchte er, sich den Ablauf des Verbrechens zu vergegenwärtigen. Die Ursache, das

Motiv für das, was beim Hogan von Tso passiert war, mußte eine reale Ursache gewesen sein, auch wenn die Tat von demjenigen begangen worden war, der lachend versucht hatte, einen fremden Polizisten auf einer einsamen Straße totzufahren. Leaphorn seufzte. Er würde dieses Motiv herausfinden müssen. Und das bedeutete, daß er mit Margaret Cigaret sprechen mußte.

»Sie hatten recht mit Mrs. Cigaret«, begann Leaphorn. »Ich habe nachgeschaut. Niemand da, und der Lastwagen auch nicht. Haben Sie eine Ahnung, wo sie sein könnte?«

»Nicht die geringste«, sagte McGinnis. »Sie kann überall sein. Aber vermutlich besucht sie Verwandte, wie ich dir schon einmal klargemacht habe.«

»Wieso haben Sie gewußt, daß sie nicht zu Hause ist?«

McGinnis schaute ihn mit gerunzelter Stirn an. »Dazu braucht man keinen besonderen Verstand. Sie kam vor drei oder vier Tagen hier vorbei. Eines von den Nakai-Mädchen hat die Alte gefahren. Und sie ist bisher nicht zurückgekommen.« Er schaute Leaphorn auf einmal streitsüchtig an. »Und ich weiß, daß sie nicht heimgekommen ist, weil sie, um heimzukommen, bei mir vorbei muß.«

»Vor drei oder vier Tagen, sagen Sie? Erinnern Sie sich, welcher Tag es war?«

McGinnis überlegte. Er brauchte nicht lange dazu. »Am Mittwoch. Ich esse meistens kurz nach eins. Sie war um zwei Uhr nachmittags hier.«

Mittwoch. Das Kinaalda, bei dem Leaphorn den jungen Emerson Begay verhaftet hatte, war inzwischen im vollen Gange. Begay gehörte zum Mud-Clan. Seine Kusine wurde bei der Zeremonie in die Gemeinschaft der Frauen aufgenommen.

»Zu welchem Clan gehört denn Mrs. Cigaret?« fragte Leaphorn. »Ist sie eine vom Mud-Dinee?«

»Sie ist in den Mud-Clan hineingeboren.«

Da wußte Leaphorn, wo er Mrs. Cigaret finden konnte. Im Umkreis von hundert Meilen würde jeder vom Mud-Clan, der sich noch bewegen konnte, magnetisch von dieser rituellen Versammlung angezogen werden, um ihren Segen zu erhalten und dadurch seine Kräfte zu verstärken und zu erneuern.

»Hier um den Short Mountain gibt es nicht viele vom Mud-Dinee«, erklärte McGinnis. »Die Familie von Mrs. Cigaret und die Nakai-Familie, die Endischees, Alice Fank Pino und ein paar Begays, das sind, glaube ich, schon alle.«

Leaphorn stand auf und streckte sich. Er dankte McGinnis für seine Gastfreundschaft und sagte, er würde zu dem Singen gehen. Dazu benutzte er das Navajo-Verb *hodeeshtal,* das ›teilnehmen an einem rituellen Gesang‹ bedeutet. Wenn man die Betonung ein wenig verschiebt, wird daraus das Verbum ›einen Tritt bekommen‹. Wie Leaphorn es aussprach, hätte einer, der ein Ohr hatte für die zahllosen Wortspiele der Navajos, verstehen können, daß Leaphorn entweder selbst geheilt werden oder einen Tritt bekommen wollte. Es gehörte zu den ältesten der alten Navajo-Wortspiele, und McGinnis, der dazu ein wenig grinste, antwortete mit dem erwarteten Scherz, der seinerseits ebenfalls ein Wortspiel war.

»Das kann nie schaden, wenn einem der Hintern weh tut«, sagte er.

10 Der Wind folgte Leaphorns Geländewagen den halben Weg über die Nokaito Bench, schloß das holpernde Fahrzeug in den aufgewirbelten Sand und Staub ein und füllte Nase und Lunge des Polizeibeamten mit Auspuffgasen. Es war heiß. Das Versprechen des Regens schwand dahin, als der Westwind die Gewittertürme davonfegte. Bald danach war der Himmel klar und tiefblau. Die Straße wand sich an der Flanke des Bergrückens nach oben und wurde felsiger, je mehr sie sich dem Kamm näherte. Leaphorn schaltete herunter, um den Wagen sicher über eine Ansammlung von Felsfalten zu steuern, und der Wind, der ihm im Rücken stand, überholte den Wagen. Leaphorn erreichte das Plateau und war einen Moment lang wie blind. Dann, mit einer Drehung des Windes, teilte sich die Staubwolke, und er konnte den Wohnsitz von Alice Endischee sehen.

Das Land senkte sich hier nach Norden, zum Staat Utah hin: weit, leer und baumlos. In Leaphorn war das Gefühl der Navajos für das Land und die Landschaften voll erhalten geblieben. Normalerweise hatte er ein Auge für die Schönheit solcher blaudunstiger Fernen, aber heute sah er nur die Armut des spärlichen, steinigen Weidelandes, zerstört durch zuviel grasendes Vieh, Schafe und Rinder, und jetzt grau von der Trockenheit.

Er schaltete wieder in den dritten Gang, als sich die Straße leicht nach unten neigte, und betrachtete den Wohnsitz von Alice Endischee weit unten am Fuß des Hangs. Da war der quadratische, aus Planken gezimmerte ›Sommer-Hogan‹ mit seinem Dach aus geteerter, sandbedeckter Dachpappe, ein roter Fleck in der Landschaft, und dahinter der ›Winter-Hogan‹ aus Stein, dazu eine Buschlaube mit einer Mittelstange, überdacht mit dem hohen Beifuß und Kreosotgebüsch der Gegend, zwei Corrals und ein älterer Hogan, der nach der Vorschrift des Heiligen Volkes gebaut war und für alle Zeremonien und Weihehandlungen benützt wurde. Zwischen den Gebäuden zählte Leaphorn sieben Kleinlastwagen, einen zerbeulten, grünen Mustang, einen offenen Lastwagen und zwei Kombiwagen. Es hatte sich nichts verändert, seit er hiergewesen war, um Emerson Begay zu verhaften; damals hatte das Kinaalda gerade erst begonnen, und das Endischee-Mädchen hatte sich das Haar von den Tanten in Yucca-Extrakt waschen lassen als ersten Schritt der großen rituellen Weihehandlung. Inzwischen mußte die Feier den Höhepunkt erreicht haben.

Menschen kamen aus dem Medizin-Hogan, wobei einige ihre Aufmerksamkeit dem sich nähernden Fahrzeug zuwandten, die meisten aber in einer immer größer werdenden Gruppe um die Tür des Hogans herumstanden. Dann trat aus der Gruppe ein junges Mädchen hervor – und begann wegzurennen.

Sie rannte, verfolgt vom Wind und einem halben Dutzend

Kindern, über eine mit Beifuß überwucherte Ebene. Dabei nahm ihr Lauf jetzt allmählich das Tempo an, das man wählt, wenn man weiß, daß man über eine größere Distanz laufen muß. Sie trug den langen Rock, die langärmelige Bluse und den schweren Silberschmuck der traditionellen Navajofrau – aber sie lief mit der Leichtigkeit und der Anmut eines Kindes, das noch nicht vergessen hat, wie man seinem Schatten davonläuft.

Leaphorn hielt den Wagen an, schaute zu und erinnerte sich an seine eigene Initiation nach den Tagen der Kindheit, bis die Läufer den Hügel hinunter verschwanden. Für das Endischee-Mädchen war das vermutlich der dritte Lauf des Tages, und der dritte Tag dieser Läufe. Je länger ein Mädchen bei seinem Kinaalda rannte, desto länger würde es ein gesundes, glückliches Leben führen, lehrte Changing Woman. Doch am dritten Tag schmerzten die Muskeln, und sie würde bald zurückkehren. Leaphorn legte wieder den Gang ein. Sobald das Mädchen nicht mehr zu sehen war, würde die Familie wieder den Hogan betreten und die Lauf-Lieder singen, die gleichen Gebete, wie sie das Heilige Volk bei der Menstruationszeremonie gesungen hatte, als White Shell Girl zur Changing Woman geworden war. Danach würde es eine Pause geben, in der sich die Frauen daranmachten, den großen, zeremoniellen Kuchen zu backen, den es am nächsten Tag zu essen gab. Diese Pause wollte Leaphorn nutzen, um sich Listening Woman zu nähern und ihr seine Fragen zu stellen.

Er berührte den Ärmel der Frau, als sie aus dem Hogan kam, sagte ihr, wer er war und warum er mit ihr sprechen wollte.

»Es ist genau, wie ich es dem weißen Polizisten gesagt habe«, erklärte Margaret Cigaret. »Der alte Mann, der sterben mußte, hat mir erzählt von ein paar Sandbildern, die entweiht worden sind, und der alte Mann ist dabeigewesen. Er meinte, daß er vielleicht deshalb krank geworden ist.«

»Ich habe mir die Tonbandaufzeichnung von Eurem Gespräch mit dem weißen Polizisten angehört«, sagte Leaphorn. »Aber dabei, meine Mutter, ist mir aufgefallen, daß der weiße Mann Euch nicht richtig darüber reden ließ. Er hat Euch unterbrochen.«

Margaret Cigaret dachte darüber nach. Sie stand da, die Arme über dem purpurnen Samt ihrer Bluse gefaltet, und ihre blinden Augen schauten durch Leaphorn hindurch.

»Ja«, sagte sie. »Genau so ist es gewesen.«

»Und ich bin jetzt hergekommen, weil ich dachte, wenn wir noch einmal darüber sprechen, könntet Ihr mir sagen, was der weiße Polizist aus lauter Ungeduld nicht hören wollte.« Leaphorn nahm an, sie erinnerte sich daran, daß er der Mann war, der erst vor drei Tagen zu dieser Zeremonie gekommen war und Emerson Begay festgenommen hatte. Wenn Begay auch, wie Leaphorn wußte, nicht direkt zur Cigaret-Familie gehörte, war er doch einer vom Mud-Clan und vermutlich ein entfernter Neffe ihrer Familie. Also hatte sich Leaphorn der Verhaftung eines Verwandten schuldig gemacht. Nach dem traditionellen Navajo-System standen selbst entfernte Neffen, die Schafe stahlen, hoch oben auf der Werteskala.

»Ich frage mich, was Ihr von mir haltet, meine Mutter«, sagte Leaphorn. »Vielleicht denkt Ihr, daß es nichts nützt, mit einem Polizisten zu reden, der so dumm ist, den verhafteten Begay-Jungen wieder flüchten zu lassen, und der auch zu dumm ist, um denjenigen zu fangen, der andere getötet hat.« Wie Mrs. Cigaret vermied es auch Leaphorn, die Namen der Toten auszusprechen. Wenn man es tat, ging man das Risiko ein, die Aufmerksamkeit der Geister zu wecken, und selbst wenn man nicht daran glaubte, war es immerhin sehr schlechtes Benehmen, die Geisterkrankheit für diejenigen zu riskieren, die daran glaubten. »Aber wenn Ihr darüber nachdenkt, wird Euch klarwerden, daß Euer Neffe ein sehr schlauer junger Mann ist. Seine Handfesseln waren ihm unbequem, daher habe ich sie ihm abgenommen. Er hat mir Hilfe angeboten, und ich habe sein Angebot akzeptiert. Es war Nacht, und er ist entkommen. Wie Ihr wißt, ist Euer Neffe ja schon öfters entkommen.«

Margaret Cigaret bestätigte das mit einem Nicken, dann neigte sie den Kopf in die Richtung der Tür des Hogans. Dort gossen drei

Frauen eimerweise Teig in die Feuergrube, um den rituellen Kuchen der Menstruationszeremonie herzustellen. Zum Rauch kam jetzt Wasserdampf. Mrs. Cigaret wandte sich ihnen zu.

»Gebt Mais-Liesch darüber«, wies Margaret Cigaret die Frauen mit lauter, deutlicher Stimme an. »Ihr müßt im Kreis herumgehen: Osten, Süden, Westen, Norden.«

Die Frauen hielten einen Moment lang inne bei der Arbeit. »Wir haben ihn noch nicht ganz hineingegossen«, sagte eine von ihnen. »Hast du gesagt, wir können die Rosinen hineingeben?«

»Streut sie obendrauf«, sagte Mrs. Cigaret. »Dann macht ihr die Kreuze mit den Maisblättchen darüber. Fangt im Osten an und arbeitet euch im Kreis herum, wie ich es gesagt habe.« Sie wandte das Gesicht wieder Leaphorn zu. »So haben es der Erste Mann und die Erste Frau und das Heilige Volk gemacht, als sie dem White Shell Girl ihr Kinaalda bereiteten, nachdem es zum erstenmal menstruiert hat«, erklärte Mrs. Cigaret. »Und so hat es uns Changing Woman gelehrt.«

»Ja«, sagte Leaphorn. »Ich erinnere mich.«

»Bei dem, was ich sagen wollte, als der weiße Mann zu ungeduldig wurde und nicht mehr zuhörte, ging es darum, was den Getöteten krank gemacht hat«, sagte Mrs. Cigaret.

»Ich würde es gern hören, falls Ihr Zeit habt, es mir mitzuteilen, meine Mutter.«

Mrs. Cigaret zog die Stirn in Falten. »Der weiße Mann hat nicht gedacht, daß es etwas mit dem Töten zu tun hatte.«

»Ich bin kein weißer Mann«, entgegnete Leaphorn. »Ich bin einer vom Dinee. Ich weiß, daß dieselben Dinge, die einen Mann krank machen, ihn manchmal auch töten können.«

»Aber in diesem Fall ist der Mann mit einem Gewehrkolben erschlagen worden.«

»Das weiß ich, meine Mutter. Könnt Ihr mir vielleicht sagen, warum er mit dem Gewehrkolben erschlagen worden ist?«

Mrs. Cigaret dachte darüber nach.

Der Wind frischte wieder auf, ließ ihren Rock um die Knöchel flattern und wirbelte eine Staubwolke über den Hof vor dem Hogan. Die Frauen am Feuerloch beschwerten Zeitungen, die sie über die Maisschalen auf der Oberfläche des Teigs gelegt hatten, mit getrockneten Erdklumpen.

»Ja«, sagte Mrs. Cigaret. »Ich höre, was du sagst.«

»Ihr habt dem weißen Polizisten mitgeteilt, daß Ihr dem alten Mann empfohlen habt, einen Weg des Berges singen und eine Schwarzer-Regen-Zeremonie feiern zu lassen«, erinnerte Leaphorn. »Warum ausgerechnet diese beiden?«

Mrs. Cigaret schwieg. Der Wind bewegte eine lose Strähne ihres Haars vor ihrem Gesicht. Sie mußte einmal sehr schön gewesen sein, dachte Leaphorn. Jetzt war ihr Gesicht verwittert und wirkte sorgenvoll. Hinter Leaphorn war schallendes Gelächter zu hören. Die Späne aus Pinien- und Zedernholz über dem Kuchenteig im Feuerloch hatten zu brennen begonnen.

»Das habe ich gehört, als ich auf die Erde gelauscht habe«, sagte Mrs. Cigaret, sobald das Gelächter verstummt war.

»Könnt Ihr mir etwas darüber sagen?«

Mrs. Cigaret seufzte. »Nur, daß ich wußte, es ist mehr als eine Sache. Ein Teil der Krankheit ist daraus entstanden, daß alte Geister aufgescheucht worden sind. Aber die Stimmen sagten mir, daß mir der alte Mann nicht alles mitgeteilt hatte.« Sie hielt inne, ihre Augen waren ausdruckslos mit dem glasigen Blick des grünen Stars, und ihr Gesicht war grimmig und traurig zugleich. »Die Stimmen sagten mir, daß das, was geschehen war, sich ihm ins Herz geschnitten hatte. Und daß es keine Möglichkeit zu einer Heilung gab. Der Gesang zum Weg des Berges war der richtige, weil die Krankheit aus der Zerstörung geheiligter Dinge gekommen war, und der Schwarze Regen, weil ein Tabu gebrochen worden war. Aber das Herz des alten Mannes war in zwei Stücke geschnitten, und es gab keinen Gesang, der ihn wieder in Schönheit genesen lassen würde.«

»Es ist also etwas sehr Schlimmes geschehen«, sagte Leaphorn, um sie zum Fortfahren zu bewegen.

»Ich glaube nicht, daß er noch leben wollte«, erklärte Margaret

Cigaret jetzt. »Ich glaube, er wollte, daß sein Enkel kommt, und dann wollte er sterben.«

Das Feuer hatte inzwischen die ganze Grube eingehüllt, und die Gruppe, die am Eingang und in der Nähe des Hogans wartete, brach wieder in laute Rufe und schallendes Gelächter aus. Das Mädchen kam zurück, rannte über die Ebene, auf der der Beifuß wucherte, immer noch an der Spitze einer Schar von erschöpften Läufern. Einer der Endischees hängte eine Decke quer vor die Tür des Hogans und deutete damit an, daß die Zeremonie im Inneren fortgeführt wurde.

»Ich muß jetzt wieder hinein«, sagte Mrs. Cigaret. »Es gibt nichts weiter zu sagen. Wenn jemand sterben will, dann stirbt er.«

Drinnen setzte sich ein großer Mann an die Wand des Hogans, lehnte sich dagegen und sang mit geschlossenen Augen, wobei seine Stimme sich erhob, dann wieder senkte und die Kadenzen nach einem Muster veränderte, das so alt war wie sein Volk.

»Sie bereitet ihr Kind«, sang der große Mann. »Sie bereitet ihr Kind.

> White Shell Girl bereitet ihr Kind,
> Mit weißen Muschel-Mokassins bereitet sie es,
> Mit weißen Muschelgamaschen bereitet sie es,
> Mit Schmuck aus weißen Muscheln bereitet sie es.«

Der große Mann saß, die Beine vor sich gekreuzt, rechts von Leaphorn unter den Männern, die auf der südlichen Seite des Hogans Platz genommen hatten. Ihnen gegenüber saßen die Frauen. Der Boden des Hogans war gesäubert worden. Ein kleiner Haufen Erde bedeckte das Feuerloch unter der Rauchöffnung in der Mitte. An der westlichen Wand hatte man eine Decke gespannt, und darauf lagen die Hausgeräte, die man hergebracht hatte, damit sie geweiht würden von der Schönheit, welche die Zeremonie entstehen ließ. Neben der Decke war eine der Tanten von Eileen Endischee damit beschäftigt, das Haar des Mädchens nach der zeremoniellen Weise zu bürsten. Eileen war ein hübsches Mädchen; ihr Gesicht war zwar blaß und müde, aber zugleich von einer inneren Heiterkeit erfüllt.

»Das White Shell Girl bereitet ihr Kind«, sang der große Mann.
»Mit den Pollen des Weichen und Guten im Mund wird es sprechen.
Mit den Pollen des Weichen und Guten bereitet sie es.
Mit den Pollen des Weichen und Guten segnet sie es.
Sie bereitet es.
Sie bereitet es.
Sie bereitet das Kind, damit es in Schönheit lebt.
Sie bereitet das Kind für ein langes Leben, ein Leben in Schönheit.
Die Schönheit vor sich, bereitet es White Shell Girl.
Die Schönheit hinter sich, bereitet es White Shell Girl.
Die Schönheit über sich, bereitet es White Shell Girl.«

Leaphorn fand sich wieder einmal, wie seit seiner Kindheit, gebannt und verzaubert von der hypnotischen Wiederholung des Gesangs, der in sich Bedeutung, Rhythmus und Melodie vereinte und doch mehr war als die Summe davon. Die Tante des Endischee-Mädchens band jetzt ihrem Schützling das Haar hoch. Die anderen im Hogan stimmten in den Gesang des großen Mannes ein.

»Die Schönheit um sich, bereitet White Shell Girl ihr Kind.«

Ein Mädchen wurde zur Frau, und ihre Angehörigen feierten das neue Mitglied des Dinees mit Freude und Hochachtung. Leaphorn merkte, daß auch er zu singen begonnen hatte. Die Wut, die er trotz aller Tabus zu dieser Feier mitgebracht hatte, war überwunden. Leaphorn fühlte, daß er für sich die Harmonie wiederhergestellt hatte.

Er besaß eine laute, klare Stimme, und er setzte sie mit Freude ein.

»Die Schönheit vor sich, bereitet White Shell Girl ihr Kind.«

Der große Mann warf ihm einen Blick zu – einen freundlichen Blick. Auf der anderen Seite des Hogans lächelten ihm zwei Frauen zu. Er war ein Fremder, ein Mann aus einem anderen Clan, ein Polizist, der einen der ihren verhaftet hatte, vielleicht sogar ein Hexer, aber er wurde akzeptiert mit der natürlichen Gastfreundschaft des Dinees. Leaphorn empfand einen wilden Stolz für sein Volk und für diese Feier des Frauwerdens. Das Dinee hatte seit jeher die Frau als dem Manne gleichberechtigt respektiert, hatte ihr Gleichheit beim Besitz, in metaphysischen Dingen und bei den Clans eingeräumt und die Rolle der Mutter in den Spuren von Changing Woman als Erhalterin des Navajo-Wegs anerkannt. Leaphorn erinnerte sich, was seine Mutter ihm gesagt hatte, als er von ihr wissen wollte, wie Changing Woman einen Kinaalda-Kuchen als ›einen Schaufelstiel breit‹ und ›garniert mit getrockneten Trauben‹ vorgeschrieben hatte, zu einer Zeit, als das Dinee weder Schaufeln noch Rosinen kannte. »Wenn du ein Mann bist«, hatte sie gesagt, »wirst du verstehen, daß sie uns auf diese Weise gelehrt hat, in Harmonie mit der eigenen Zeit zu leben.« Und so lernten die ewigen Navajos – während die Kiowas vernichtet und die Utes in hoffnungslose Armut getrieben worden waren –, sich anzupassen und durch das Ertragen des Leidens stark zu werden.

Das Endischee-Mädchen, dessen Haar jetzt so frisiert war wie das Haar von White Shell Girl beim Heiligen Volk, nahm seine Schmuckstücke von der Decke auf dem Boden, legte sie an und verließ den Hogan, wobei es sich scheu bewußt war, daß die Blicke aller auf ihm ruhten.

»In der Schönheit ward's vollendet«, sang der große Mann. »In der Schönheit ward's vollendet.«

Leaphorn blieb stehen und wartete, bis er an der Reihe war, in die Gruppe zu treten, die einzeln nacheinander den Hogan verließ. Der Raum war erfüllt vom Geruch nach Schweiß, Wolle, Erde und Pinienholzrauch, der vom Feuer draußen hereingedrungen war. Die Anwesenden versammelten sich um die Decke, und jeder nahm seine neu gesegneten Gegenstände wieder in Empfang. Eine

Frau in mittleren Jahren, die eine Hose anhatte, nahm sich ihr Zaumzeug, ein Junge im Teenager-Alter, der einen ›Reservatshut‹ aus schwarzem Filz auf dem Kopf trug, nahm einen kleinen, türkisfarbenen Stein und eine wasserdichte, batteriebetriebene Lampe aus rotem Plastik, auf die jemand mit Ölfarbe die Buchstaben HAAS gemalt hatte; ein alter Mann, der eine gestreifte blaue Santa Fe Railroad-Mütze auf dem Kopf hatte, nahm sich einen Mehlsack, der weiß Gott was enthalten mochte. Leaphorn duckte sich und verließ den Hogan. Jetzt mischte sich der Geruch nach gebratenem Hammelfleisch unter den Rauch des Pinienholzes.

Er hatte Hunger und fühlte sich entspannt. Er würde essen, sich dann nach einem Mann mit einer Goldrandbrille und einem übergroßen Hund umhören und sein Gespräch mit Listening Woman fortsetzen. Seine Gedanken hatten wieder zu arbeiten begonnen, um einen Hinweis auf ein Schema zu entdecken in dem, was bisher nur Unordnung und Chaos war. Er würde sich einfach mit Mrs. Cigaret unterhalten und ihr dabei die Chance bieten, ihn besser kennenzulernen. Bis zum nächsten Tag war sie dann vielleicht so vertraut mit ihm, daß sie es riskieren konnte, jenes gefährliche Thema mit ihm zu besprechen, das kein kluger Navajo mit einem Fremden besprechen würde – das Thema Hexerei.

Mit dem Abend legte sich der Wind. Der Sonnenaufgang hatte ein großartiges Leuchten in verschiedenen Orangetönen aus der noch immer staubigen Atmosphäre gebracht. Leaphorn hatte Hammelkoteletts gegessen, dazu gebratenes Brot, hatte sich mit einem Dutzend Leuten unterhalten und nichts Brauchbares herausgefunden. Er hatte auch noch einmal mit Margaret Cigaret gesprochen und sie dazu gebracht, daß sie sich, so gut sie konnte, an die Folge der Ereignisse erinnerte, die zum Tod von Tso und der Atcitty geführt hatten. Doch auch von ihr erfuhr er kaum mehr als das, was er bereits aus dem Bericht des FBI und aus der Tonbandaufnahme kannte. Und nichts von dem, was er erfuhr, schien ihm weiterzuhelfen. Anna Atcitty hatte Mrs. Cigaret nur sehr ungern zu ihrer Verabredung mit Hosteen Tso gefahren; Mrs.

Cigaret nahm an, daß sie sich eigentlich mit einem Jungen hatte treffen wollen. Die alte Frau konnte nicht mit Sicherheit sagen, wer dieser Junge gewesen war, vermutete aber, daß er einer vom Salt Cedar-Dinee war, der bei der Handelsstation Short Mountain arbeitete. Ein Staubteufel hatte einige der Pollen weggeblasen, die Mrs. Cigaret zu ihrer Prozedur benützte. Mrs. Cigaret war übrigens nicht, wie Leaphorn vermutete, zum Lauschen in die kleine Ausbuchtung geführt worden, die er von oben gesehen hatte, als er am Rand der Mesa stand und hinunterschaute auf Tsos Hogan. Er war davon ausgegangen, daß Anna Atcitty sie zu dem nächsten geeigneten Platz geführt hätte, aber Mrs. Cigaret erinnerte sich, daß sie über einen Ziegenpfad gegangen war, um die sandbedeckte Ausbuchtung zu erreichen, wo sie gelauscht hatte. Und sie schätzte, daß die Stelle mindestens hundert Meter vom Hogan entfernt gewesen sein mußte. Das bedeutete, daß sie in einer anderen, kleineren Ausschwemmung der Mesa-Klippen gewesen sein mußte, westlich von der Stelle, wo Leaphorn gestanden hatte. Leaphorn erinnerte sich, daß ihm die Ausbuchtung aufgefallen war, weil man sie früher einmal durch einen Zaun abgetrennt und als Schafspferch benützt hatte.

Keines dieser Details schien vielversprechend zu sein, doch kurz nach Mitternacht erfuhr Leaphorn noch, daß der Junge, der den ›dunklen Vogel‹ in einen Seitenarm des Lake Powell hatte tauchen gesehen, einer der Gorman-Jungen war. Der Junge war auch beim Kinaalda gewesen, jetzt aber mit zwei seiner Vettern weggegangen, um die Wasserfässer der Endischees wieder zu füllen. Das bedeutete eine Fahrt von über zwölf Meilen hin und zurück, und der Wagen würde wahrscheinlich nicht vor der Morgendämmerung wieder hier sein. Der Junge hieß übrigens Eddie. Es war der mit dem schwarzen Filzhut, und auf seine Nachfrage erfuhr Leaphorn, daß er nicht zurückkommen würde, nachdem er die Wasserfässer gefüllt hatte; er war auf dem Weg nach Farmington.

Leaphorn blieb beim Zeremoniell sitzen, das noch die ganze Nacht über andauerte, sang die zwölf Hogan-Gesänge und die

Gesänge des Talking God und beobachtete dabei mit Verständnis die hartnäckig-verbissenen Bemühungen des Endischee-Mädchens, nicht gegen die Regeln zu verstoßen und einzuschlafen. Als sich der Himmel im Osten rosa färbte, ging er mit den anderen hinaus, sang das Lied der Morgenröte und erinnerte sich dabei der Ehrerbietung, mit der sein Großvater einen jeden neuen Tag zu begrüßen pflegte. Die Worte, die sich über Generationen erhalten hatten, waren so in den Rhythmus des Lieds verschmolzen, daß sie heute kaum mehr als musikalische Laute waren. Aber Leaphorn erinnerte sich an ihre Bedeutung.

»Tief unten im Osten hat er ihn entdeckt,
Nun hat er Dawn Boy erkannt,
Das Kind, das er nun gefunden,
Wo es geruht, nun, da er es gefunden,
Spricht er mit ihm, nun hört es ihm zu.
Da es ihm zuhört, gehorcht es ihm.
Da es ihm gehorcht, gibt es ihm Schönheit.
Aus dem Mund von Dawn Boy kommt Schönheit.
Jetzt wird das Kind in ewiger Schönheit leben.
Jetzt wird das Kind die Schönheit vor sich haben.
Jetzt wird das Kind die Schönheit um sich haben.
Jetzt wird das Kind mit Schönheit enden.«

Dann war das Endischee-Mädchen gegangen, wieder begleitet von Kusinen, Nichten und Neffen, um den letzten Lauf des Kinaalda hinter sich zu bringen. Die Sonne war aufgegangen, und Leaphorn dachte, er würde noch einmal ein Gespräch mit Mrs. Cigaret versuchen. Sie saß in ihrem Lastwagen, hatte die Tür offen und hörte den Frauen zu, die dabei waren, den Kinaalda-Kuchen aus der Feuergrube zu heben.

Leaphorn setzte sich neben sie. »Da ist noch etwas, das mir Gedanken macht«, sagte er. »Ihr habt dem FBI-Mann gesagt, und Ihr habt es mir gesagt, daß der Mann, der getötet worden ist, von

Sandbildern gesprochen hat, die zerstört worden sind. Sandbilder – also mehr als eines. Wie ist das möglich?«

»Ich weiß es nicht«, antwortete Mrs. Cigaret.

»Habt Ihr jemals von irgendeinem Gesang gehört, bei dem es mehr als ein Sandbild gegeben hat?« fragte Leaphorn. »Gibt es irgendeinen Sänger in diesem Reservat, der die Zeremonie anders als üblich feiert?«

»Sie feiern sie alle gleich, wenn sie ihre Sandbilder machen, so, wie es ihnen Talking God beigebracht hat.«

»Das hat mich mein Großvater auch gelehrt«, bestätigte Leaphorn. »Man macht das entsprechende Sandbild, und wenn die Zeremonie zu Ende ist, wischt es der Sänger aus, und der Sand wird durcheinandergemischt und aus dem Hogan getragen und in den Wind gestreut. So hat es mir mein Großvater beigebracht.«

»Ja«, sagte Margaret Cigaret.

»Könnte es dann aber nicht sein, meine Mutter, daß Ihr nicht genau verstanden habt, was Euer Patient zu Euch gesagt hat? Könnte er vielleicht gesagt haben, daß nur *ein* Sandbild geschändet worden ist?«

Mrs. Cigaret wandte sich ab von der Stelle, wo die Endischees jetzt die glühenden Holzreste entfernt und eine Lage Asche weggebürstet hatten und sich daranmachten, den Kinaalda-Kuchen aus der Ofengrube zu hieven. Ihre blicklosen Augen richteten sich direkt auf Leaphorns Gesicht – so direkt, als ob sie ihn sehen könnte.

»Nein«, sagte sie. »Ich selbst habe gedacht, ich hätte ihn falsch verstanden. Ich habe es ihm sogar gesagt. Und er hat gesagt . . .« Sie hielt inne, versuchte, sich genau daran zu erinnern. »Er hat gesagt: ›Nein, nicht nur ein heiliges Bild. Mehr als eines.‹ Er hat gesagt, daß es seltsam ist, und dann wollte er nicht mehr darüber reden.«

»Sehr seltsam«, bestätigte Leaphorn. Der einzige Ort, den er kannte und wo ein ehrlicher Sänger echte Sandbilder hergestellt hatte, die danach nicht zerstört, sondern aufbewahrt werden sollten, war das Museum für die Zeremonielle Kunst der Navajos in Santa Fe. Dort waren sie nach langer Gewissensprüfung und vielen Diskussionen hergestellt worden, und erst, nachdem einige entscheidende Elemente ein wenig verändert worden waren. Das Argument, das zuletzt für diesen Bruch der Regeln gesprochen hatte, war die Erhaltung bestimmter Bilder für die Nachwelt gewesen. Konnte das vielleicht auch in diesem Fall die Antwort sein? Hatte Standing Medicine einen Weg gefunden, um Sandbilder zu hinterlassen und auf diese Weise eine Zeremonie für die Nachwelt zu erhalten? Leaphorn schüttelte den Kopf.

»Es ergibt keinen Sinn«, sagte er.

»Nein«, bestätigte ihm Mrs. Cigaret. »Niemand würde so etwas tun.«

Leaphorn machte den Mund auf und schloß ihn wieder. Unnötig, das auszusprechen, was naheliegend war. Er konnte es sich sparen, zu sagen ›außer einem Hexer‹. In der Metaphysik der Navajos wurden diese Sandbilder, stilisierte Reproduktionen des Heiligen Volkes, welche Szenen aus der Mythologie wiederholten, dazu benützt, um die Harmonie wiederherzustellen. Wenn diese Weihehandlungen nicht den Regeln entsprechend zelebriert wurden, konnte ein Sandbild die Harmonie vollends zerstören und sogar den Tod dessen verursachen, der geheilt werden sollte. Die Legenden von den grauenvollen Ereignissen in den Höhlen der Hexer strotzten von absichtlich pervertierten Sandbildern, aber auch von Mord und Inzest.

Mrs. Cigaret richtete ihr Gesicht jetzt wieder auf das Feuerloch. Unter Lachen und lautstarker Anerkennung wurde der große, braune Kuchen aus dem Loch geholt, vorsichtig, damit er nicht zerbrach, und dann bürstete man den Staub und die Asche weg.

»Der Kuchen ist raus«, sagte Leaphorn. »Er sieht perfekt aus.«

»Die Zeremonie war perfekt«, erwiderte Listening Woman. »Alles ist genau nach den Anweisungen getan worden. Auch in den Liedern hat jeder die richtigen Worte gesungen. Ich habe deine Stimme unter denen der Sänger erkannt.«

»Ja«, sagte Leaphorn.

Jetzt lächelte Mrs. Cigaret, aber es war ein verbissenes Lächeln. »Und im nächsten Augenblick wirst du mich fragen, ob der Mann, der gestorben ist, mir etwas über Hexer gesagt hat, etwas über eine Hexenhöhle.«

»Ich hätte Euch danach gefragt, meine Mutter«, sagte Leaphorn. »Aber ich habe mir überlegt, ob es nicht verboten ist, bei einem Kinaalda über Hexer zu sprechen.«

»Es ist jedenfalls nicht das, worüber man reden sollte«, erklärte Mrs. Cigaret. »In diesem Fall ist es aber für dich ein berufliches Gespräch, und wir werden auch nicht viel über Hexerei sprechen, weil mir der alte Mann nichts darüber gesagt hat.«

»Gar nichts?«

»Gar nichts. Ich habe ihn danach gefragt. Ich habe gefragt, weil ich mich genau wie du über die Sandbilder gewundert habe«, sagte Mrs. Cigaret. Dann lachte sie. »Aber er ist nur wütend geworden. Er hat gesagt, daß er nicht darüber reden kann, weil es ein Geheimnis ist. Ein großes Geheimnis.«

»Habt Ihr jemals gedacht, daß der Alte vielleicht selbst ein Hexer gewesen sein könnte?«

Mrs. Cigaret schwieg. An der Tür des Hogans schnitt Mrs. Endischee Stücke vom Rand des Kuchens und reichte sie den Verwandten.

»Ich habe darüber nachgedacht«, sagte Mrs. Cigaret. Dann schüttelte sie wieder den Kopf. »Ich weiß es nicht«, sagte sie. »Wenn er einer war, dann tut es heute niemandem mehr weh.«

Direkt hinter dem Versammlungshaus von Mexican Water, wo sich die Navajo-Route 1 mit der Navajo-Route 12 kreuzt, steuerte Leaphorn den Wagen auf den Seitenstreifen, hielt an, schaltete den Motor aus und blieb sitzen. Das Distriktsbüro von Tuba City war hundertdreizehn Meilen weiter westlich an der Route 1. Chinle und die verhaßte Aufgabe, den Schutz der Pfadfinder am Canyon de Chelly zu verstärken, lag zweiundsechzig Meilen fast genau südlich von hier an der Route 12. Wenn es nach ihm gegangen wäre, hätte er die Route 1 nach Westen gewählt. Aber was hätte er Captain Largo berichten können, wenn er zur Außenstelle Tuba City gekommen wäre? Er hatte nichts Konkretes aufzuweisen, um die Zeitvergeudung rechtfertigen zu können, die ihm Largo ermöglicht hatte, und verdammt wenig, was man zumindest als unklar und nebulös hätte bezeichnen können. Eigentlich hätte er sich mit Largo per Funk in Verbindung setzen und ihm sagen müssen, daß er alles abbrechen, nach Chinle fahren und sich dort zum Einsatz melden würde. Leaphorn nahm noch einmal die Tso-Atcitty-Akte, blätterte sie rasch durch, legte sie wieder weg und nahm sich die dickere Akte über die Suche nach dem verschwundenen Hubschrauber vor.

Noch immer war die berichtigte Flugroute des Hubschraubers rätselhaft, verlief jetzt aber ziemlich direkt in Richtung auf die nähere Umgebung des Hogans von Tso. Leaphorn betrachtete die Karte, und dabei würde ihm wieder bewußt, daß eine andere Linie, die an einem verlassenen Mercedes begann und vorläufig an dem Wasserloch endete, wo die zwei Hunde gestorben waren, wenn man sie verlängerte, ebenso in die Nähe des Hogans von Tso führen würde. Er blätterte zur nächsten Seite weiter und las noch einmal die Beschreibung des Hubschraubers, die Einzelheiten über die Art und Weise, wie er ausgeliehen worden war, die entsprechenden Fakten über den Piloten. Dabei starrte Leaphorn auf den Namen. Edward Haas. HAAS hatte in weißer Farbe auf der roten Plastikummantelung der Batterielampe gestanden, die auf der Decke im Hogan der Endischees gelegen hatte.

»Na also«, sagte Leaphorn laut. Er dachte wieder an die Daten und die Orte, versuchte, sie miteinander in Verbindung zu bringen, und nachdem ihm das nicht gelang, dachte er an das, was ihm Listening Woman gesagt hatte auf seine Frage, ob Tso vielleicht ein Hexer gewesen sei. Dann langte er nach unten, nahm das Mikrophon des Funkgeräts vom Haken und setzte sich mit der Dienststelle in Tuba City in Verbindung. Captain Largo war nicht im Haus.

»Dann bestellen Sie ihm bitte folgendes«, bat Leaphorn. »Sagen Sie ihm, daß ein Junge namens Eddie Gorman bei dem Kinaalda der Endischees war und eine der wasserdichten, schwimmenden Plastiklaternen bei sich hatte, wie sie die Fischer benützen, und daß jemand auf diese Laterne den Namen Haas mit weißer Ölfarbe gemalt hat.« Er gab die Beschreibung des Jungen durch, seine Familie, und wo man ihn finden konnte. »Sagen Sie dem Captain, ich fahre nach Window Rock und lasse mir eine Dienstreise nach Albuquerque genehmigen.«

»Albuquerque?« fragte der Mann an der Funkzentrale. »Largo wird von mir wissen wollen, warum Sie nach Albuquerque fahren.«

Leaphorn schaute einen Moment lang den Lautsprecher an und überlegte. »Sagen Sie ihm, ich besuche das dortige FBI-Büro. Ich möchte mir ihre Unterlagen über die Sache mit dem Hubschrauber zu Gemüte führen.«

11

Special Agent George Witover, der Leaphorn in den Verhörraum bat, hatte einen buschigen, aber gepflegten Schnurrbart, schlaue, hellblaue Augen und Sommersprossen. Er setzte sich hinter den Schreibtisch und lächelte Leaphorn an. »Nun, Lieutenant —« Er warf einen Blick auf den Zettel, den ihm der Mann am Empfang gegeben hatte. »— Lieutenant Leaphorn. Wir haben gehört, daß Sie eine Taschenlampe aus dem Haas-Hubschrauber gefunden haben.« Die blauen Augen blieben erwartungsvoll auf Leaphorns Augen gerichtet. »Setzen Sie sich doch.« Er deutete auf den Stuhl, der neben dem Schreibtisch stand.

Leaphorn setzte sich. »Ja, das ist richtig.«

»Ihr Büro in Window Rock hat uns angerufen und uns etwas darüber mitgeteilt«, sagte der Mann. »Es hieß, daß Sie ausdrücklich mit mir sprechen wollten. Warum?«

»Ich habe gehört, daß der Mann, mit dem man über diesen Fall sprechen sollte, Special Agent George Witover sei«, erwiderte Leaphorn. »Meines Wissens waren Sie es, der den Fall seinerzeit bearbeitet hat.«

»Aha«, sagte Witover. Er schaute Leaphorn neugierig an und schien zu versuchen, etwas aus seiner Mimik herauszulesen.

»Dabei war mir die Regel bewußt, nach der das FBI niemandem Einblick in seine Akten und Unterlagen gewährt, und ich dachte, daß es bei uns ungefähr genauso ist und daß solche Regeln manchmal bei der Aufklärung eines Falles im Weg stehen können. Da wir beide an dem Hubschrauber interessiert sind, könnten wir vielleicht auf inoffiziellem Weg unsere Erfahrungen austauschen.«

»Sie können den Bericht einsehen, den wir dem Bundesanwalt überreicht haben«, erklärte Witover.

»Wenn Sie es so handhaben wie wir, ist dieser Bericht ziemlich kurz gehalten, während die Akte sehr dick ist. Es steht bestimmt nicht alles in dem Bericht«, sagte Leaphorn.

»Wir haben aus Window Rock gehört, daß Sie an einer Art Zeremonie teilgenommen und dort die Taschenlampe gesehen haben mit dem Namen darauf. Sie haben aber diese Taschenlampe nicht beschlagnahmt und auch nicht mit dem Mann gesprochen, der sie in seinem Besitz hatte.«

»So ähnlich«, antwortete Leaphorn. »Nur daß es eine Batterie-Laterne war und daß ein Junge sie besaß.«

»Und Sie haben nicht gefragt, woher er sie hatte?«

Leaphorn stellte fest, daß er genau das tat, was er auf keinen Fall hatte tun wollen. Er ließ zu, daß ihn ein FBI-Beamter in Wut brachte, und das machte ihn wütend auf sich selbst. »Stimmt«, sagte er. »Ich habe ihn nicht danach gefragt.«

Witover schaute ihn an, und die hellen blauen Augen fragten: ›Warum nicht?‹ Leaphorn ignorierte die unausgesprochene Frage.

»Können Sie mir sagen, warum Sie das nicht ermittelt haben?« Jetzt hatte Witover die Frage doch noch gestellt.

»Als ich die Laterne sah, war mir der Name des Hubschrauberpiloten noch kein Begriff«, erwiderte Leaphorn, und seine Stimme klang kalt.

Witover sagte nichts dazu, aber seine Miene verwandelte sich von der ursprünglichen Überraschung zu einem Ausdruck, der besagte: Na, was kann man schon anderes erwarten? »Und jetzt wollen Sie unsere Akten studieren«, stellte er fest.

»Das ist richtig.«

»Ich wünschte, Sie könnten uns ein bißchen mehr darüber berichten. Sagen wir, daß unter diesen Leuten plötzlich der Wohlstand ausgebrochen wäre. Irgend etwas Interessantes.«

»Im Short Mountain-Land ist für jeden, der drei Dollar in der Tasche hat, der Reichtum ausgebrochen«, sagte Leaphorn. »Nein, davon war, soviel ich weiß, nichts festzustellen.«

Witover zuckte mit den Schultern und fummelte in seiner Schreibtischschublade herum. Durch das einzige Fenster des Verhörraums konnte Leaphorn die Reflexion der Sonne auf den Fenstern des Postgebäudes jenseits der Gold Avenue von Albuquerque sehen. Im Empfangsraum hinter ihm klingelte ein Telefon nur einmal.

»Wie kommen Sie darauf, daß ich besonders an diesem Fall interessiert sein könnte?« fragte Witover.

»Ach, Sie wissen ja, wie sich alles herumspricht«, antwortete Leaphorn. »Kleine Welt. Ich erinnerte mich, gehört zu haben, daß Sie gebeten hatten, von Washington freigestellt zu werden, um an der Sache mit dem Raubüberfall in Santa Fe weiterarbeiten zu können.«

Witovers Miene zeigte an, daß das nicht genau das sein konnte, was Leaphorn gehört hatte.

»Sicher nur Klatsch«, sagte Leaphorn jetzt.

»Wir kennen uns nicht«, erklärte Witover jetzt, »aber John O'Malley sagte mir, daß er mit Ihnen bei diesem Cata-Mord im Zuni-Reservat zusammengearbeitet hat. Er spricht sehr gut von Ihnen.«

»Freut mich zu hören.« Leaphorn wußte, daß das nicht stimmte.

Er und O'Malley hatten damals miserabel zusammengearbeitet, und der Fall war, soweit es das FBI betraf, immer noch offen und ungeklärt. Aber Leaphorn war froh, daß Witover sich entschieden hatte, freundlich mit ihm umzugehen.

»Wenn ich Ihnen die Akte zur Einsicht übergebe, verstoße ich damit gegen die Regeln«, erklärte Witover. Es war eine Behauptung, aber sie enthielt eine Frage: Was bekomme ich im Gegenzug dafür? lautete sie.

»Ja, ich weiß«, sagte Leaphorn. »Und wenn ich den Hubschrauber finde oder erfahre, wie und wo man ihn finden kann, müßte ich das nach unseren Regeln dem Captain melden, und der würde den Chef informieren, und der Chef würde das FBI in Washington informieren, und dann würde man Ihnen von dort ein Telex schicken. Es wäre wesentlich einfacher und schneller, wenn ich einen Telefonhörer abnähme und Sie direkt anriefe – unter Ihrer Privatnummer, zu Hause. Aber natürlich würde ich damit gegen unsere Regeln verstoßen.«

Witovers Miene veränderte sich kaum merklich. Seine Mundwinkel bewegten sich einen Millimeter nach oben.

»Natürlich«, sagte er, »Sie können niemandem unter seiner Privatnummer einen Tip geben, es sei denn, es gibt eine Vereinbarung, daß keiner darüber nachher ein Wort verliert.«

»Genau«, bestätigte Leaphorn. »Genauso wenig, wie Sie in meiner Anwesenheit hier eine Akte liegen lassen können, wenn Sie nicht wüßten, daß ich es abstreiten würde, sie jemals zu Gesicht bekommen zu haben.«

»Einen Moment«, sagte Witover.

Er brauchte fast zehn Minuten. Als er zurückkam, hatte er eine umfangreiche Akte in der einen Hand und eine Visitenkarte in der anderen. Er legte die Akte auf den Tisch und reichte Leaphorn die Karte. »Meine Privatnummer steht hinten drauf«, sagte er.

Witover setzte sich wieder und fummelte an der Schnur herum, die die Akte zusammenhielt. »Es geht zurück bis Wounded Knee«, sagte er. »Als die Bewegung amerikanischer Indianer, die AIM, den

Ort 1973 übernahm, war einer von ihnen ein aus der Anwaltschaft ausgeschlossener Jurist aus Oklahoma namens Henry Kelongy.« Er warf einen Blick auf Leaphorn. »Wissen Sie einigermaßen Bescheid über die Buffalo Society?«

»Wir werden in solche Dinge nicht allzu freimütig eingeweiht«, erklärte Leaphorn. »Ich weiß nur das, was ich höre und was ich in der *Newsweek* lese.«

»Hm. Dieser Kelongy ist ein Fanatiker. Sie nennen ihn ›den Kiowa‹, weil er zur Hälfte Kiowa-Indianer ist. Aufgewachsen in Anadarko, juristisches Studium an der Universität von Oklahoma, im zweiten Weltkrieg bei der fünfundvierzigsten Division, früh zum Lieutenant ernannt – aber dann tötete er jemanden in Le Havre, auf dem Heimweg, und verlor sein Offizierspatent bei der Verhandlung vor dem Militärgericht. Danach war er in der Politik tätig. Hat sich für ein Amt bei der gesetzgebenden Körperschaft beworben, arbeitete für einen Kongreßabgeordneten und wurde immer militanter dabei. Während des Vietnamkrieges war er der Anführer einer indianischen Gruppe von Kriegsdienstverweigerern. Und so weiter. Außerdem war er auch noch als Prediger tätig. Begann als Evangelist der Kirche des Nazareners, ging von da zur Kirche amerikanischer Ureinwohner und gründete schließlich seine eigene Sekte. Er behielt die Peyote-Zeremonie der Kirche amerikanischer Ureinwohner bei und ließ alles weg, was auch nur entfernt mit dem Christentum zu tun hatte. Sein Gegenstand der Anbetung war jetzt der Sonnengott, oder was die Indianer anbeten.« Witover warf schnell einen Blick auf Leaphorn. »Ich meine, was die Kiowas anbeten«, verbesserte er sich.

»Das ist nun doch etwas komplizierter«, sagte Leaphorn. »Ich weiß nicht viel darüber, aber ich glaube, für die Kiowas ist die Sonne ein Symbol des Schöpfers.« In Wirklichkeit wußte er eine Menge darüber. Religiöse Begriffe und Werte hatten Leaphorn seit jeher fasziniert, und er hatte sie auf der Universität studiert – doch jetzt verspürte er keine Lust, einem FBI-Agenten darin Unterricht zu erteilen.

»Jedenfalls«, fuhr Witover fort, »um einen Großteil der unwichtigeren Ereignisse auszulassen, Kelongy kam mehrmals mit dem Gesetz in Konflikt, und dann wurden er und ein paar seiner Schüler aktiv bei der AIM. Wir sind so gut wie sicher, daß sie es waren, die die meisten Verwüstungen angerichtet haben, als die AIM das Bureau of Indian Affairs in Washington besetzte. Und dann, in Wounded Knee, war Kelongy derjenige, der Gewalt predigte. Als die Leute von der AIM sich entschlossen, den Aufstand zu beenden, hat Kelongy Himmel und Hölle auf sie herabbeschworen, sie eine Schar von gemeinen Feiglingen genannt und sich von ihnen getrennt.«

Witover nahm ein Päckchen Filterzigaretten aus seiner Brusttasche, bot Leaphorn daraus an und zündete sich dann selbst eine an. Er inhalierte den Rauch und blies ihn in einer dicken Wolke zur Decke des Verhörraums. »Dann begannen wir, von der Buffalo Society zu hören. Es gab einen Bombenanschlag in Phoenix, wobei danach die Pamphlete dieser Gesellschaft überall herumflogen, lauter Geschichten über Indianer, die hier oder dort angeblich von Soldaten getötet worden sind. Und es gab weitere Bombenattentate . . .« Witover legte eine Pause ein, trommelte mit den Fingerspitzen auf die Schreibtischplatte und dachte nach. »In Sacramento, in Minneapolis, in Duluth und ein Attentat im Süden – ich glaube, in Richmond. Es gab einen Banküberfall im Staate Utah, in Ogden, und immer wieder Flugblätter, auf denen sich die Buffalo Society zu den Anschlägen bekannte, dazu Material über angebliche Ausschreitungen der Weißen gegen die Indianer.« Witover paffte wieder Rauch nach oben. »Und das bringt uns zu der Geschichte in Santa Fe. Eine äußerst raffinierte und ohne jeden Zweifel von sehr erfahrenen Leuten eingefädelte Sache.« Er warf einen Blick auf Leaphorn.

»Wieviel wissen Sie darüber?«

»In erster Linie den Teil, mit dem wir beschäftigt waren«, sagte Leaphorn. »Die Suche nach dem Hubschrauber.«

»Am Nachmittag vor dem Überfall hat sich Kelongy im *La*

Fonda-Hotel eine Suite im fünften Stock gemietet. Von dort aus kann man die Bank sehen. Dann –«

»Ist er unter seinem richtigen Namen abgestiegen?« Leaphorn hatte die Stirn in Falten gezogen.

»Nein«, antwortete Witover und schaute etwas einfältig drein. »Wir haben ihn beschattet.«

Leaphorn nickte, und seine Miene war unverbindlich. Er stellte sich vor, wie Witover den Brief nach Washington schrieb, in dem er seinen Vorgesetzten erklären mußte, wie es einem Mann gelungen war, unter der Bewachung durch das FBI eine halbe Million zu klauen.

»Wir haben inzwischen ziemlich genau herausgefunden, was da passiert ist«, fuhr Witover fort. Er lehnte sich in dem Drehsessel zurück, verschränkte die Finger hinter dem Kopf und sprach mit der unbekümmerten Präzision von einem, der es gewohnt war, mündliche Berichte abzuliefern. »Der Lastwagen der Wells Fargo war um fünfzehn Uhr zehn von der First National Bank an der Nordwestecke der Santa Fe Plaza losgefahren. Fast genau um fünfzehn Uhr zehn wurden die wichtigsten Durchgangsstraßen der Stadt mit Barrieren versehen, wodurch der Verkehr aus allen Richtungen auf die schmalen Straßen der Innenstadt ausweichen mußte. Während sich der gepanzerte Transporter aus der Innenstadt entfernte, ballte sich hinter ihm der gesamte Verkehr zu einem einzigen, gigantischen Stau. Damit war einerseits die Polizei beschäftigt, und andererseits blockierte diese Maßnahme das Department des Sheriffs und das der Polizei, die sich beide in der Innenstadt befinden. Ein Mann in einer Polizeiuniform von Santa Fe, auf einem Polizei-Motorrad, stellte vor den gepanzerten Transporter ein Umleitungsschild und lenkte so einen Lastwagen vor dem Transporter, den Transporter selbst und einen Wagen dahinter in die Acequia Madre-Straße. Dann benützte man die Umleitungsschilder, um die Acequia Madre zu blockieren und zu verhindern, daß der umgeleitete Verkehr durch die Gegend kam, wo der Raubüberfall stattfand. In der engen Straße, auf beiden Seiten durch die hohen Häuserwände am Überholen gehindert, wurde der gepanzerte Transporter von dem Lastwagen davor und dem Personenwagen dahinter regelrecht in die Zange genommen.

Witover beugte sich nach vorn, um seine Pointe zu betonen. »Das lief alles nach einem hervorragenden Zeitplan ab«, sagte er. »Nahezu gleichzeitig fuhr ein Wagen – niemand erinnert sich genau, was für einer es war – zum Airco-Büro auf dem städtischen Flughafen. Dort stand der Hubschrauber bereit zum Abflug. Er war tags zuvor im Namen einer technischen Firma bestellt worden, die regelmäßig Hubschrauberflüge von Airco in Anspruch nimmt. Niemand sah, wer aus dem Wagen in den Hubschrauber umstieg.«

Witover schüttelte den Kopf und machte Gesten mit beiden Händen. »Also fuhr der Wagen weg, der Hubschrauber flog los, und wir wissen noch nicht einmal mit Sicherheit, ob der Passagier ein Mann oder eine Frau war. Er landete auf einem Hügel in den Vorbergen nördlich des St. John's Colleges. Das wissen wir, weil einige Leute ihn landen gesehen haben. Er blieb vielleicht fünf Minuten unten, und wir können annehmen, daß in dieser Zeit das Geld aus dem gepanzerten Transporter der Wells Fargo in den Hubschrauber eingeladen wurde; möglicherweise hat er auch ein paar zusätzliche Passagiere aufgenommen.«

»Aber wie sind sie in den gepanzerten Transporter gekommen?« fragte Leaphorn. »Ist das denn nicht eigentlich so gut wie unmöglich?«

»Ach ja«, sagte Witover. »Genau.« Die hellblauen Augen zeigten Anerkennung für Leaphorns Frage. »Der gepanzerte Transporter ist entworfen worden im Hinblick auf einen bewaffneten Überfall, daher können die Leute, die im Inneren sind, eventuelle Angreifer von draußen beliebig lange hinhalten. Wie sind die Räuber dann doch hineingekommen? Das bringt uns auf die Geheimwaffe der Buffalo Society. Zu einem verrückten Schweinehund namens Tull.«

»Tull?« Der Name kam ihm entfernt bekannt vor.

»Genauer haben wir es nicht in Erfahrung bringen können.«

Witover schnitt eine Grimasse. »Dieser Tull hält sich angeblich für unsterblich. Ob Sie's für möglich halten oder nicht, der Kerl behauptet tatsächlich, er sei schon zwei- oder dreimal gestorben und ins Leben zurückgekehrt.« Witovers Augen hatten sich auf die Augen von Leaphorn gerichtet, um seine Reaktion abzuschätzen. »Das jedenfalls sagt er unseren Psychiatern, und die glauben, daß er es glaubt.«

Witover stand auf und schaute durch das Fenster hinunter auf die Gold Avenue. »Er tut auch so, als ob er es glaubt«, fuhr er fort. »Plötzlich stellt der Fahrer des gepanzerten Transporters fest, daß er von vorn und von hinten eingeklemmt ist, und Tull springt aus dem Lieferwagen und steckt etwas auf die Antenne des Transporters, um die Funkverbindung zu unterbrechen. Als er damit fertig ist, haben der Wachmann und der Fahrer kapiert, daß da der Versuch eines Raubüberfalls im Gange ist. Aber Tull geht einfach zur hinteren Tür und stopft eine spachtelkittähnliche Masse unter die Türscharniere. Und was, meinen Sie, hat der Wachmann gemacht?«

Leaphorn überlegte es sich. Der Wachmann war vermutlich so verblüfft gewesen, daß er es nicht für möglich hielt. »Er hat ihn wahrscheinlich angebrüllt.«

»Genau. Er hat ihn gefragt, was, zum Teufel, er da tut, und angekündigt, daß er schießen wird. Und als er dann schoß, hatte Tull den Kitt schon überall befestigt, und natürlich war es in Wirklichkeit Plastiksprengstoff mit einer durch Funk in Gang gesetzten Zündung. Und da hat dieser Trottel von Wachmann erst geschossen, nachdem Tull fertig war und sich in Deckung begeben hatte!«

»Und dann – peng!« sagte Leaphorn.

»Richtig. Peng, und die Tür war offen«, bestätigte Witover. »Als die Polizei dort eintraf, leisteten die Nachbarn erste Hilfe. Tull hatte einen Lungenschuß, der Wachmann und der Fahrer waren beide schwer verletzt von der Explosion, und das Geld war verschwunden.«

»Es muß also ein ganzes Team gewesen sein«, folgerte Leaphorn.

»Insgesamt vermutlich sechs. Einer, der die Umleitungsschilder verteilte, um den Verkehrsstau zu verursachen, einer, der sich zum Hubschrauber fahren ließ, vermutlich Kelongy, dann der auf dem Motorrad, der wie ein Verkehrspolizist gekleidet war, den gepanzerten Transporter umleitete und ihn in die Acequia Madre trieb, Tull und der Typ, der den Wagen hinter dem Transporter gefahren hat. Jeder von ihnen ist untergetaucht, sobald sein Teil des Auftrags erledigt war.«

»Bis auf Tull«, sagte Leaphorn. »Ist er auch bei dem Banküberfall in Ogden dabeigewesen? Wenn ich mich recht erinnere, hat einer von den Wachleuten zu lange mit dem Schießen gewartet, nur weil ein Verrückter direkt auf seine schußbereite Waffe zugegangen ist, nicht wahr?«

»Das war Tull«, antwortete Witover. »Das ist so gut wie sicher. Auch dabei ging es übrigens um einen Geldtransport. Zwei Wachleute, die die Säcke in die Bank schleppen, und einer von ihnen steht da mit einer entsicherten Schußwaffe, und dieser Tull geht direkt auf die Waffe zu. Der Wachmann ist so verblüfft, daß er nicht schießen kann. Man kann niemanden dazu erziehen.«

»Vielleicht war es aber dann doch ein Gegengeschäft«, meinte Leaphorn. »Sie haben eine halbe Million Dollar, und ihr habt Tull.«

Danach herrschte kurze Stille. Witover verzog bedauernd das Gesicht. »Als Tull im Krankenhaus lag, um sich die Lunge operieren zu lassen, ließen wir die Kaution auf hunderttausend Dollar festlegen, was außerordentlich hoch ist bei einem Tötungsdelikt. Wir nahmen an, sie würden Tull den Wölfen vorwerfen, daher ließen wir ihn wissen, wieviel sie bei dem Bankraub erwischt hatten und wieviel sie davon brauchten, um seine Kaution zu hinterlegen.« Witovers blaue Augen umschatteten sich bekümmert. »Wenn sie ihm nicht die Kaution bezahlten, wollten wir ihm ein Geschäft vorschlagen und ihn dazu bringen, daß er mit uns zusammenarbeitet. Tatsächlich wurde die Kaution nicht hinterlegt. Aber Tull war auch nicht bereit zur Zusammenarbeit. Die Psychiater hatten es uns gleich gesagt, und sie haben recht behalten. Er dachte nicht daran. Als keine Kaution hinterlegt wurde, gab es eine Theorie, daß die Buffalo Society das Geld irgendwie verloren hatte und daß Tull das wußte. Das erklärte natürlich auch, warum der Hubschrauber nicht gefunden wurde. Nach dieser Theorie ist er in den Lake Powell gestürzt und versunken.«

Leaphorn sagte nichts dazu. Er dachte, daß die Route des Hubschraubers, wenn man sie verlängerte, den See berührte. Die rote Plastiklaterne mit den daraufgemalten Buchstaben HAAS war wasserdicht und konnte schwimmen. Und dann gab es immerhin noch die etwas wirre Geschichte, daß ihr Finder einen großen Vogel gesehen hatte, der in den See getaucht war.

»Ja«, sagte Leaphorn. »Vielleicht ist das die Erklärung.«

Witover lachte und schüttelte dazu den Kopf. »Es hat zumindest ganz plausibel geklungen. Tulls Lunge wurde geheilt, und sie verlegten ihn ins Staatsgefängnis von Santa Fe. Dann vergingen Monate, und sie sprachen immer wieder mit ihm, beschworen ihn, er solle sich nicht von den anderen reinlegen lassen, versicherten ihm, daß niemand auch nur Anstalten gemacht hatte, eine Kaution für ihn zu hinterlegen, aber Tull hat nur gelacht und gesagt, wir sollten uns ins Knie ficken. Und jetzt –« Witover hielt inne, und seine scharfen blauen Augen richteten sich auf Leaphorns Gesicht, um die Wirkung des folgenden zu beobachten. »– jetzt tauchen sie plötzlich auf und hinterlegen die Kaution.«

Leaphorn hatte damit gerechnet, daß Witover das sagen würde, aber er gab sich überrascht. Der Mann mit der Goldrandbrille mußte Tull sein, der wieder in Freiheit war und sich versteckte, bevor die Bundespolizei ihre Meinung änderte und die Kaution erhöhte oder für ungültig erklärte. Das wäre ein Schlüssel gewesen für viele Dinge, die ihm bis dahin rätselhaft erschienen waren. Es würde die Verrücktheit dieses Mannes erklären. Er rechnete schnell, zählte die Tage rückwärts.

»Ist er am vergangenen Mittwoch auf Kaution entlassen worden?«

Witover schaute ihn überrascht an. »Nein«, sagte er. »Schon vor fast drei Wochen.« Er wartete darauf, daß Leaphorn die schlechte Schätzung erklärte.

Leaphorn zuckte nur mit den Schultern. »Und wo ist er jetzt?«

»Weiß der Himmel«, sagte Witover. »Man hat uns sozusagen im Schlaf überrascht. Nach dem, was wir wissen, war es der, den sie Hoski nennen. Er hat in fünf verschiedenen Banken von Albuquerque Konten angelegt. Jedenfalls tauchte Tulls Anwalt mit fünf Barschecks verschiedener Banken auf, hinterlegte die Kaution, erhielt die Freistellungsurkunde, und der Häftling war über alle Berge, bevor wir auch nur die Zeit hatten, darauf zu reagieren.« Witover schaute düster drein, während er sich erinnerte. »Sie haben also das Geld keineswegs verloren. Soviel zu unserer schönen Theorie, daß der Hubschrauber im See versunken sein soll. Erst lassen sie ihn die ganze Zeit sitzen, und dann plötzlich holen sie ihn raus«, beklagte sich Witover.

»Vielleicht, weil sie ihn plötzlich gebraucht haben«, meinte Leaphorn.

»Ja«, sagte Witover, »daran hab ich auch schon gedacht. Das könnte einen direkt nervös machen.«

12 Das rechte Auge von John Tull starrte direkt in die Linse, schwarz, anmaßend und voller Haß gegenüber dem Fotografen damals, jetzt voller Haß gegen Leaphorn. Das linke Auge schaute blind nach links oben aus der verletzten Augenhöhle und bildete einen verrückten, obszönen Brennpunkt für den unsymmetrischen Kopf. Leaphorn blätterte rasch zurück zum biographischen Material. Er erfuhr, daß John Tull mit vierzehn von einem Maultier getreten worden war und dabei den Bruch eines Backen- und Kieferknochens sowie den Verlust eines Auges davongetragen hatte. Ein einziger Blick auf das Foto hatte genügt, um alle Zweifel zu beseitigen, daß es sich bei Tull und dem Mann mit der Goldrandbrille nicht um ein und dieselbe Person handelte. Trotz der schwachen Reflexion des roten Blinklichts hätte sich Leaphorn an bestimmte, charakteristische Züge von John Tull erinnern müssen. Er betrachtete die Fotos nur einen Augenblick lang. Das rechte Profil war das eines normalen, gutaussehenden Mannes, bei dem das Seminolenblut von Tulls Mutter nicht zu erkennen war. Das linke Profil zeigte, was der Huf eines Maultiers bei den zerbrechlichen Gesichtsknochen eines Menschen anrichten konnte. Leaphorn blickte auf, zündete sich eine Zigarette an und paffte, wobei er sich überlegte, wie ein Junge es wohl lernen würde, hinter einer Fassade zu leben, die auch die anderen an ihre eigene zerbrechliche, schmerzliche Sterblichkeit erinnerte. Es erklärte vielleicht, warum der Wachmann damals nicht auf ihn hatte schießen können. Und es gab einen Hinweis darauf, warum Tull verrückt war – wenn er es denn war.

Der Bericht selbst bot nichts Überraschendes. Ein ziemlich gewöhnlicher Polizeibericht, bei dem die Gewaltverbrechen überwogen. Mit neunzehn wurde Tull wegen versuchter Tötung zu zwei bis sieben Jahren verurteilt, die er im Gefängnis von Santa Fe ohne Haftverkürzung absaß, was so gut wie sicher bedeutete, daß er sich auch hinter den Gefängnismauern gewalttätig verhalten hatte. Anschließend eine relativ kurze Gefängnisstrafe wegen eines bewaffneten Raubüberfalls, danach noch ein paar Festnahmen auf Verdacht und die Beschuldigung, einen Raubüberfall begangen zu haben, wobei es nicht zur Anklage gekommen war.

Leaphorn blätterte weiter und kam zur Niederschrift mehrerer Verhöre nach dem Bankraub von Santa Fe. Aus ihnen trat ein ganz anderes Bild von John Tull hervor: das eines klugen und zugleich hartgesottenen Mannes – mit einer einzigen Ausnahme. Der verhörende Beamte vom FBI war John O'Malley, und Leaphorn las das Protokoll zweimal durch.

O'MALLEY: Sie vergessen, daß Ihre Freunde einfach weggefahren sind und Sie zurückgelassen haben.

TULL: Ich wollte auch einmal in den Genuß meiner Blaukreuzler-Vorteile kommen.

O'MALLEY: Die haben Sie jetzt genossen. Aber fragen Sie sich doch mal, warum die anderen nicht kommen und Sie rausholen. An Geld für die Kaution dürfte es nicht mangeln.

TULL: Ich mach mir keine Sorgen.

O'MALLEY: Dieser Hoski – Sie sagen, daß er Ihr Freund ist. Wissen Sie, wo er jetzt ist? Er hat Washington verlassen und sitzt auf Hawaii. Dort verzehrt er seinen Anteil, und der ist noch fetter, weil ein Teil von Ihrem Anteil dabei ist.

TULL: Lecken Sie mich am Arsch. Er ist nicht auf Hawaii.

O'MALLEY: Genau das ist es, was Hoski und Kelongy und die anderen sagen, Baby. Dieser Tull kann uns am Arsch lecken.

TULL: (*Lachen*)

O'MALLEY: Sie haben keinen Freund mehr, mein Lieber. Sie haben für die alle den Sündenbock gespielt. Und der, von dem Sie behaupten, daß er Ihr Kumpel ist, läßt es einfach geschehen. Er rührt nicht den Finger.

TULL: Sie kennen meinen Kumpel nicht. Er wird mir schon helfen.

O'MALLEY: Sehen Sie es doch mal so, wie es ist. Er ist abgehauen und hat Sie im Stich gelassen.

TULL: Verdammt, Sie Schwein! Sie kennen ihn nicht. Sie wissen noch nicht einmal, wie er heißt. Und Sie wissen nicht, wo er ist. Er wird mich nicht im Stich lassen. Niemals.

Leaphorn blickte von dem Blatt hoch, schloß die Augen und versuchte, sich die Stimme vorzustellen. War sie wild, vehement? Oder klang sie eher verloren? Die Worte auf Papier sagten ihm zu wenig. Aber die Wiederholungen legten nahe, daß sie gebrüllt waren. Und die gebrüllten Worte hatten das Verhör beendet.

Leaphorn legte diesen Teil der Akte beiseite und nahm sich das psychiatrische Gutachten vor. Er las die Diagnose rasch durch, die zu dem Ergebnis kam, daß Tull psychotische Symptome einer schizophrenen Paranoia zeigte und daß er an Wahnvorstellungen und Halluzinationen litt. Ein Dr. Alexander Steiner war der Psychiater. Er hatte während der Rekonvaleszenz nach der Lungenoperation Woche für Woche mit Tull gesprochen und überraschend schnell eine Art von persönlichem Kontakt zu dem Häftling gefunden.

Bei vielen Gesprächen ging es um die düstere Kindheit mit einer Trinkerin als Mutter und einer ganzen Serie von Männern, mit denen sie zusammengelebt hatte – zuletzt mit dem ›Onkel‹, dessen Maultier ihn getreten hatte. Leaphorn blätterte den Bericht durch, blieb dann aber bei den Abschnitten hängen, in denen es um Tulls Wahnidee seiner Unsterblichkeit ging.

STEINER: Wann haben Sie es mit Sicherheit herausgefunden? Als Sie zum erstenmal im Gefängnis waren?
TULL: Ja. In der Box. So hat man es damals genannt. Die Box. (*Lachen*) Und so war es auch. Eine Box, zusammengeschweißt aus Kesselblech. Ein Loch auf der einen Seite, daß man hineinkriechen konnte, und danach wurde hinter einem zugeriegelt. Die Box war unter der Wäscherei im alten Gefängnistrakt – jetzt hat man ihn abgerissen. Der ganze Raum war ein Würfel von einsfünfzig Seitenlänge, man konnte also nicht aufrecht stehen, aber man konnte liegen, wenn man die Füße in der einen und den Kopf in der anderen Ecke hatte. Verstehen Sie, was ich meine?
STEINER: Ja.
TULL: Man kommt nur hinein in die Box, wenn man einen Wächter niedergeschlagen hat oder so. Und das hatte ich getan. Ich hatte einen Wächter niedergeschlagen, ja . . . (*Lachen*) Sie sagen einem nicht, wie lange man in der Box bleiben muß, und das wäre auch egal, weil es stockfinster ist unter der Wäscherei und noch finsterer in der Box, so daß man die Tage nur daran erkennen konnte, daß tagsüber die Wasserrohre in der Wäscherei mehr Geräusch machen als nachts. Jedenfalls, sie haben mich in die Box geworfen und das Ding hinter mir verriegelt. Dabei

kann man sich zunächst recht gut unter Kontrolle halten. Man entdeckt mit den Händen, findet die rauhen und die glatten Stellen an der Wand. Man fummelt an den Eimern herum. Da ist einer mit Trinkwasser und einer, den man als Toilette benutzt. Aber dann, auf einmal, kommt es über dich. Alles drückt auf dich, du hast keine Luft mehr zum Atmen, und du schreist und trommelst mit den Fäusten gegen die Wände, und ... und ... (*Lachen*) Jedenfalls, ich bin da drinnen zu Tode geschmort worden. So, als wenn ich ertrunken wäre. Und als ich wieder zum Leben erwachte, lag ich auf dem Boden und hatte das kühle Wasser rings um mich ausgegossen, ein angenehmes Gefühl. Ich war nicht mehr der Junge, den sie in die Box gesperrt hatten, ich war ein anderer Mensch. Ich dachte darüber nach, und dabei wurde mir bewußt, daß ich nicht das erste Mal gestorben und wieder zum Leben erweckt worden bin. Und ich wußte auch, daß es nicht das letzte Mal sein würde.

STEINER: Das erste Mal – war das, als der Maulesel Sie getreten hat?

TULL: Ja, Sir, das war das erste Mal. Aber damals habe ich das nicht gewußt.

STEINER: Und später haben Sie sich gefühlt, als ob Sie gestorben wären, als dieser Wachmann des gepanzerten Transporters in Santa Fe auf Sie geschossen hat?

TULL: Man fühlt das, wissen Sie. Es ist eine Art Schock, wenn einen die Kugel trifft – ein taubes Gefühl. Es tut ein bißchen weh, wenn sie eindringt und den Körper wieder verläßt. Die Nerven der Haut, nehme ich an. Aber drinnen fühlt es sich ganz komisch an. Und man sieht, wie das Blut aus einem rausläuft. (*Lachen*) Ich hab zu mir gesagt: ›Na, da sterb ich mal wieder, und wenn ich in meinem nächsten Leben aufwache, habe ich ein anderes Gesicht.‹

STEINER: Sie denken viel daran, nicht wahr? Ich meine, daß Sie ein anderes Gesicht haben könnten?

TULL: Einmal ist es schon passiert. Es wird wieder passieren. Das hier ist nicht das Gesicht, wie ich es hatte, als ich das erste Mal gestorben bin.

STEINER: Aber Sie glauben nicht, daß man es damals, als Sie von dem Maulesel getreten worden sind, in Ordnung hätte bringen können, wenn man Sie zum richtigen Chirurgen gebracht hätte?

TULL: Nein. Es war anders. Es war nicht mehr das Gesicht, das ich zuvor hatte.

STEINER: Aber wenn Sie in einen Spiegel schauen, wenn Sie sich die rechte Seite Ihres Gesichts anschauen, ist das nicht so, wie es immer ausgesehen hat?

TULL: Die rechte Seite? Nein. In meinem ersten Leben habe ich nicht so ausgesehen. (*Lachen*) Haben Sie eine Zigarette?

STEINER: Pall Mall.

TULL: Danke. Wissen Sie, deshalb sind die Bullen auf dem falschen Dampfer mit meinem Kumpel. Der, den sie Hoski nennen. Sie wissen nicht einmal, wie er wirklich heißt. Er ist wie ich. Er hat mir einmal gesagt, daß auch er unsterblich ist. Es ist ihm nur so rausgeschlüpft, als dürfte er es eigentlich niemandem sagen. Mir dagegen ist es egal, meinetwegen kann es jeder wissen. Aber da ist noch etwas, woran ich merke, daß er so ist wie ich. Wenn er mich anschaut, sieht er mich. Sie wissen schon – nicht dieses verdammte Gesicht. Er sieht durch das Gesicht und erkennt mich dahinter. Die meisten schauen mich an und sehen diesen verrückten Augapfel und zucken zusammen, als ob sie etwas Krankes, Ekelhaftes sehen. Aber – aber mein Kumpel . . . (*Lachen*) Beinahe hätte ich seinen richtigen Namen verraten. Als er mich das erste Mal gesehen hat, da hat er dieses Gesicht, glaube ich, gar nicht angeschaut. Er hat nur gegrinst und ›Angenehm‹ oder so was Ähnliches gesagt, und wir haben dagesessen und Bier getrunken, und es war, als ob sich das Gesicht einfach abgeschält und als ob ich selbst dagesessen hätte.

STEINER: Aber die Polizei ist der Meinung, daß dieser Mann Sie nur ausgenützt hat. Er hat sie im Stich gelassen, und so weiter.

TULL: Was die Polizei denkt, ist Scheiße. Die wollen mich nur dazu bringen, daß ich auspacke. Außerdem glauben sie, daß ich verrückt bin.

STEINER: Und was sagen Sie selbst dazu?

TULL: Verrückt? Da müßten Sie mal den Kiowa sehen. Der ist wirklich verrückt. Er hat diesen Stein und behauptet, daß es eine Art von Gott ist. Er hat Federn dran und einen Pelz und einen Knochen, und er hängt alles zusammen an diesen verdammten Dreifuß aus Bambus und singt es an. (*Lachen*) Er nennt das Dings Boy Medicine und Taly-da-i oder so ähnlich. Ich glaube, es ist ein Kiowa-Wort. Er hat uns dort in Wounded Knee gesagt, daß dieser Boy Medicine helfen würde, wenn die AIM-Leute bereit wären, zu schießen und zu töten. Dann würde der Weiße Mann vernichtet und der Büffel würde wieder die ganze Erde bewohnen. (*Lachen*) Na, ist das vielleicht kein verrückter Bockmist?

STEINER: Aber ist er nicht der Führer der Organisation? Der, dem Sie alle folgen sollen?

TULL: Dem Kiowa? Scheiße. Mein Kumpel hat mit ihm zusammengearbeitet, und ich arbeite mit meinem Kumpel zusammen. Aber folgen? Wir folgen niemandem. Ich nicht, und mein Kumpel auch nicht.

Leaphorn blätterte zurück und las noch einmal den Abschnitt über den Kiowa. Was hatten sie in seinem Seminar für Absolventen über die Religionen der amerikanischen Eingeborenen gelernt? Die Sonne war personifiziert bei den Kiowas, soweit er sich erinnerte; dieser Vater Sonne hatte eine Kiowa-Jungfrau hinauf an den Himmel gelockt, sie geschwängert, und die Jungfrau hatte einen Knaben geboren. Das war wie beim White Shell Girl der Navajos, das von Sonne und Wasser geschwängert wurde und dann die Heldenzwillinge gebar. Das Kiowa-Mädchen hatte versucht, der Sonne zu entgehen, hatte den Knaben auf den Boden gelegt und war davongelaufen. Aber die Sonne hatte einen magischen Ring um sie gelegt und sie getötet. Dann hatte der Junge den Ring genommen, sich selbst damit geschlagen und in Zwillinge geteilt. Einer der Zwillinge war ins Wasser gegangen und auf immer verschwunden. Der andere hatte sich in zehn Medizinbündel verwandelt und sich dem Volk seiner Mutter als eine Art Heilige Eucharistie gegeben. Niemand schien genau zu wissen, was mit diesen Bündeln geschehen war. Aber offenbar waren sie nach und nach verlorengegangen in dem endlosen Kavalleriekrieg der Kiowas um den Besitz der High Plains. Nach der Schlacht vom Palo Duro Canyon, als die Armee den bunten Haufen dieser Lords von den Hochebenen in die Gefangenschaft nach Fort Sill brachte, war zumindest noch eines der Bündel übriggeblieben. Die Armee hatte die Kiowas zusehen lassen, wie die letzte der großen Pferdeherden des Stammes erschossen wurde. Aber nach der Legende war Boy Medicine bei seinem erniedrigten Volk geblieben. Die Kiowas hatten versucht, ihr alljährliches großes Kado sogar in der Gefangenschaft zu feiern, aber sie brauchten einen Büffelbullen für den Tanz. Krieger schlichen davon zur King Ranch in Texas, um einen zu kaufen, aber sie kamen mit leeren Händen zurück. Und von da an, dachten die alten Leute, hatte Boy Medicine die Kiowas verlassen, und das letzte der Medizinbündel war verschwunden.

Leaphorn überlegte. Konnte Kelongy tatsächlich in den Besitz von einem der geheiligten Medizinbündel gekommen sein? Er hatte die Wiederkehr der Büffel-Religion gepredigt, die Rückkehr eines Utopias, in dem der Weiße Mann ausgelöscht war und die Eingeborenen Amerikas in einer freien Gesellschaft miteinander lebten. Dann würden die Büffel millionenfach aus der Erde kommen und die Kinder der Sonne ernähren.

Leaphorn spürte Hitze an seinem Finger: die Zigarette, die bis zum Filter abgebrannt war. Er nahm noch einen letzten Zug, drückte sie dann aus und betrachtete den Rauch, der langsam von seinen Lippen nach oben trieb. Dabei fühlte er ein leichtes, aber wachsendes Unbehagen. Gedanken, die sich wehrten, zurückgerufen zu werden in die Erinnerung. Etwas Namenloses, das an ihm nagte. Er versuchte, es an die Oberfläche kommen zu lassen, stellte fest, daß er an Hexerei dachte, und dabei fiel ihm etwas ein, das absolut keine Beziehung zu dem hatte, was er gerade gelesen hatte: Er erinnerte sich an das, was Listening Woman ihm gesagt hatte, daß nämlich mehr als eines der geheiligten Sandbilder entweiht worden waren – dort, wo Hosteen Tso sich aufgehalten hatte. Und dabei war Listening Woman, genau wie ihm selbst, der Gedanke gekommen, daß Hosteen Tso vielleicht teilgehabt hatte an dem pervertierten Ritual eines Hexensabbats von Navajo-Wölfen.

Die Tür des Verhörraums ging auf. Ein jüngerer Mann in einer leichten Leinenjacke kam herein, warf einen neugierigen Blick auf Leaphorn, sagte »Entschuldigung« und verschwand wieder. Leaphorn streckte sich und gähnte, dann steckte er die Tull-Akte in den Gesamtordner und fuhr fort, das restliche Material zu sichten.

Der Hubschrauberpilot schien in Ordnung gewesen zu sein. Er hatte Hubschrauber in Vietnam geflogen. Er hatte eine Frau und zwei Kinder, und er war nicht vorbestraft. Die einzige Frage, die das FBI zu seinem Charakter stellte, bezog sich auf ›drei Flüge nach Las Vegas in den vergangenen zwei Jahren, nach denen er Informanten berichtete, daß er kleinere Geldsummen gewonnen habe.‹

Über Kelongy gab es eine wesentlich dickere Akte, aber sie fügte dem, was Leaphorn bereits wußte, nichts Wesentliches hinzu. Kelongy war ein gewalttätiger Mann, und er war verbittert, einer, der tödliche Träume im Kopf hatte. Drei von den übrigen ›mindestens sechs‹ Teilnehmern am Bankraub von Santa Fe blieben namen- und gesichtslos. Es gab eine kleine Akte über einen Jackie Noni, ein junges Potawatomi-Halbblut mit einem kurzen Strafregister, in dem es allerdings ausschließlich um Gewalttaten ging; offenbar hatte er den Wagen gefahren, der dem gepanzerten Transporter die Weiterfahrt blockierte.

Blieb also noch Tulls Kumpel, der Mann, den das FBI Hoski nannte. Und bei ihm entsprach nichts den üblichen Maßstäben.

Das FBI hatte keine Ahnung, wer er wirklich war. Er tauchte in ihrer Akte als Frank Hoski alias Colton Hoski alias Frank Morris alias Van Black auf. Das einzige Foto in der Akte war eine sehr grobkörnige Vergrößerung, die offenbar mit einem Teleobjektiv bei schlechten Lichtverhältnissen aufgenommen worden war. Darauf sah man einen muskulösen, ziemlich untersetzten Mann, der das Gesicht halb abgewendet hatte und gerade durch eine Tür kam. Das Haar des Mannes war schwarz oder sehr dunkel, und er sah indianisch aus, konnte ein Navajo oder ein Apache sein, dachte Leaphorn, vielleicht auch von einem anderen Stamm. Sein Anblick rief in Leaphorn wieder jenes unangenehme Gefühl wach, das ihn seit einiger Zeit beherrschte, aber er konnte dazu nichts Konkretes aus seiner Erinnerung zutage fördern. Unter dem Foto stand eine kurze Beschreibung, nach der Hoski schätzungsweise 85 Kilo wog und einsachtundsiebzig groß war; unter dem Stichwort Rasse fand Leaphorn die Angabe ›wahrscheinlich indianisch oder teilweise indianisch‹, und als besondere Merkmale ›möglicherweise tiefe Narben unter dem Haaransatz über der rechten Wange.‹

Über Hoskis Laufbahn war nicht viel bekannt. Er war zuerst bei der Besetzung von Wounded Knee aufgetaucht, wo Informanten ihn als einen der ›Gewalttätigen‹ einstuften und als rechte Hand von Kelongy. Ein Mann, der seiner Beschreibung entsprach und unter dem Namen Frank Morris auftrat, war von Zeugen beim Raubüberfall von Ogden gesehen worden, und Informanten des FBI bestätigten, daß Hoski und dieser Morris identisch waren. Das wenige, was man über ihn wußte, stammte vorwiegend von Informanten des FBI, dessen Beamten die AIM zu Aufklärungszwecken infiltriert hatten. Man nahm an, daß Hoski am Vietnamkrieg teilgenommen hatte. Drei der Informanten identifizierten ihn als Armeeteilnehmer, zwei davon als Sprengfachmann, einer als einen Funker bei der Infanterie. Er rauchte gelegentlich Zigarren, war ein mäßiger Trinker und streitsüchtig – er hatte sich bei drei Gelegenheiten mit anderen Mitgliedern der AIM auf Handgreiflichkeiten eingelassen –, erzählte gern Witze und hatte in Los Angeles, in Memphis und möglicherweise auch einmal in Provo im Staate Utah gewohnt. Er wies, soweit man das wußte, keine homosexuellen Tendenzen auf, aber es gab auch keine bekanntgewordenen Beziehungen zu Frauen, und er hatte angeblich nur einen einzigen guten Freund, ein Subjekt, das als John Tull identifiziert worden war. Später hatte man ihn, auf ›Wahrscheinlichkeitsbasis‹, als den Mann identifiziert, der die Polizeiuniform getragen und in Santa Fe auf dem Motorrad den gepanzerten Transporter der Wells Fargo in die Falle gelockt hatte. Danach war er wieder in Washington/D. C. aufgetaucht, wo er als Hausmeister für ›Safety Systems, Inc.‹ arbeitete, eine Firma, die Alarmanlagen, Tür- und Fensterverriegelungen und andere Sicherheitseinrichtungen herstellte und vertrieb.

Leaphorn öffnete den letzten Teil des Berichts. Das FBI, dachte er, war in einer beneidenswerten Situation gegenüber Hoski. Man hatte ihn erkannt und aufs Korn genommen, ohne daß Hoski es wußte oder bemerkte. Eine derartige Verbindung zu einer Schlüsselfigur in der Buffalo Society würde früher oder später zu anderen Mitgliedern dieser Terroristengruppe führen. Kein Wunder, wenn das FBI seine besten Leute für das Überwachungsteam verwendete. Es würde nicht riskieren, daß Hoski entweder ihre Anwesenheit bemerkte – oder daß er ihnen entkam.

Leaphorn las weiter. Leiter des FBI-Teams, das Hoski überwachte, war George Witover. Und das war natürlich der Grund, weshalb man Witover zurückgeschickt hatte zur Zweigstelle in Albuquerque und warum Witover bereit gewesen war, eine seiner Regeln zu verletzen. Hoski hatte nämlich die Verbindung praktisch unter Witovers Augen gekappt.

Dabei war Witovers Operation bis zum Ende fehlerlos verlaufen. Hoski war etwas mehr als einen Monat nach dem Raubüberfall von Santa Fe entdeckt worden. Ihn zu beschatten war nicht schwer, denn er folgte einer ganz bestimmten Routine. Jeden Werktagabend gegen 18 Uhr verließ Hoski sein möbliertes Apartment, ging zwei Blocks weit zu einer Bushaltestelle und fuhr von dort zu seinem Job bei der Safety Systems, wo er unter dem Namen Theodore Parker angestellt war. Gegen Mitternacht aß er einen späten Lunch, den er sich in einer Tüte aus seiner Wohnung mitgebracht hatte, in Gesellschaft eines schwarzen Hausmeister-Kollegen. Gegen 4 Uhr 30 verließ er das Gebäude der Safety Systems, ging fünf Blocks zu einer Bushaltestelle und nahm den Bus zurück zu seinem Apartment. Dieses verließ er meist am frühen Nachmittag, um die Dinge des täglichen Lebens einzukaufen, seine Wäsche in einem Münzwaschsalon in der Nähe zu waschen, lange Spaziergänge zu machen oder in einem Park mit Aussicht auf den Potomac zu sitzen. Diese Routine hatte sich kaum wesentlich verändert – bis zum 23. März. An diesem Tag war er im Waschsalon beobachtet worden bei einem längeren Gespräch mit einer jungen Frau, die später identifiziert wurde als Rosemary Rita Oliveras, 28, geschieden, eine Einwanderin aus Puerto Rico. Am 30. März hatten die beiden sich wieder im Waschsalon getroffen, miteinander gesprochen und danach einen über dreistündigen Spaziergang gemacht. Am 1. April, einem Samstag, hatte Hoski seine Bewacher überrascht, als er schon vor Mittag aus dem Haus kam und zu Fuß zu der Pension ging, wo Mrs. Oliveras wohnte. Die beiden besuchten danach ein Café, gingen später zum Lunch und dann in ein Kino. Von da an verbrachte Hoski den größten Teil seiner Freizeit mit Mrs. Oliveras. Ansonsten änderte sich nichts an seinen Gewohnheiten.

Die Überwachung von Hoskis Post ergab, daß er jede Woche einen Brief abschickte, ihn dabei entweder dem Briefträger mitgab oder in einen Briefkasten warf. Die Briefe waren alle an einen Eloy R. Albertson, postlagernd West Covina, Kalifornien adressiert und enthielten jedesmal dieselbe Nachricht: »Lieber Eloy, es gibt nichts Neues. Hoski.«

Übrigens hatte niemand beim Postamt von West Covina auch nur einen der Briefe abgeholt.

Die zweite Veränderung im Verhaltensmuster von Hoski gab es am 11. April. Mittags um 13 Uhr war ein Taxi an seinem Haus vorgefahren und hatte Hoski zu einem Abreißprojekt zwei Blocks vom Potomac gebracht. Er war an der Straßenecke aus dem Taxi gestiegen, dann durch windgepeitschten Regen- und Graupelschauer zu einer Telefonzelle gegangen und hatte von dort aus kurz telefoniert. Anschließend war er die Straße entlanggegangen und hatte sich im Eingang eines verlassenen Ladens gegenüber der Office Bar untergestellt. Etwa zwanzig Minuten später, um 14 Uhr 11, hielt ein Taxi vor der Office Bar, und ein Mann stieg aus. Er wurde später als Robert Rainey identifiziert, 32, ein ehemaliger Aktivist in der Studentenbewegung für eine Demokratische Gesellschaft und ehemaliges Mitglied der AIM mit einem Strafregister, das drei Festnahmen im Zusammenhang mit unerlaubten Demonstrationen aufwies. Er betrat ohne zu warten die Bar. Der FBI-Beamte, der Hoski beobachtete, benachrichtigte seine Kontrollstation, daß ein Treffen bevorzustehen schien. Ein zweiter Beamter wurde hingeschickt. Darüber informiert, daß Hoski noch immer gegenüber der Office Bar wartete, parkte der zweite Beamte seinen Wagen weiter unten an der Straße. Um jeden Verdacht zu vermeiden, verließ er den Wagen und bezog Posten außer Sicht im Eingang eines leerstehenden Hauses. Etwa drei Minuten nach der Ankunft des zweiten Beamten ging Hoski die Straße entlang bis zu dem Haus, wo sich der Beamte untergestellt hatte, sprach ein paar Worte mit ihm in dem Sinne, daß er ›aus dem schlimmen Wetter kommen‹ und ›irgendwo hineingehen‹ wolle, dann kehrte er zurück und betrat die Office Bar. Der zweite Beamte überprüfte daraufhin das Lokal und stellte fest, daß der Hinterausgang durch ein nur der Müllabfuhr zugängliches Tor verschlossen war. Da der zweite Beamte vom Subjekt gesehen worden war, betrat der erste die Bar, um zu beobachten, ob Hoski dort einen Kontakt herstellte. Hoski saß in einer Nische zusammen mit Rainey. Der Beamte ließ sich ein Bier servieren, trank es an der Theke und verließ die Bar dann wieder; er hatte keine Gelegenheit gehabt, das Gespräch zwischen Hoski und Rainey zu hören. Hoski verließ die Bar etwa zehn Minuten später, ging zur Telefonzelle am Ende des Blocks, telefonierte kurz und kehrte dann mit dem Bus in sein Apartment zurück. Danach kam er wie üblich abends wieder heraus, um mit dem Bus zu seinem Job zu fahren.

»Man nimmt an, daß Rainey eine Nachricht übermittelt hat«, hieß es im Bericht.

Leaphorn rieb sich die Augen. Ein Bote, sicher, das war möglich, aber wie hatten sie das Treffen vereinbart? Nicht durch die Post, denn die wurde überwacht. Nicht durch das Telefon, das angezapft war. Eine Notiz, persönlich überbracht und in Hoskis Briefkasten gesteckt, das war möglich. Oder man hatte sie ihm im Bus übergeben. Oder, im voraus vereinbart, ein Informations-›Briefkasten‹ in einer Telefonzelle. Es gab tausend Möglichkeiten. Doch das bedeutete, Hoski wußte oder vermutete, daß er überwacht wurde – oder er war von Natur aus ein argwöhnischer Mensch. Leaphorn zog die Stirn in Falten. Aber das widersprach Hoskis Verhalten bei dem Treffen. Die Bar befand sich außerhalb seines üblichen Bereichs; mit dem Besuch durchbrach er die Routine, und wenn er überwacht wurde, mußte das zweifellos die Aufmerksamkeit des FBI auf sich ziehen. Merkwürdig dann auch sein Verhalten, das lange Warten vor der Bar, das Gespräch mit dem zweiten Beamten – es paßte alles nicht. Leaphorns Falten auf der Stirn vertieften sich. Und aus dem besorgten Blick wurde ein breites, amüsiertes Lächeln, ein Grinsen, als Leaphorn klar wurde, was Hoski in Wirklichkeit gemacht hatte. Immer noch grinsend, lehnte sich Leaphorn zurück und starrte auf die Wand, während er alles rekonstruierte.

Hoski hatte gewußt, daß man ihn beschattete, und er hatte sich große Mühe gemacht, das FBI zu überzeugen, daß er keine Ahnung davon hatte. Die wöchentlichen Briefe nach Kalifornien zum Beispiel. Niemand würde sie jemals abholen. Ihr einziger Zweck bestand darin, dem FBI zu versichern, daß Hoski nichts ahnte. Und dann war die Nachricht gekommen; vermutlich eine Notiz, er solle eine Nummer anrufen. Von einer Telefonzelle aus. Hoski hatte sich eine abgelegene Bar ausgesucht und eine Zeit, zu der wenig Verkehr herrschte, damit er leichter gesehen werden konnte. Er hatte ein Lokal ohne Hinterausgang gewählt, damit niemand hineinkonnte, ohne von Hoski gesehen zu werden. Er hatte dem Boten den Treffpunkt erst mitgeteilt, nachdem er in der Lage gewesen war, den Vordereingang zu beobachten. Dann hatte er gewartet, bis der Bote dort eintraf, hatte ihn beobachtet – und die Reaktion des FBI auf die Ankunft des Boten und auf Hoskis unorthodoxes Verhalten. Warum? Weil Hoski nicht wußte, ob der Bote von der Buffalo Society kam oder ein Informant des FBI war. War der Bote nicht vom FBI, würde die Behörde schnell einen zweiten Mann hinschicken, der den Boten beschatten sollte. Also hatte Hoski gewartet, bis der zweite FBI-Agent erschienen war. Als der Kastenwagen weiter unten an der Straße geparkt hatte, war Hoski sogar hingegangen, um sicher zu sein, daß es sich um einen Beamten des FBI handelte und nicht um jemand, der einen Schlüssel für das Haus besaß und etwas drinnen zu tun hatte. Dann, nachdem der Bote sozusagen durch das Verhalten der FBI-Leute als echt ausgewiesen worden war, war er hineingegangen in die Bar und hatte seine Nachricht in Empfang genommen.

Und dann? Leaphorn las weiter. Am nächsten Tag hatte das FBI die Überwachung Hoskis verstärkt. Der Tag verlief nach Routine, außer daß Hoski in ein Einkaufszentrum in der Nähe seines Apartments gegangen war und dort in einem J. C. Penney-Warenhaus einen blauweiß karierten Nylon-Anorak gekauft hatte, dazu eine blaue Stoffmütze und eine marineblaue Hose.

Tags darauf war die Routine zu Ende. Kurz nach 15 Uhr hielt ein Sanitätswagen vor Hoskis Apartmenthaus. Hoski, der sich ein blutiges Handtuch vors Gesicht hielt, wurde von zwei Sanitätern herausgebracht, in den Wagen verfrachtet und in die Notaufnahme beim Memorial Hospital gefahren. Die Sanitäter berichteten, sie hätten Hoski auf der Treppe innerhalb des Eingangs gefunden, wo er auf sie wartete. Der Mann an der Vermittlung des Polizeinotrufs erklärte, ein Mann habe vor einer Viertelstunde angerufen, erklärt, daß er sich verletzt habe, und um einen Krankenwagen gebeten. Im Krankenhaus hatte der Notaufnahme-Arzt festgestellt, daß sich der Patient den Kopf auf der rechten Seite dicht unter dem Haaransatz aufgeschnitten hatte. Hoski hatte erklärt, er sei mit einer Flasche in der Hand ausgerutscht und auf das zerbrochene Glas gefallen. Er wurde entlassen, nachdem man die Schnitte mit siebzehn Stichen genäht hatte; eine Bandage bedeckte den größten Teil seines Gesichts. Er fuhr mit dem Taxi nach Hause, rief bei Safety Systems, Inc. an, teilte der Firma mit, daß er sich am Kopf verletzt habe und daß er zwei oder drei Tage nicht zur Arbeit kommen könne.

Am Vormittag des nächsten Tages verließ er sein Apartment, wobei er die Sachen trug, die er bei J. C. Penney gekauft hatte; außerdem hatte er eine vollgestopfte Stofftasche bei sich. Er ging langsam und legte an einer Bushaltestelle eine kurze Rast ein, dann betrat er den Waschsalon, wo er immer seine Wäsche wusch. Dort angekommen, füllte Hoski den Inhalt seiner Tasche in den Waschautomat, gab die Wäsche anschließend in den Trockner, verschwand für vier Minuten auf der Toilette, kam wieder heraus, wartete, bis der Trockenvorgang zu Ende war, dann brachte er die getrocknete Wäsche wieder nach Hause in sein Apartment.

Zwei Tage später kam ein junger Indianer, den man nicht beim Betreten des Hauses gesehen hatte, aus dem Apartmentgebäude und fuhr in einem Taxi davon. Das weckte den Verdacht der beobachtenden FBI-Beamten. Tags darauf wurde Hoskis Apartment vom FBI aufgebrochen, und es war leer. Unter den Indizien, die man fand, waren ein neuer, blauweiß karierter Anorak aus Nylon, eine blaue Stoffmütze, eine marineblaue Hose und die Reste einer Gesichtsbandage, die – nachdem sie nicht mit Blut oder Jodtinktur befleckt war – vermutlich als Verkleidung benützt worden war.

Leaphorn las den Rest schnell durch. Rosemary Rita Oliveras war zwei Tage später in Hoskis Apartment aufgetaucht, hatte dann seinen Arbeitgeber angerufen und war schließlich zur Polizei gegangen, um ihn als vermißt zu melden. Im Bericht des FBI hieß es, sie sei sehr besorgt und offenbar davon überzeugt gewesen, daß Hoski das Opfer fauler Machenschaften geworden sei. Der Rest war Anhang-Material: das Verhör von Rosemary Rita Oliveras, die Niederschriften der abgehörten Telefongespräche, der ganze

Kleinkram von Beweismaterial. Leaphorn las alles durch, sortierte dann die Unterlagen in ihre Hefter, gab die Hefter wieder in den großen Ordner, saß zuletzt da und schaute ins Leere.

Es lag auf der Hand, wie Hoski es geschafft hatte. Nachdem ihm durch die Reaktion des FBI klargeworden war, daß der Bote einwandfrei war und ihn nicht in eine Falle lockte, hatte er sich in dem Warenhaus leicht zu erkennende Kleidung gekauft. Dann hatte er einen Freund angerufen. – Nein, keinen Freund, verbesserte sich Leaphorn. Einen Komplizen hatte er angerufen. Hoski hatte keine Freunde. In all diesen Monaten in Washington hatte er sich mit niemandem außer Rosemary Rita Oliveras getroffen. – Er hatte dem Komplizen genau gesagt, was er sich kaufen sollte. Außerdem sollte er sich den Kopf bandagieren, als ob seine Stirn auf der rechten Seite Schnittwunden hätte. Er hatte ihm aufgetragen, früh und unbeobachtet in den Waschsalon zu kommen, sich auf der Toilette zu verschanzen und zu warten. Als Hoski dann aufgetaucht war, hatte der andere einfach seine Rolle übernommen – er hatte die Wäsche zurückgebracht in Hoskis Apartment und dort gewartet. Hoski dagegen, in der Kabine der Herrentoilette, hatte sich Sachen angezogen, die ihm der andere mitgebracht hatte, die Bandage abgenommen, die Verletzungen mit einem Hut oder einer Perücke verdeckt und war verschwunden. Fort aus Washington, fort von den FBI-Agenten und von Rosemary Rita Oliveras. Vielleicht war er versucht gewesen, sie anzurufen, dachte Leaphorn. Das einzige, was Hoski nicht geplant hatte, war, daß er sich in diese Frau verlieben würde. Aber genau das war geschehen – man konnte es an den Niederschriften der Telefongespräche erkennen. Sie waren knapp, und dennoch konnte man Liebe entdecken in dem, was gesagt wurde – und was unausgesprochen blieb. Hoski hatte danach keinen Kontakt mit ihr aufgenommen. Er hatte Rosemary Rita Oliveras ohne ein Wort verlassen. Das FBI wäre dahintergekommen, wenn er ihr irgendeinen Tip gegeben hätte. Sie war eine unkomplizierte Frau und konnte weder die Sorge noch die tiefe Verletztheit gespielt haben – beides war echt.

Leaphorn zündete sich wieder eine Zigarette an. Er versuchte, sich den Mann vorzustellen, den das FBI Hoski nannte; ein Mann, der schlau genug war, um das FBI an der Nase herumzuführen und dann diese raffinierte Flucht zu arrangieren. Was hatte das nicht alles erfordert! Leaphorn stellte sich vor, wie Hoski seinen Plan verwirklicht hatte. Erst der Anruf beim Notdienst, um das Risiko gering zu halten. Dann das zerbrochene Glas gegen die Stirn, gegen die sich kräuselnde Haut gedrückt. Das Gehirn befiehlt den Muskeln, etwas zu tun, gegen das sich jeder Instinkt auflehnt . . . Gott! Was für ein Mensch war dieser Hoski?

Leaphorn wandte sich wieder der Akte zu. Die letzten drei Beweisstücke waren schlecht gedruckte Propaganda-Flugblätter, wie sie an den Tatorten verschiedener Verbrechen der Buffalo Society zurückgelassen worden waren. Die Rhetorik bestand aus kompromißlosem Haß. Der Weiße Mann hatte Völkermord gegen das Volk des Büffels begangen. Aber die Große Kraft der Sonne war gerecht. Die Sonne hatte die Buffalo Society als Rächer bestimmt. Wenn sieben symbolische Verbrechen gerächt waren, würde der Weiße Mann auf der ganzen Erde geschlagen sein. Dann würden die heiligen Büffelherden zurückkommen, und die Menschen, die sie ernährten, würden das Land wieder in Besitz nehmen.

Die Verbrechen wurden aufgelistet, mit der Zahl der Opfer und in der Reihenfolge, wie sie gerächt werden sollten. Die meisten waren bekannt. Das Massaker von Wounded Knee war dabei, die grauenvolle Schlacht am Sand Creek, die Verstümmelung der Männer des Acoma-Stammes, nachdem ihr befestigtes Pueblo an die Spanier gefallen war. Aber das erste Verbrechen war Leaphorn bisher unbekannt gewesen. Es war ein Überfall auf ein Feldlager der Kiowas in West-Texas durch die US-Kavallerie und die Texas Rangers. In den Flugblättern wurde es als die ›Morde in der Olds Prairie‹ bezeichnet, und es hieß, der Überfall habe stattgefunden, während die Männer fort waren, um Büffel zu jagen. Als Opfer wurden elf Kinder und drei Erwachsene genannt. Das war das Massaker mit der geringsten Zahl von Opfern. Je weiter man die

Liste verfolgte, desto höher wurden die Zahlen; sie kulminierten in der ›Unterwerfung der Navajos‹. Dafür wurden als Opfer 3500 Kinder und 2500 Erwachsene genannt. Eine Schätzung, dachte Leaphorn, die nicht besser und nicht schlechter als jede andere war. Dann legte er die Flugblätter beiseite und spürte wieder, wie ihn ein Gefühl des Unbehagens überkam. Er wußte, daß er etwas übersah – etwas Wichtiges. Und dann war ihm auf einmal klar, daß es mit dem zusammenhing, was ihm Mrs. Cigaret gesagt hatte. Etwas darüber, wo sie gesessen hatte, den Kopf gegen den Stein gelehnt, während sie auf die Stimmen der Erde lauschte. Aber was hatte sie gesagt? Nur so viel, um Leaphorn wissen zu lassen, daß er sich irrte bei seiner Vermutung, wo sie sich zu dieser Kommunikation mit der Erde aufgehalten hatte. Sie war nicht in der Ausschwemmung gewesen, die dem Hogan von Tso am nächsten lag. Anna Atcitty hatte sie einen Schafpfad hinaufgeführt, der entlang der Mesa verlief.

Leaphorn schloß die Augen und schnitt eine Grimasse der totalen Konzentration. Er erinnerte sich daran, wie er selbst oben auf der Kante der Mesa gestanden und hinuntergeschaut hatte auf den Hogan von Tso, auf die Wagenspur, die darauf zuführte, auf die Laube und die Nebengebäude. Direkt unter ihm war eine nach oben offene Höhle aus dem Felsen geschwemmt worden, aber es gab noch eine zweite, etwa zweihundert Meter weiter links, die früher einmal abgezäunt gewesen und als Schafpferch benützt worden war. Leaphorn sah sie wieder in seiner Erinnerung, sah den Schafpfad, der von der Wagenspur abzweigte. Und dann wurde ihm plötzlich mit Schrecken klar, was ihm sein Unterbewußtsein mitzuteilen versuchte. Wenn Listening Woman dort gesessen hatte, hätte der Killer sie zweifellos sehen müssen, als er sich dem Hogan über die Wagenspur näherte – und erst recht, als er wieder wegging. Bedeutete das, daß Mrs. Cigaret gelogen hatte? Leaphorn vergeudete kaum eine Sekunde auf diesen Gedanken. Nein, Mrs. Cigaret hatte nicht gelogen. Es bedeutete, daß der Killer nicht über die Wagenspur zum Hogan gekommen und danach wieder weggegangen war. Er war aus dem Canyon gekommen und im Canyon verschwunden. Und wenn er noch einmal von dort auftauchte, würde er Pater Tso und Theodora Adams genau an der Stelle finden, wo er Hosteen Tso und Anna Atcitty gefunden hatte.

13 Der Kern der Wolke bildete sich gegen Mittag über der Grenze zwischen Nevada und Arizona. Als sie ihren dunkelblauen Schatten quer über den Grand Canyon zog, hatte sie sich zu einem Turm entwickelt, der von der funkelnden Spitze bis zum blauschwarzen Fuß über zwei Kilometer hoch war. Er überquerte am frühen Nachmittag die südlichen Hügel des Short Mountain und wuchs noch weiter an. Heftige innere Strömungen rissen die weiße Kappe bis auf eine Höhe von zehn Kilometern nach oben. Dort gefroren die Feuchtigkeitströpfchen zu Eis, fielen nach unten, schmolzen, wurden wieder von den Strömungen nach oben getragen und kamen erneut hinauf in die eisige Stratosphäre, um gleich danach wieder zu fallen; dabei vergrößerten sie sich immer mehr und luden sich mit gewaltigen elektrostatischen Energien auf, welche die Wolke grollen ließ vom Donner, der den gelegentlichen, explosiven Blitzen im Inneren folgte. Diese Blitze stellten später eine Verbindung zwischen der Wolke und den Bergen oder Mesas her, eine blendend helle Brücke, die nur Bruchteile von Sekunden andauerte und dröhnende Echos in die darunterliegenden Canyons schickte. Und schließlich wurden die zu Eis gefrorenen Tröpfchen, die an der Spitze der Wolke vor dem strahlend blauen Himmel funkelten und glitzerten, zu schwer für den Auftrieb und zu groß, um in der darunterliegenden, warmen Luft gänzlich zu verdunsten. Dann senkte sich der dünne Vorhang fallender Eiskristalle und Wasser, drang durch den schwarzen Fuß der Wolke und berührte endlich den Boden. So wurde, östlich des Short Mountain, die Wolke zu einem ›männlichen Regen‹.

Leaphorn hielt an, schaltete die Zündung ab und lauschte auf das Herankommen des Regens. Die Sonne schien jetzt durch das fallende Wasser und schuf einen bunten, doppelten Regenbogen, der sich auf ihn zuzubewegen schien, wobei sein Bogen entsprechend den Gesetzen der Optik enger wurde. Jetzt war auch ein Geräusch zu vernehmen, das gedämpfte Trommeln von Billionen Eiskörnern und Wassertropfen, die auf Stein prallten. Der erste große Tropfen traf das Dach von Leaphorns Geländewagen. Plong! Plong-plong! Und gleich danach schloß ein wilder Regenguß den Wagen ein. Die Massen des herunterfallenden Wassers verdunkelten das Licht; dabei ließ die noch immer schräg einfallende Sonne die Tröpfchen wie Kristalle funkeln. Und dann war die Sonne, war das Licht ertrunken. Leaphorn saß da, eingehüllt in das Rauschen. Er schaute auf seine Uhr und wartete, genoß den Schauer, wie er alle Dinge genoß, die richtig und natürlich waren, und dabei dachte er einmal nicht an die unnatürlichen Dinge, die ihn berührten. Er schob das Gefühl der Dringlichkeit beiseite, das ihn schneller zu dieser Wagenspur gebracht hatte, als man eigentlich fahren durfte. Es dauerte ein wenig über sieben Minuten, bis der Regen und die Wolke an Leaphorns Wagen vorbeigezogen war. Eine Meile von Tsos Grundstück entfernt hatten die Fluten des Regengusses das Ufer eines Arroyos ausgeschwemmt. Leaphorn kletterte aus dem Wagen und prüfte die Straße. Ein paar Stunden Arbeit mit der Schaufel hätten die Fahrspur wieder passierbar gemacht. Aber es war leichter und schneller, zu Fuß zu gehen.

Leaphorn war kaum ein paar Schritte weit gekommen, als die Sonne wieder hervortrat. An einigen Stellen war der Sandstein-Boden mit Hagelkörnern bedeckt, an anderen Stellen dampfte der heiße Stein, und das kalte Regenwasser verdampfte und bildete dünne Bodennebel. Die Luft war kühl und roch sauber und rein. Der Hogan von Tso schien verlassen zu sein, als Leaphorn sich ihm näherte.

Er blieb hundert Meter vor den Gebäuden stehen und rief nach Pater Tso, dann nach dem Mädchen. Schweigen. Die Felsen dampften. Leaphorn wiederholte seine Rufe, dann ging er ganz zum Hogan hin. Er schaute hinein in den dunklen Innenraum. Zwei Schlafsäcke, aufgerollt und nebeneinander. Theodora Adams' kleine Tasche und der Matchsack. Das spärliche Gepäck von Pater Tso. Ein Karton mit Lebensmitteln und Kochutensilien. Alles sauber, alles in Ordnung. Leaphorn wandte sich ab und sah sich in der Umgebung um. Der Regen hatte alle Spuren beseitigt, und seit dem Ende des Regens war niemand hiergewesen. Pater Tso und Theodora mußten den Hogan verlassen haben, bevor die Gewitterwolke hier angekommen war. Offenbar waren sie zu weit davon entfernt, um sich in seinen Schutz begeben zu haben, als der Regen einsetzte. Aber wohin konnten sie gegangen sein? Hinter dem Hogan ragte steil die Wand der Mesa empor. Sie bestand überwiegend aus Felsen, aber an einem halben Dutzend Stellen gab es Spalten, über die man leicht nach oben klettern konnte. Nach Norden, Nordwesten und Nordosten fiel das Land ab und teilte sich in ein Labyrinth von Canyons, deren Wasser sich zuletzt in den San Juan River ergoß. Die Fahrspur, die Leaphorn gewählt hatte, umkreiste sie südlich davon in einer Wildnis aus abgeschliffenen und ausgewaschenen Steinformationen. Tso und das Mädchen waren wahrscheinlich hinaufgeklettert auf die Mesa, oder sie waren in südliche Richtung gewandert, obwohl die Canyons eine solche Wanderung erschwerten und obendrein gefährlich machten.

Eine leichte Brise bewegte die Luft und brachte das ferne Donnergrollen des weitergezogenen Gewitters zurück. Die Sonne stand jetzt tief; ihr Schein fühlte sich warm an auf Leaphorns Wange. Er schaute hinunter auf die Wagenspur, hinüber zu der Stelle, wo Listening Woman ihre Vision gehabt hatte, ungesehen, aus welchem Grund auch immer, von einem Mörder. Der Mörder hatte also nicht den einzigen, leichten Weg zur Flucht gewählt. Auch wenn er die Mesa hinaufgeklettert wäre, hätte er die Frau deutlich sehen müssen. Blieben nur die Canyons – doch das ergab wenig Sinn.

Leaphorn schaute nach Norden. Ein halbwegs sportlicher Mensch konnte ohne weiteres zum Grund eines Canyons hinabklettern, aber diese Canyons brachten ihn nicht weiter, sondern in ein endloses Labyrinth, tiefer und tiefer in ein Gewirr aus Einschnitten mit steilen, oft senkrechten, glatten Wänden aus Stein.

Leaphorn kehrte um, ging zurück zum Hogan, duckte sich, betrat ihn und schaute Tsos Lebensmittelvorräte durch. Sie bestanden aus rund zwanzig Konservendosen mit Fleisch, Obst und Gemüsen, zwei Dritteln eines Zwanzig-Pfund-Sacks Kartoffeln, einem Sortiment getrockneter Bohnen und anderen Grundnahrungsmitteln. Tso war offenbar zu einem längeren Aufenthalt hierhergekommen. Leaphorn überprüfte die Tasche des Mädchens und die Koffer des Priesters, fand aber nichts, was ihm weiterhalf.

Dann, als er zur Tür des Hogans schaute, sah er Abdrücke auf dem Boden, die fast zu schwach waren, als daß man sie erkennen konnte. Sie waren nur wegen des besonderen Lichtwinkels zwischen Leaphorn und der Tür zu sehen. Es waren nichts anderes als die feuchten Pfotenabdrücke eines sehr großen Hundes, die dieser auf der festgebackenen Erde des Hogan-Bodens hinterlassen hatte. Aber sie reichten aus, um Leaphorn zu sagen, daß es ihm nicht gelungen war, Captain Largos Anweisung zu befolgen und Theodora Adams zu schützen.

Leaphorn kniete sich auf den Boden und hatte die Wange an der harten Erde, als er den aufgewirbelten Staub gegen das Licht überprüfte. Doch dabei erfuhr er ein wenig über das, was hier geschehen sein mochte. Der Hund mußte während des Regens hier hereingekommen sein. Und jemand war bei dem Hund gewesen, da mehrere seiner feuchten Abdrücke weggescharrt oder plattgedrückt waren. Das konnte der Mann mit der Goldrandbrille gewesen sein, aber auch Tso oder die Adams, vielleicht alle drei. Der Hund war möglicherweise vor dem Regen hier angekommen, während des Gewitters noch einmal hinausgelaufen und mit nassen Pfoten zurückgekehrt. Und alle hatten den Hogan verlassen, als immerhin noch genügend Regen fiel, daß er ihre Spuren auslöschte.

Er stand an der Tür. Zu viele Zufälle. Leaphorn glaubte nicht daran. Er glaubte, daß nichts ohne Ursache geschah. Alles stand miteinander in Verbindung, von der Stimmung eines Menschen bis zum Flug des Kornkäfers und zur Musik des Windes. Es war die Navajo-Philosophie, dieses Konzept ineinander verwobener Harmonien, und sie war Joe Leaphorn angeboren und anerzogen, war ihm in Fleisch und Blut übergegangen. Es mußte einen Grund geben für den Tod von Hosteen Tso, und er hing mit dem zusammen, was den Mann mit der Goldrandbrille – oder zumindest seinen Hund – zu Tsos Hogan gezogen hatte. Leaphorn versuchte die Sache zu Ende zu denken. Er wußte, daß Listening Woman ein ungewöhnlich schreckliches Ereignis gefühlt hatte hinter dem verwirrten und besorgten Geist von Hosteen Tso. Sie hatte empfohlen, daß man für den alten Mann einen Weg des Berges singen und daß obendrein das Zeremoniell des Schwarzen Regens gefeiert werden sollte. Das war eine sehr ungewöhnliche ›Verschreibung‹. Die beiden heilenden Zeremonien waren rituelle Darstellungen eines Teils jener Mythen, die lehrten, wie das Dinee aus der Unterwelt aufgestiegen und zu menschlichen Clans geworden war. Der Weg des Berges war dazu bestimmt, Hosteen Tsos Psyche mit jener Harmonie zu erfüllen, die gestört worden war, weil er als Augenzeuge an einer Entweihung, der Verletzung eines Tabus teilgenommen hatte – der Respektlosigkeit gegenüber den Heiligen Sandbildern wahrscheinlich. Aber warum dann den Gesang des Schwarzen Regens? Leaphorn hätte die Alte noch mehr darüber aushorchen sollen. Es war ein obskures Ritual, das nur selten ausgeübt wurde. Er erinnerte sich daran, daß sein Name von der Erschaffung des Regens stammte. Der First Coyote spielte dabei eine Rolle, und ein Feuer war daran beteiligt. Aber was konnte das mit der Heilung von Hosteen Tso zu tun haben? Er lehnte sich gegen den Türrahmen des Hogans und erinnerte sich an die Lehren, die man ihm in seiner Kinderzeit erteilt hatte. Hosteen Coyote hatte den Fire Man besucht, ihn hereingelegt und ihm ein Bündel brennender Stöcke gestohlen; bei seiner Flucht hatte er sich das Diebesgut an die buschige Rute gebunden. Aber beim Laufen hatte er das Feuer über das ganze Dinetah verbreitet, das Land des Heiligen Volkes stand in Flammen, und das Heilige Volk mußte sich einen Ausweg überlegen. Plötzlich wurde Leaphorn einiges klar. Der Held dieses besonderen mythischen Abenteuers war der First Frog. Hosteen Frog hatte seine Magie benützt, sich selbst ganz mit Wasser aufgepumpt und – getragen vom First Crane – schwarzen Regen entstehen lassen, um das Dinetah vor dem Feuer zu retten. Und Listening Woman hatte erwähnt, daß Hosteen Tso einen Frosch getötet oder dessen Tod verursacht hatte durch einen beim Klettern gelösten Felsblock. Wieder zog Leaphorn die Stirn in Falten. Einen Frosch zu töten war die Verletzung eines Tabus, aber es war eine nicht allzu schwere Verfehlung. Warum also hatte der Tod dieses Frosches ein so großes Gewicht gehabt? Vermutlich, weil Tso es mit dem anderen, schlimmeren Sakrileg in Verbindung brachte. Hatte es vielleicht Frösche gegeben in der Nähe der Stelle, wo die Sandbilder entweiht worden waren?

Wieder warf Leaphorn einen Blick auf die Mesa, wohin Pater Tso und Theodora Adams seinem Gefühl nach gegangen sein mußten – fort von dem Durcheinander der Canyons, die ins Nichts führten, es sei denn, man folgte ihnen lange genug. Denn zuletzt endeten sie alle im Wasser des Lake Powell. Aber wenn der Mann, der Hosteen Tso getötet hatte, nicht auf Listening Woman aufmerksam geworden war, folgerte Leaphorn, dann mußte er danach in die Canyons verschwunden sein. Und wenn es ein geheimes Versteck gab, wo die Sandbilder und die Medizinbündel für den Weg zur Heilung des Endes der Welt seit Generationen lagen, so mußte das in einer tiefen, trockenen Höhle sein. Höhlen – das wies wieder auf die Canyons hin. Außerdem gab es oben auf der Mesa kein Wasser, also vermutlich auch keine Frösche. Leaphorn ging jetzt mit raschen Schritten auf den Rand des ersten Canyons zu.

Der Nebenarm des Canyons, der am Hogan von Tso vorbeiführte, war vom oberen Felsrand bis zum sandigen Grund etwa zweieinhalb Meter tief. Der Trampelpfad nach unten war von

Ziegen getreten worden, eine steile Spur, aber unten am Grund entdeckte Leaphorn Spuren, die bewiesen, daß seine Folgerungen richtig gewesen waren. Die Felsen waren inzwischen getrocknet, und die Menschen waren, eine durchaus menschliche Eigenschaft, den Regenwasserpfützen dazwischen ausgewichen. Nicht so der Hund. Es gab mehrere Stellen, wo Leaphorn die Spuren der nassen Pfoten entdeckte. Sie führten den schmalen Pfad hinunter, und am Boden des Canyons war ein breiter Sandstreifen noch naß vom Gewitterregen. Zwei Personen waren daraufgetreten, vielleicht auch drei. Große Füße und ein kleinerer Fuß. Die Adams und Pater Tso? Die Adams und der Mann mit der Goldrandbrille? Oder gehörte noch ein dritter dazu, der von Felsen zu Felsen gesprungen war und keine Spur hinterlassen hatte? Leaphorn wandte sich der Quelle zu. Sie war kaum mehr als etwas Sickerwasser, das aus einer moosbewachsenen Felsspalte drang und in ein Fangbecken tropfte, das wahrscheinlich von Hosteen Tso angelegt worden war. Hier gab es keine Frösche und auch kein Anzeichen für Felsbrocken, die nach unten gerollt sein konnten. Leaphorn kostete das Wasser. Es war kalt und schmeckte ein wenig mineralisch. Er trank einen großen Schluck, wischte sich dann den Mund ab und ging so geräuschlos wie möglich weiter auf dem hartgebackenen Sand des Canyongrundes.

14 Leaphorn war fast drei Stunden lang gegangen, langsam, vorsichtig, den Spuren nach, die mit einfallender Dunkelheit immer schwerer zu erkennen waren, als er das Geräusch hörte. Er blieb abrupt stehen, hielt den Atem an und lauschte. Es war eine Sopranstimme, und sie stammte von einem Lebewesen, sei es menschlich oder tierisch. Das Geräusch kam aus ziemlicher Entfernung, dauerte drei bis vier Sekunden, brach mitten im Ton ab, und dann folgte ein Durcheinander von Echos.

Eine menschliche Stimme? Oder der hohe Schrei eines Rotluchses? Das Geräusch schien von der Stelle zu kommen, wo dieser Canyon in einen größeren mündete, etwa hundertfünfzig Meter vor ihm. Aber ob es weiter oben oder unten an dem größeren Canyon entstand, vielleicht auch darüber auf der Ebene oder auf der anderen Seite, konnte Leaphorn nicht mit Sicherheit bestimmen. Die Echos waren zu vielfältig und chaotisch gewesen.

Er lauschte noch einen Augenblick und hörte nichts. Das Geräusch schien sogar die Insekten und die insektenjagenden Nachtvögel erschreckt zu haben. Leaphorn begann so leise er konnte auf die Mündung des Canyons zuzulaufen; das Flüstern seiner Stiefelsohlen auf dem Sand war der einzige Laut in einer unheimlichen Stille. An der Mündung blieb er stehen und schaute nach links und nach rechts. Er war lange genug im Canyon gewesen, um ein ungewöhnliches und beunruhigendes Gefühl der Richtungslosigkeit entwickelt zu haben; jetzt wußte er nicht mehr genau, wo er sich befand und in welche Richtung er sich bewegt hatte, weil es hier keinerlei Landzeichen gab, an die man sich halten konnte. Er verstand, warum das so war: Hier stieg der Horizont vertikal nach oben, und die Windungen des Canyons schnitten sich mäanderartig durch den Stein. Aber das Verstehen machte es nicht besser. Leaphorn, der sich noch nie in seinem Leben verlaufen hatte, wußte nicht mehr genau, wo er war. Er konnte sagen, daß er sich insgesamt ungefähr in nördliche Richtung bewegte. Aber er war nicht sicher, ob er den Weg zurück zum Hogan von Tso finden würde, ohne sich mehrfach korrigieren zu müssen und unnötige Umwege zu gehen. Diese Unsicherheit verstärkte das ohnehin vorhandene Gefühl des Unbehagens. Weit über ihm glühte der Rand der Klippe im Licht der untergehenden Sonne; hier unten dagegen war es schon fast dunkel. Leaphorn setzte sich auf einen Steinblock, nahm eine Zigarette aus einem Päckchen, das er in seiner Hemdtasche stecken hatte, und hielt sie sich unter die Nase. Er inhalierte den Geruch des Tabaks, dann steckte er die Zigarette wieder in das Päckchen. Zu riskant, ein Streichholz anzuzünden:

Die Flamme konnte ihn verraten. Leaphorn saß einfach da und ließ seine Gefühle für sich arbeiten. Er hatte Hunger, aber das war ein Gedanke, den er rasch verscheuchte. Oben auf der Ebene war der Wind wie meistens gegen Abend eingeschlafen; hier unten, sechzig Meter unter der Erdoberfläche, bewegte sich ein Wind, eine Zugluft durch den Canyon wie durch einen Kamin, gepreßt durch die abkühlende Luft, die von oben herunterfiel in die Schluchten. Leaphorn hörte das Lied der Insekten, das Zirpen der Felsengrillen und hier und da den Ruf einer Eule. Eine Fledermaus flatterte an ihm vorbei auf der Jagd nach Mücken; sie nahm den bewegungslosen Mann nicht zur Kenntnis. Wieder wurde sich Leaphorn des stetigen, entfernten Murmelns des Flusses bewußt. Es war jetzt allerdings näher als oben am Hogan, und das Geräusch des Wassers, das über Steine plätscherte, wurde gefangen wie in einem Trichter und konzentriert durch die Klippen an den Rändern des Flusses. Eineinhalb Meilen entfernt, schätzte er. Normalerweise trug die dünne, trockene Luft der Wüstenländer nur sehr wenige Gerüche mit sich. Aber die Luft hier unten am Boden des Canyons war feucht, und Leaphorn konnte den Geruch von nassem Sand, das harzige Aroma der Zedern, den schwachen Duft der Piniennadeln und ein Dutzend andere Gerüche wahrnehmen, die zu schwach waren, um identifiziert werden zu können. Inzwischen war der letzte Widerschein der Sonne von den Klippenrändern verschwunden.

Die Zeit verging und brachte dem Wartenden Geräusche und Gerüche, aber keine Wiederholung des Schreis, wenn es denn ein Schrei gewesen war, und keinen Hinweis darauf, wohin der Mann mit der Goldrandbrille gegangen sein konnte. Sterne erschienen auf dem Streifen des Himmels, der von unten sichtbar war. Erst einer, der allein funkelte, dann ein Dutzend, Hunderte, Millionen. Das Sternbild des Kleinen Bären war zu erkennen, und Leaphorn stellte mit Erleichterung fest, daß er jetzt wieder seine Richtung genau bestimmen konnte. Er stieß sich hoch und lauschte. Von seiner Linken, weiter unten im dunklen Canyon, war ein leises, rhythmisches Geräusch zu vernehmen: Frösche, die die warme Sommernacht begrüßten. Die Dunkelheit war jetzt von Vorteil für ihn. Sie schaltete zwar die Sicht aus, verstärkte aber die Fähigkeit des Hörens. Wenn die Höhle Tsos Geheimnisse hundert Jahre bewahrt hatte, konnte sie von hier unten nicht zu sehen sein. Aber wenn sich Menschen darin aufhielten, würden sie Geräusche erzeugen, es sei denn, sie schliefen. Die Dunkelheit schützte ihn, und er konnte sich fast geräuschlos über den Sand des Canyonbodens bewegen.

Aber es gab auch einen gewaltigen Nachteil, ein großes Gefahrenmoment: den Hund. Wenn der Hund im Canyon umherlief, würde er ihn auf zweihundert Meter Entfernung riechen können. Leaphorn nahm an, daß sich die Höhle ein Stück weiter oben in der Felswand des Canyons befand, wie das meistens bei trockenen Höhlen der Fall war, und daß in dieser feuchten, schweren Luft seine Witterung nicht nach oben steigen würde. Wenn der Hund also bei den Menschen in der Höhle war, konnte Leaphorn unentdeckt dorthin gelangen. Doch für alle Fälle zog er seinen Revolver und behielt ihn in der Hand, entsichert, den Hahn in Vorderraststellung. Er ging sehr vorsichtig weiter, blieb alle paar Meter stehen, um zu lauschen, und achtete darauf, daß er so langsam und leise wie möglich atmete.

Er hörte ziemlich wenig: das schwache Geräusch seiner Stiefelsohlen, die er sehr vorsichtig auf den Sand setzte, das weit entfernte Bellen eines Kojoten, der irgendwo oben auf der Ebene jagte, hier und da den Ruf eines Nachtvogels und schließlich, als die Abendbrise auffrischte, das schwache Heulen der Luft durch die Felsenschlucht – das alles gegen den Hintergrund eines Froschkonzerts. Einmal zuckte er zusammen, als ganz in seiner Nähe ein Nager aufschreckte und davonlief. Und dann, mitten im Gehen, hörte er eine Stimme.

Er erstarrte, stand bewegungslos da und strengte sich an, um mehr zu hören. Es war eine Männerstimme gewesen, und sie kam von irgendwo weiter unten im Canyon. Sie sprach kurz und bündig, nur drei oder vier knappe Worte. Leaphorn schaute sich um und versuchte, sich seine Umgebung einzuprägen. Ein Stück weiter unten konnte er einen Granitfelsen erkennen, der sich vom Grund des Canyons erhob. An dieser Stelle beschrieb der Canyon eine Kurve und bog scharf nach rechts ab, um dem Granitfelsen auszuweichen. Auf der linken Seite, dicht neben ihm, spaltete sich die Wand des Canyons und bildete einen etwas flacheren Abhang, auf dem niedrige Büsche wuchsen. Die Überprüfung seiner Umgebung war eine automatische Vorsichtsmaßnahme, typisch für Leaphorn: Er prägte sich die Stelle ein, damit er sie am Tage wiederfinden konnte. Danach setzte er sein konzentriertes Lauschen fort.

Er hörte in der Dunkelheit das Geräusch von jemandem, der rannte, hörte keuchendes Atmen. Es kam direkt auf ihn zu. Im Bruchteil einer Sekunde gaben die Adrenalindrüsen ihr Sekret in die Blutbahn ab. Leaphorn hatte gerade noch Zeit, den Hahn seines Revolvers ganz zurückzuziehen und den 38er halb anzuheben, dann tauchte auch schon aus dem Dunkeln der riesige Körper des Hundes auf, und seine Augen und Zähne reflektierten das Licht der Sterne in einem seltsamen, feuchtglänzenden Weiß. Leaphorn warf sich zur Seite, auf den buschbewachsenen Abhang zu, und zog den Revolver durch. Mitten im Krachen des Schusses prallte der Hund mit ihm zusammen. Er traf ihn an der Schulter, aber da sich Leaphorn zur Seite geworfen hatte, war die Berührung nur flüchtig. Statt auf den Rücken geschleudert zu werden, mit dem Hund über sich, war er seitlich gegen die Klippe gefallen. Die Zähne des Tiers gruben sich in seine Jacke statt in seine Kehle, und durch die Wucht des Satzes schleuderte er an ihm vorbei. Leaphorn war mit einem Schritt in der Felsspalte und kletterte verzweifelt nach oben über lockere Steine und durch niedriges Buschwerk. Der Hund, der jetzt zum erstenmal knurrte, hatte sich wieder von seinem wilden Satz erholt und versuchte, Leaphorn zu folgen. Leaphorn zog sich mit letzter Energie nach oben, während der Hund knapp hinter ihm blieb – so knapp dahinter, daß Leaphorns Beine maximal einen

Meter von den Zähnen des Tiers entfernt waren. Jetzt packte er mit der rechten Hand eine dickere Wurzel, tastete mit der Linken weiter nach oben und fand eine Stelle, wo er sich besser festhalten konnte. Er zog sich hoch und erreichte einen kleinen Felsabsatz. Hier konnte ihn der Hund wahrscheinlich nicht erreichen. Er drehte sich um und schaute nach unten. Von dieser Spalte aus war der Grund des Canyons völlig dunkel. Er konnte gar nichts mehr sehen. Aber das Tier war noch da; aus dem Knurren war ein frustriertes, hohes Kläffen geworden. Leaphorn atmete tief ein, hielt die Luft einen Moment lang an, stieß sie langsam aus und erholte sich von seinem Schreck. Er fühlte Übelkeit, sein Kreislauf war mit Adrenalin überladen. Doch jetzt war nicht die Zeit, die Übelkeit zu pflegen – oder den Zorn, der inzwischen die Angst ersetzt hatte. Vor dem Hund war er momentan sicher, aber seinem Besitzer war er völlig hilflos ausgesetzt. Er machte eine schnelle Inventur seiner Situation. Sein Revolver war weg. Das Tier war gegen ihn geprallt, während er die Waffe nach oben riß, und hatte sie ihm aus der Hand geschlagen. Offenbar hatte er den Hund mit dem Schuß nicht getroffen, aber der Donner der Explosion mußte ihn zumindest überrascht und betäubt haben – nur deshalb hatte Leaphorn Zeit gehabt, in diese Spalte zu entkommen. Jetzt brauchte er sich keine Gedanken mehr zu machen, ob er entdeckt wurde oder nicht. Er nahm die Taschenlampe von seinem Gürtel und leuchtete nach unten. Der Hund stand, die Vorderpfoten gegen den Felsen gedrückt, genau unter ihm. Er war tatsächlich so riesengroß, wie Leaphorn es erwartet hatte. Der Lieutenant kannte sich nicht aus in der Hundezucht, interessierte sich auch nicht dafür, aber das hier mußte eine Kreuzung zwischen den größten Rassen sein, die es gab – vielleicht zwischen einem Dobermann und einer Dogge. Wie auch immer die Mischung zustandegekommen sein mochte, sie hatte dem Tier ein zottiges Fell gegeben, einen Körper, der im erhobenen Zustand, auf den Hinterbeinen stehend so wie jetzt, übermannsgroß war, und einen massiven, häßlichen Schädel. Jetzt leuchtete Leaphorn nach oben, um die Spalte zu erkunden, in die er geklettert war. Sie führte steil hinauf; vermutlich handelte es sich um einen sehr alten Riß, der bei einem Erdbeben entstanden war und die Klippe gespalten hatte. Wasser war heruntergelaufen, Sand und Staub hatten eine dünne Erdschicht gebildet, und Kakteen, Kreosotbüsche, anderes, niedriges Buschzeug und verschiedene Arten von Trockengräsern hatten zwischen den Felsen Wurzeln geschlagen. Einerseits bot diese Spalte zwei Vorteile: ein Versteck und Schutz vor dem Hund, da sie zu steil war, als daß das Tier hätte heraufklettern können. Doch bei näherer Überlegung überwogen die Nachteile, denn diese Spalte war im Grunde eine Falle. Es gab nur einen Ausweg – vorbei an dem unten wartenden Hund. Leaphorn schaute sich nach Felsbrocken um, die groß genug waren, daß man sie auf den Hund schleudern konnte. Der einzige, den er von seinem Platz zwischen zwei riesigen Felsen freibekam, war kleiner, als er es sich gewünscht hatte – etwa von der Größe einer plattgedrückten Orange. Jetzt hielt er die Taschenlampe mit der linken Hand und nahm den Stein in die rechte, während er zielte. Der Hund knurrte wieder. Er mußte ihn an der Stirn treffen, und zwar sehr hart – alles andere hatte keinen Sinn. Er holte aus und schleuderte den Stein nach unten.

Er schien den Hund zwischen dem linken Auge und dem Ohr getroffen zu haben. Das Tier jaulte auf und rutschte mit den Vorderpfoten von der Spalte hinunter auf den Boden.

Zuerst dachte er, der Hund sei verschwunden. Doch dann sah er ihn wieder, sah die Augen, die das Licht reflektierten, direkt am Ende der Spalte, noch immer so nahe, daß man ihn mit einem Stein treffen konnte. Er tastete hinter sich nach einem weiteren Wurfgeschoß, dann schaltete er rasch die Taschenlampe aus. Auf dem Boden des Canyons hinter dem Hund sah er ein Licht flackern – den Schein einer anderen Taschenlampe, die sich mit den Schritten der Person bewegte, welche sie in der Hand hatte.

»Da ist der Hund«, sagte eine Stimme. »Paß auf mit dem Licht, Tull. Der Schweinehund hat eine Schußwaffe.«

Das Licht der Taschenlampe ging aus. Leaphorn zog sich geräuschlos weiter nach oben. Er hörte, wie dieselbe Stimme leise mit dem Hund sprach. Und dann eine zweite Stimme.

»Er muß dort oben in der Spalte sein«, sagte der Mann, den der andere Tull genannt hatte. »Der Hund hat ihn dort hinaufgescheucht.«

Dann hörte Leaphorn wieder die erste Stimme: »Ich hab dir doch gesagt, der Hund ist sein Futter wert.«

»Bis jetzt war er nichts als eine Last«, erklärte Tull. »Das Mistvieh ist mir unheimlich.«

»Dazu besteht kein Grund«, sagte die erste Stimme. »Lynch hat ihn selbst ausgebildet. Er war der Stolz der Firma Safety Systems.« Der Mann lachte. »Das heißt, das war er, bis ich angefangen habe, ihn heimlich zu füttern.«

»Verdammt!« sagte Tull. »Schau doch, worauf ich getreten bin! Das ist eine Waffe! Der Hund hat dem Kerl den Revolver abgenommen.«

Danach herrschte kurzes Schweigen.

»Es ist sein Revolver, natürlich. Er ist abgefeuert worden«, stellte Tull fest.

Die Taschenlampe wurde wieder eingeschaltet. Leaphorns Hand ertastete eine Öffnung zwischen den Felsen. Er zog sich weiter nach oben, blieb stehen und schaute hinunter. Er sah einen gelben Lichtkreis auf dem sandigen Canyonboden und die Beine von zwei Männern. Dann wurde der Lichtstrahl nach oben gerichtet, und er strich über die Felsen und die Büsche unter ihm. Leaphorn duckte sich. Das Licht glitt vorbei und erhellte die Lücke zwischen den Felsen, wo er sich verbarg, mit seinem Widerschein. Links von der Stelle, wo er sich geduckt hatte, war eine riesige Steinplatte vom Felsen abgesprengt worden. Dahinter war er vermutlich von unten nicht zu sehen, und außerdem gab es vielleicht eine Möglichkeit, nach oben auf die Ebene zu klettern.

Die erste Stimme brüllte zu ihm herauf.

»Sie können ruhig runterkommen«, rief die Stimme. »Wir halten den Hund.«

Leaphorn schwieg.

»Kommen Sie«, rief die Stimme. »Sie können hier nicht weg, und wenn Sie nicht runterkommen, werden wir sehr unangenehm.«

»Wir wollen nur mit Ihnen reden«, sagte Tull. »Wer, zum Teufel, sind Sie, und was machen Sie hier?«

Die Stimmen hielten inne und warteten auf eine Antwort. Die Worte wurden als Echos von den Wänden des Canyons reflektiert, dann war es wieder still.

»Es ist eine Polizeiwaffe«, sagte die erste Stimme. »Ein achtunddreißiger Revolver. Es ist nur ein Schuß abgefeuert worden. Wir haben ihn gehört.«

»Ein Polizist?«

»Ich nehme es an. Vielleicht ist es der Typ, der am Hogan des Alten herumgeschnüffelt hat.«

»Er kommt nicht runter«, sagte Tull. »Ich bin sicher, er kommt nicht runter.«

»So sieht es aus«, bestätigte der erste.

»Soll ich raufklettern und ihn holen?«

»Auf keinen Fall. Er würde dir den Schädel mit einem Felsbrocken einschlagen. Er ist über dir, und du kannst es nicht einmal sehen in der Dunkelheit, wenn er einen Stein auf dich schleudert.«

»Ja«, sagte Tull. »Also warten wir, bis es Tag wird?«

»Nein. Morgen früh haben wir eine Menge zu tun«, erwiderte die erste Stimme. Dann schwiegen sie beide. Der Schein der Taschenlampe bewegte sich durch die Spalte in der Felswand nach oben, hin und zurück, über Leaphorns Versteck hinweg und weiter hinauf. Leaphorn drehte sich um und folgte mit den Blicken dem Licht. Weit oben wurde das gelbliche Licht von einer glatten, ungebrochenen Felswand reflektiert. Aber die Spalte ging, wie er sah, bis ganz hinauf zum Rand der Klippe.

Vier vorsichtige Schritte aus dem Versteck, und das Licht war auf ihm. Er kroch, geblendet davon, auf die schützende Felsplatte zu. Es gab eine Explosion von Schüssen, die in der Enge seiner

Deckung betäubend laut waren, und man hörte die Geschosse pfeifen, die von der Wand abprallten. Dann war er in Sicherheit, hinter der Felsplatte, keuchte, und das Licht der Taschenlampe wurde vom glatten Stein zurückgeworfen.

»Was glaubst du?« fragte Tull.

»Verdammt. Ich fürchte, wir haben ihn verpaßt.«

»Er kommt jedenfalls nicht herunter, das steht fest«, sagte Tull.

»Hey, Buddy«, rief die erste Stimme zu Leaphorn herauf. »Du steckst in der Falle. Wenn du nicht runterkommst, zünden wir den Busch hier unten an und räuchern dich aus. Hast du verstanden?«

Leaphorn erwiderte nichts. Er überlegte sich die Alternativen. Wenn er herauskam, würden sie ihn mit Sicherheit töten. Würden sie tatsächlich das Feuer legen? Vielleicht. Konnte er es überstehen? Diese Lücke zwischen den Felsen bot ihm Schutz vor den Flammen, aber das Feuer würde durch die Spalte emporlodern wie in einem Kamin und allen Sauerstoff mit sich reißen. Wenn ihn die Hitze nicht umbrachte, würde er vermutlich ersticken.

»Na los, fang an damit«, sagte die erste Stimme. »Ich bin sicher, daß er nicht runterkommt.«

»Verdammt riskant«, meinte Tull. »Könnte das Feuer nicht jemanden anlocken?«

Die erste Stimme lachte. »Das einzige Licht, das aus diesem Canyon kommt, geht senkrecht nach oben«, erklärte der Mann. »Es gibt niemanden im Umkreis von vierzig Meilen, der es sehen könnte, und bis morgen früh hat sich auch der Rauch verzogen.«

»Hier ist trockenes Gras«, sagte Tull. »Wenn es erst einmal brennt, fängt auch das feuchte Zeug Feuer. So naß ist es nicht mehr.«

Leaphorn hatte seine Entscheidung getroffen, ohne daß es ihm bewußt geworden wäre. Er würde nicht hinunterklettern, um erschossen zu werden. Die Männer unter ihm zündeten das Gras an, setzten einen Haufen Zweige und Treibholz vom Canyonboden in Brand, genau am unteren Ende der Spalte. Sekunden später drang der Geruch von brennendem Kreosotbusch und Pinienharz in Leaphorns Nase. Das Feuer unter ihm würde den Männern die

Sicht nach oben behindern. Er schaute hinunter. Der Hund stand hinter ihnen, wich nervös vor dem Feuer zurück, starrte aber immer noch nach oben, die Ohren aufgestellt, die Augen gelb im Licht der Flammen. Links von ihm stand ein großer Mann in Jeans und einer Jeansjacke. Er hielt ein automatisches Gewehr im einen Arm und schützte das Gesicht mit der anderen Hand vor dem Feuer und der Hitze. Das Gesicht sah schief und verzerrt aus, und das eine Auge, das Leaphorn sah, starrte seltsam verdreht zu ihm herauf. Tull. Der zweite Mann war kleiner. Er trug ein langärmeliges Hemd ohne Jacke, sein Haar war schwarz und sehr kurz geschnitten, und das Licht des Feuers wurde von einer Brille mit Goldrand reflektiert. Hinter der Brille glaubte Leaphorn ein glattes Navajo-Gesicht zu erkennen. Das Licht flackerte trügerisch, und die Brille mit dem Goldrand konnte täuschen, aber Leaphorn stand vor der Erkenntnis, daß der Mann, der versuchte, ihn zu töten, so aussah wie Pater Benjamin Tso vom Orden des Heiligen Franziskus.

15

Das Problem waren weniger die Flammen als die Hitze und der Mangel an Sauerstoff. Hinter dieser Felsplatte konnten die Flammen ihn nicht erreichen, es sei denn, es entstand ein ganz unglücklicher, unwahrscheinlicher Luftzug. Blieben die Hitze, die ihn ebensogut umbringen konnte, und der Tod durch Ersticken. Das Licht des Feuers unter ihm wurde heller, erst noch flackernd, dann allmählich stetig. Leaphorn zwängte sich noch weiter hinter den Felsen, fort vom Licht. Seine Stiefelsohle platschte in Wasser. Am Fuß der abgesprengten Felsplatte hatte sich ein Sammelbecken gebildet, in dem das Wasser des Gewitterregens aufgefangen worden war. Hinter ihm begannen die Flammen zu brüllen, als immer mehr Buschzeug in Brand geriet. Er bückte sich, dann legte er sich ins Wasser. Es war kühl. Er machte das Hemd, die Hose, die Stiefel naß. Durch den Spalt hinter ihm konnte er nur noch Feuer sehen. Eine Hitzewelle traf ihn, ein schmerzendes Brennen an seiner Wange. Er tauchte das Gesicht ins Wasser und hielt es dort, bis seine Lungen nach Luft schrien. Als er den Kopf gehoben hatte, zog er langsam und vorsichtig die Luft ein. Sie war jetzt stark erhitzt, und seine Ohren waren erfüllt vom Dröhnen des Feuers. Er öffnete die Augen nur einen Spalt und sah das Gras in dem schmalen Ausschnitt des Felsens, wie es plötzlich welkte und Sekunden danach zu gelben Flammen explodierte. Seine Hose und die Jacke dampften. Er spritzte mehr Wasser darauf. Die Hitze drang durch die nasse Kleidung, und seine Lungen sagten ihm, daß er ersticken würde, wenn er nicht irgendwo eine Sauerstoffquelle entdeckte. Er kletterte verzweifelt zwischen der Felsplatte und der Klippe ein Stück nach oben, weg vom Feuer. Der erste Atemzug, den er nahm, verbrannte fast seine Lungen, aber zugleich fühlte er eine kühlere Zugluft, die an seinem Gesicht vorüberwehte. Sie kam nicht von den Flammen, sondern von irgendwo weiter unten und wurde durch das von der Hitze verursachte Vakuum in eine Öffnung zwischen den Felsen gesogen. Leaphorn zwängte sich weiter in die immer enger werdende Spalte zwischen den Felsen – weg vom Feuer und hin zu dieser Quelle segensreicher Luft. Schließlich ging es nicht mehr weiter. Sein Kopf war festgeklemmt wie in einem steinernen Schraubstock. Die Hitze veränderte sich, war einmal unerträglich und durchdringend, dann wieder schwächer und gerade noch auszuhalten. Er fühlte den Dampf seiner nassen Hose, der heiß an seinen Schenkeln vorbeistrich. Das Feuer machte sich seinen eigenen Wind und blies die Luft – sehr heiße Luft – an seinem Gesicht vorbei. Wenn sich die Zugluft änderte, würde sie das Feuer durch diesen Schlitz im Felsen ziehen und Leaphorn wie eine Mücke verbrennen. Und wenn seine Kleidung trocknete und zu brennen begann, würde ihn der Zug sauerstoffreicher Luft in eine lebendige Fackel verwandeln. Leaphorn verbannte solche Gedanken aus seinem Kopf und konzentrierte sich auf andere. Wenn er hier lebendig herauskam, würde er sein Gewehr holen und den Hund und den Mann mit dem schiefen Gesicht töten, aber vor allem würde er den Mann mit der Goldrandbrille töten. Er würde ihn töten, ja. Und mit diesen Gedanken schaffte es Joe Leaphorn, die Qualen zu überstehen.

Es kam die Zeit, als das Dröhnen des Feuers nachließ und der Luftzug um sein Gesicht schwächer wurde; dennoch stieg die Hitze eher noch an, bis es heiß war wie in einem Backofen. In diesen Minuten glaubte Leaphorn nicht mehr daran, daß er es überstehen würde. Er verlor das Bewußtsein. Als es zurückkehrte, war das Geräusch des Feuers nur noch ein Knacken, und er hörte wieder Stimmen. Manchmal klangen sie schwach und entfernt, und manchmal konnte Leaphorn die Worte verstehen. Schließlich verstummten die Stimmen, die Zeit verging, und es war wieder dunkel draußen. Leaphorn versuchte, sich zu bewegen, und stellte fest, daß es ihm gelang; jetzt zog er vorsichtig den Kopf aus der Felsspalte. Sofort war seine Nase wieder erfüllt vom Geruch nach Hitze und Asche. Aber es gab kaum noch Feuer. Das Licht stammte überwiegend von einem größeren, brennenden Stück Holz, das vom Rand in die Spalte gefallen und zwanzig Meter weiter oben hängengeblieben war. Leaphorn beugte sich hinunter zu dem Wasser in dem kleinen Becken. Es war fast heiß, und eine Menge davon war verdampft. Er senkte das Gesicht auf das, was davon übriggeblieben war, und trank gierig daraus. Das Wasser schmeckte nach Holzkohle. So heiß das Feuer gewesen war, hatte es hier drinnen die Temperatur des massiven Steins der Klippe doch nicht wesentlich erhöhen können; der Fels war noch verhältnismäßig kühl und ließ die Temperatur erträglich erscheinen. Im flackernden Licht setzte sich Leaphorn und betrachtete sich. Er würde Brandblasen haben, vor allem an einem Handgelenk, wo seine Haut unbedeckt der Hitze ausgesetzt gewesen war, vielleicht auch am anderen Handgelenk, am Hals und im Gesicht. Er spürte ein unangenehmes Gefühl in der Brust, aber keine richtigen Schmerzen. Immerhin: Er hatte das Feuer überlebt. Doch das Problem blieb: Wie sollte er aus dieser Falle entkommen?

Er rutschte geduckt und vorsichtig bis zum Ende der Felsplatte und schaute sich um. Unter ihm brannten Äste und Büsche an mindestens zehn Stellen, und an vielen anderen sah man verkohltes Holz glimmen. Aber von den Männern und ihrem Hund keine Spur. Vielleicht waren sie gegangen. Vielleicht warteten sie aber auch, bis sich das Feuer ganz gelegt hatte und die Steine genügend abgekühlt waren, und kletterten dann herauf, um festzustellen, ob er wirklich tot war. Leaphorn dachte darüber nach. Von unten betrachtet, mußte es unmöglich erschienen sein, daß in diesem Feuersturm auch nur irgendein Lebewesen heil davongekommen war. Dennoch wollte er nicht glauben, daß diese zwei Männer sich auf irgendein Risiko einlassen würden. Er mußte versuchen, nach oben zu klettern, hinaus aus dem Canyon.

Er verbrannte sich einige Male, bis er gelernt hatte, den heißen Stellen auszuweichen. Als er an die fünfzig Meter über dem Boden des Canyons angekommen war, bildete die Hitze kein Problem mehr. Die Spalte in der glatten Felswand wurde immer enger, und er mußte fast senkrecht nach oben klettern. Alle paar Meter legte er eine Pause ein, um den Muskeln Erholung zu gönnen, die vor Müdigkeit und Erschöpfung zitterten und schmerzten. Mit dem Klettern verging der Rest der Nacht. Endlich konnte er sich über den Rand der Klippe hinaufziehen auf die Ebene, in das graue Licht der Morgendämmerung, und dort blieb er erst einmal liegen, bis zum äußersten erschöpft, das Gesicht gegen den kalten Stein gepreßt. Nach ein paar Minuten der Rast ging er unter einer Zedernzypresse am Rand der Klippe in Deckung.

Dort nahm er sein Walkie-Talkie aus der ledernen Schutzhülle an seinem Gürtel, schaltete auf Empfang und peilte eine Funkstation an. Die Reichweite betrug vielleicht zehn Meilen – viel zu gering, um einen Empfänger der Navajo-Polizei zu erreichen. Leaphorn versuchte es dennoch und schickte seine Position und einen Hilferuf hinaus. Aber niemand antwortete. Auf dem Kanal der Staatspolizei von Arizona wurde die Beschreibung eines Lastwagens durchgegeben. Der Sender der Staatspolizei von New

Mexico in Farmington schwieg. Er konnte den Sender der Straßenwacht von Utah in Moab empfangen, aber nicht gut genug, um etwas zu verstehen. Der Kanal des FBI sendete eine Liste von Identifikationen. Und der Sender der Navajo-Polizei in Tuba City gab wie der Sender aus Arizona die Beschreibung eines Lastwagens durch – ein großer Camper-Lastwagen, genau gesagt, mit doppelten Hinterreifen.

Leaphorn wußte inzwischen, wo er sich befand. Die Mesa, von der aus man hinunterschauen konnte auf Tsos Hogan, lag am südwestlichen Horizont, vielleicht drei Meilen entfernt. Eine Meile weiter war sein Wagen mit seinem Gewehr und einem Sender, der stark genug war, um Tuba City erreichen zu können. Aber zwischen ihm und dem Hogan schnitten sich mindestens zwei Canyons durch das Plateau. Um die Strecke zu bewältigen, würde er Stunden brauchen. Je eher er startete, desto früher war er dort.

Wenn es Leben gab in diesem Teil der Ebene, so war im frühen Morgenlicht nichts davon zu erkennen. Bis auf die weißen Auswüchse von Kalkstein bestand der Rand des Canyons aus dunkelrotem Eruptivgestein, das in seinen Ritzen und Spalten das spärliche Wachstum einer Wüstenvegetation zuließ. Ein paar hundert Meter weiter im Westen blockierte eine nicht allzu hohe Mesa den Blick auf den Horizont. Leaphorn fragte sich, ob er sie überqueren mußte, um zu seinem Fahrzeug zu kommen.

Aus dem Funkgerät drang schwach die angenehme weibliche Stimme der Sprecherin von Tuba City. Sie beendete die Beschreibung des Camper-Lastwagens, schwieg kurz und begann dann mit einer anderen Meldung. Leaphorn konzentrierte sich auf das, was seine Augen suchten: einen Weg, der hinaufführte über die Wand der Mesa. Doch dann fiel das Wort ›Geiseln‹. Plötzlich hörte Leaphorn genauer auf die Stimme aus dem Funkgerät.

Die war vorübergehend verstummt. Am Rand des Horizonts über New Mexico zeigten sich die ersten gelben Streifen. Eine Morgenbrise strich über Leaphorns Gesicht. Aus dem Lautsprecher kamen schwache Laute, deren Bedeutung er nicht erkennen konnte. Leaphorn hockte sich hinter die Zedernzypresse und drückte sich den Lautsprecher ans Ohr.

»An alle Einheiten«, sagte die Stimme. »Wir haben inzwischen weitere Informationen erhalten. Es wird bestätigt, daß drei Männer daran beteiligt sind. Außerdem sind alle drei bewaffnet. Zeugen sahen ein Gewehr und zwei Pistolen oder Revolver. Außer den bisher genannten Geiseln, den Jungen aus dem Pfadfinderlager, werden auch zwei erwachsene Männer festgehalten. Sie wurden identifiziert als – wir unterbrechen die Durchsage. Achtung, wir unterbrechen mit einer wichtigen Mitteilung an alle Einheiten. Alle Polizeieinheiten erhalten den Befehl, das Gebiet des Navajo-Reservats nördlich des U. S. Highways 160 und östlich des Highways 89, südlich der Nordgrenze des Reservats und westlich der Grenze zu New Mexico zu räumen. Wir haben die Anweisung von den Kidnappern erhalten, daß die Geiseln getötet werden, wenn in diesem Gebiet Polizei gesichtet wird. Ich wiederhole: Alle Polizeieinheiten erhalten den Befehl . . .«

Leaphorn hörte kaum hin, als die Stimme den Befehl wiederholte. Erklärte das, was der Mann mit der Goldrandbrille vorhatte? War das eine Geiselnahme der Buffalo Society? Bereitete er hier sein Basislager vor – ein Versteck für die Geiseln? Weshalb sonst hätte man den dringenden Befehl erteilt, dieses Gebiet des Reservats von Polizei zu räumen?

Der Funkspruch war mit der Wiederholung des Befehls zu Ende und setzte jetzt die unterbrochene Beschreibung der erwachsenen Geiseln fort, bei denen es sich um die Leiter einer Pfadfindergruppe aus Santa Fe handelte. Dann begann man mit einer Beschreibung der entführten Jungen.

»Jugendlicher Nummer eins ist identifiziert als Norbert Juan Gomez, Alter zwölf Jahre, einsfünfzig groß, Gewicht vierzig Kilogramm, schwarzes Haar, schwarze Augen. Alle Jugendlichen tragen Pfadfinderuniformen.

Jugendlicher Nummer zwei heißt Tommy Pearce, dreizehn Jahre

alt, einsvierundfünfzig groß, Gewicht fünfundvierzig Kilogramm, braunes Haar, braune Augen.

Jugendlicher Nummer drei . . .«

Die sehen alle ziemlich gleich aus, dachte Leaphorn. Menschen hatten sich in Statistiken verwandelt. Im Griff der Gewalt waren aus Kindern jugendliche Subjekte mit den Nummern drei, vier, fünf und sechs geworden, die nach Kilogramm und Zentimetern gemessen und nach der Haarfarbe beurteilt wurden.

»Jugendlicher Nummer acht, Theodore F. Markham, Alter dreizehn, einssechsundfünfzig groß, Gewicht etwa achtundvierzig Kilo, blondes Haar, blaue Augen, blasse Hautfarbe.«

Leaphorn machte aus dem Jugendlichen Nummer acht in Gedanken einen blassen, blonden Jungen, den er im vergangenen Sommer als Zuschauer bei einem Rodeo in Window Rock beobachtet hatte. Der Junge hatte am Rand der Arena gestanden, einen Fuß auf der unteren Querstange der Absperrung; sein Haar war von der Sonne beinahe weiß gebleicht, die Gesichtshaut schälte sich von einem überstandenen Sonnenbrand, und er hatte voller Begeisterung zugesehen, wie sich ein junger Navajo-Cowboy bemühte, die Vorderbeine eines Jungstiers zusammenzubinden, den er an den Hörnern gepackt hatte.

»Jugendlicher Nummer neun ist Milton Richard Silver«, sagte die Stimme aus dem Funkgerät, und Leaphorn machte aus der Nummer neun in Gedanken seinen eigenen Neffen, der in Flagstaff wohnte, dessen Bluejeans ständig von Modellkleber verschmiert und dessen Ellbogen ebenso ständig von Stürzen beim Skateboardfahren gezeichnet waren. Die Gedanken führten vom einen zum anderen. In Tuba City würde man sich erinnern, daß er zum Hogan von Tso gefahren war. Man würde versuchen, ihn zu erreichen und aus der Sperrzone zu rufen. Doch das machte nichts. Der Mann mit der Goldrandbrille wußte, daß er hier war, schon bevor die Warnung durchgegeben worden war. Es kam jetzt nur darauf an, daß er zu seinem Wagen kam, zu seinem Gewehr.

Leaphorn ging los und versuchte einen schnellen Schritt, wobei er zunächst erschrak über die Steifheit in seinen Hüften und Fußgelenken. Er überlegte sich schon, ob er seinen Gürtel mit dem Feldstecher, dem Funkgerät, der Taschenlampe und dem Erste-Hilfe-Beutel zurücklassen sollte, um leichter marschieren zu können. Aber so schwer der Feldstecher und das Walkie-Talkie waren, es konnte sein, daß er beides noch sehr dringend brauchte. Das Funkgerät hatte inzwischen die Beschreibung der jugendlichen Geiseln mit der Nummer elf beendet und beantwortete jetzt Fragen und gab Anordnungen durch. Daraus konnte Leaphorn etwas mehr entnehmen über das, was geschehen war. Drei bewaffnete Männer, alle drei offenbar Indianer, waren in der vergangenen Nacht um ein Uhr bei einem der vielen Pfadfinderlager um die Mündung des Canyon de Chelly aufgetaucht. Sie waren mit zwei Fahrzeugen erschienen, mit einem Camping-Truck und einem Lastwagen. Daraufhin hatten sie die beiden Leiter und elf von den Jungen in den Camping-Truck getrieben und zwei weitere Erwachsene und sieben Pfadfinder gefesselt und zusammen mit dem Lastwagen zurückgelassen.

Leaphorn zog die Stirn in Falten. Warum hatten sie die einen als Geiseln genommen, die anderen nicht? Und warum ausgerechnet diese Zahl? Die Frage beantwortete sich von selbst. Er erinnerte sich an die Flugblätter in der FBI-Akte in Albuquerque. An erster Stelle der Greueltaten des Weißen Mannes standen die Olds Prairie-Morde, wobei es sich um drei Erwachsene und elf Kinder gehandelt hatte. Der Gedanke jagte ihm einen Schauer über den Rücken. Aber warum hatten sie nicht drei Erwachsene als Geiseln genommen? Theodora Adams – war sie die dritte? Die Buffalo Society hatte offensichtlich vor, den Mord an elf Kiowa-Kindern vor einem Jahrhundert dadurch in Erinnerung zu rufen, daß sie elf Pfadfinder als Geiseln nahm. Sie wußte, daß das eine internationale Orgie der Medien hervorrufen und nationenweite Aufregung verursachen würde. Fernsehinterviews mit weinenden Müttern und verzweifelten Vätern. Die ganze Welt würde zuschauen und sich fragen, ob ein Indianer namens Kelongy nur an einen weit in der Vergangenheit liegenden Übergriff der Weißen erinnern wollte, oder ob er in seinem verqueren Gerechtigkeitssinn Ausgleich für das Massaker von damals forderte. Leaphorn dachte noch darüber nach, als er den Hund hörte.

Das Geräusch kam von einer Stelle über ihm, vom Rand der Mesa: ein wütender, frustrierter Laut zwischen Knurren und Bellen. Leaphorn hatte den Hund vergessen. Aber dieses Geräusch ließ ihn erstarren. Dann sah er das Tier, fast direkt über sich. Es stand mit den Vorderpfoten an der äußersten Kante des Randfelsens, die Schultern hochgezogen, die Zähne gefletscht. Der Hund bellte wieder, dann wandte er sich abrupt um und lief an der Klippe entlang, weg von ihm. Nach fünfzig Metern bellte er, kehrte um, kam wieder auf ihn zu und suchte offenbar nach einem Weg, wie er herunterkommen konnte. Die Bestie war noch größer, als er sie in Erinnerung hatte, im gelben Licht des Feuers am vergangenen Abend. Es war eine Frage von Sekunden, bis sie eine Möglichkeit gefunden hatte, von der Mesa herunterzukommen – ein Felsrutsch, ein Wildpfad, irgendeine Unterbrechung der steilen Wand, über die er zu der darunterliegenden Schotterhalde gelangen konnte. Leaphorn fühlte, wie sich ein Klumpen der Angst in seinem Magen zusammenzog. Er schaute sich um und hoffte, irgend etwas zu finden, was er als Schlagstock benützen konnte. Er brach einen Ast von einer abgestorbenen Zeder ab, obwohl das kaum die geeignete Waffe war, um das Tier abzuwehren. Dann drehte er sich um und lief mit steifen Gliedern auf die Hauptader des Canyons zu. Nur hier, an der Kante, konnten seine Hände etwas ausrichten gegen einen vierbeinigen Angreifer mit gefährlichen Reißzähnen. Er hielt an einer verkrüppelten Zeder, die keine zwei Meter vom Rand des Abgrunds entfernt in den Felsen wurzelte. Dann riß er, so schnell er konnte, die Nylon-Schnürsenkel aus seinen Stiefeln, knotete sie zusammen und band sie um den Stamm der Zeder. Anschließend zog er seinen Gürtel aus den Schlaufen, machte eine Schlinge daraus und befestigte ihn an den doppelten Schnürsenkeln. Während er erprobte, ob der Gürtel halten würde, sah er den

Hund. Er hatte einen Weg nach unten gefunden und kam kläffend über die Schotterhalde auf ihn zugerannt. Am Abend zuvor hatte er ihn ohne einen Laut angegriffen, wie man es Hunden beim Abrichten beibringt, und selbst nachdem er ihn in die Enge getrieben hatte, war nur ein leises Knurren zu hören gewesen. Aber Leaphorn schien ihn doch mit dem Stein verletzt zu haben, und der Hund hatte anscheinend einen Teil seiner Ausbildung vergessen. Leaphorn hoffte, daß das Tier in seiner Wut auf ihn noch mehr vergessen hatte. Jetzt nahm er seinen Zypressenast und ging über die Felskante des Canyons auf den Hund zu; dabei klatschten die offenen Stiefelschäfte gegen seine Knöchel. Dann blieb er stehen. Der größte Fehler wäre es gewesen, zu lange zu warten, zu weit zu gehen und nicht nahe genug am Rand der Klippe angegriffen zu werden. Er blieb stehen, den Stock griffbereit an der Seite, und wartete. Es dauerte nur Sekunden, dann tauchte der Hund auf. Er war vielleicht noch hundert Meter entfernt, rannte blindlings in seine Richtung und sah sich erst jetzt nach ihm um.

Leaphorn legte die Hände um den Mund. »Hund«, brüllte er. »Komm her, Hund, hier bin ich.«

Das Tier änderte die Richtung mit einer erstaunlichen Gewandtheit, die Leaphorn so überraschte, daß er unwillkürlich die Kiefermuskeln anspannte. Seine Idee würde nicht funktionieren. In wenigen Sekunden mußte er versuchen, dieses riesige Tier mit einem lächerlichen Stock und seinen bloßen Händen zu töten. Aber der Rand der Klippe war immer noch seine größte Chance. Der Hund lief inzwischen direkt auf ihn zu; jetzt bellte er nicht mehr, sondern fletschte die Zähne. Leaphorn wartete. Achtzig Meter noch, schätzte er. Sechzig. Plötzlich hatte er die Vision, über seine offenen Stiefel zu stolpern und hinzufallen, während das Tier auf ihn zukam. Dreißig Meter. Leaphorn drehte sich um und lief in seinen offenen Stiefeln auf die Zypressenzeder zu. Im selben Augenblick wußte er, daß er zu lange gewartet hatte. Der Hund war größer und schneller, als er angenommen hatte. Er mußte an die neunzig Kilo wiegen. Leaphorn hörte, daß das Tier ihm auf den

Fersen war. Das Rennen lief jetzt ab wie in einem Alptraum; der Gürtel war noch zu weit entfernt, er würde ihn nicht erreichen. Und dann, mit einem letzten Satz, hatte er das Leder in der Hand. Zugleich fühlte er die Zähne des Hundes, die an seiner Hüfte zerrten, und durch seinen Schwung wurde er um den Busch herum zur Seite geschleudert, wobei er sich mit letzter Kraft an den Gürtel klammerte, fühlte, wie der Hund an ihm vorbeiflog, während sich seine Zähne immer noch an Leaphorns Hüfte festzubeißen versuchten. Er war sich voller Entsetzen darüber im klaren, daß sein Gewicht und das des Hundes zu groß waren und daß er sich nicht mehr länger am Gürtel festhalten konnte oder daß die Schürsenkel aus Nylon nachgaben, so daß sie beide über die Klippe stürzen und nach unten fallen würden, wobei der Hund noch immer in ihn verbissen war. Sie würden fallen und fallen und auf den schrecklichen Augenblick warten, wenn ihre beiden Körper gleichzeitig auf den Sandboden am Grund des Canyons klatschten ...

Und dann riß sich der Fang des Hundes von seiner Hüfte.

In Bruchteilen von Sekunden sagten Leaphorns Sinne, daß er nicht mehr mit dem Hund verbunden war, daß sein Griff am Gürtel noch hielt und daß er nicht zu Tode stürzen würde. Und eine Sekunde später war ihm klar, daß sein Plan, das Tier über die Kante des Canyons gehen zu lassen, fehlgeschlagen war. Daß er sich in Leaphorns Hüfte verbissen hatte, war seine Rettung gewesen. Zwar waren die Hinterbeine des Hundes über den Rand gerutscht, als er herumgeschleudert worden war, aber sein Körper und die Vorderbeine hielten sich noch auf dem Rand des Felsens, und das Tier versuchte gerade, sich ganz heraufzuziehen.

Jetzt gab es nichts zu überlegen. Leaphorn warf sich auf das Tier und stieß verzweifelt nach den Vorderläufen. Die Hinterläufe lockerten Steine vom Rand, als das Tier strampelte und nach einem Halt suchte. Es schnappte bösartig nach Leaphorns Hand, doch dabei rutschte es ein paar Zentimeter zurück. Leaphorn stieß wieder nach den Vorderläufen. Diesmal biß sich der Hund an seinem Hemdsärmel fest. Das Tier zerrte nach hinten und zog

Leaphorn auf den Rand der Klippe zu. In diesem Augenblick zerriß der Stoff. Eine Sekunde lang schien der Hund senkrecht vor der Klippe zu stehen, als hätten die Hinterläufe Halt gefunden auf den Felsen der steinernen Canyonwand. Er knurrte; anscheinend richtete sich sein Bemühen nicht mehr darauf, sich selbst zu retten, sondern sein Opfer noch einmal anzugreifen. Und dann mußten seine Hinterläufe weggerutscht sein, denn auf einmal war der große, häßliche Kopf verschwunden. Leaphorn ging vorsichtig einen Schritt nach vorn und schaute hinunter. Der Hund drehte sich langsam im Fallen. Weit unten traf er auf einen Busch, der in einer Felsspalte wuchs, und löste damit einen kleinen Regen gelockerter Steine aus. Leaphorn schaute weg, bevor der Körper auf den Boden des Canyons aufschlug. Wenn er nicht sehr viel Glück gehabt hätte, würde auch er jetzt in diesem Augenblick den Aufprall spüren. Er zog sich am Gürtel zu der Zypressenzeder zurück und inspizierte den entstandenen Schaden.

Seine Hose war an der Hüfte blutig, wo die Zähne des Hundes durch den Stoff, die Unterhose, die Haut und den Muskel gedrungen waren und ein Stück Fleisch losgerissen hatten. Die Wunde brannte und blutete heftig. An dieser Stelle war sie schwer zu verbinden. Man konnte keinen Preßverband anlegen, es sei denn, man bandagierte die ganze Hüfte. Er nahm ein breites Heftpflaster aus seinem Verbandszeug und schloß damit die Wunde, so gut er konnte. Die anderen Verletzungen waren nur oberflächlich. An seinem linken Handgelenk hatten die Zähne der Bestie einmal eingehakt, aber die Wunde blutete nur wenig; außerdem hatte er einen Riß am Handrücken, der ebenfalls durch die Zähne des Hundes verursacht worden war. Er fragte sich, ob der Hund gegen Tollwut geimpft war – und fand den Gedanken im nächsten Augenblick so widersinnig, daß er laut lachen mußte. Das wäre so, wie wenn man einen Werwolf gegen Tollwut impfte, dachte er.

Das Lachen erstarb ihm in der Kehle.

Auf der Mesa, nicht weit von der Stelle, wo er zuvor den Hund gesehen hatte, wurde das Sonnenlicht von etwas Metallischem reflektiert. Leaphorn duckte sich hinter die Zypresse und schaute hinauf, strengte dabei die Augen an. Ein Mann stand dicht an der Kante der Mesa und überblickte den felsigen Rand des Canyons mit einem Fernglas. Vermutlich der Mann mit der Goldrandbrille, dachte Leaphorn. Wahrscheinlich war er seinem Hund gefolgt, hatte ihn bellen gehört, und jetzt suchte er nach dem Tier und nach seiner Beute. Leaphorn überlegte, ob er sich verstecken sollte. Ohne den Hund würde es ihm vielleicht gelingen, wenn er eine Stelle unter dem Rand in der Canyonwand fand, wo er sich halten konnte. Aber dann wurde ihm klar, daß ihn der Mann bereits gesehen hatte. Das Fernglas war direkt auf die Zypresse gerichtet; es nützte nichts mehr, sich zu verstecken. Er konnte nur noch davonlaufen, doch hier gab es kaum einen Ausweg. Also würde er wieder die Spalte in der Felswand hinunterklettern. Das würde das Unausweichliche ein wenig hinauszögern, und vielleicht boten sich in der Deckung mit den losen Steinen auf diesem steilen Abhang ein paar Möglichkeiten für einen Unbewaffneten. Möglichkeiten, dachte Leaphorn verbittert, die seine Chancen von Null zu Hundert auf Eins zu Hundert verbessern würden.

Der Mann schien kein Gewehr bei sich zu haben, aber Leaphorn versuchte, sich so gut wie möglich in Deckung zu halten, während er auf die Stelle zurannte, wo die Felswand des Canyons gespalten war. Als er sich über den Rand hinunterließ, sah er den Mann über das Schotterfeld kommen. Er hatte dieselbe Route wie sein Hund genommen. Leaphorn war ihm vielleicht fünf Minuten voraus, und er nützte seinen Vorsprung, ohne viel nachzudenken, ging ein Risiko nach dem anderen ein mit seiner verletzten Hüfte, klammerte sich an das vom Feuer geschwärzte Buschwerk und stellte sich auf hervorstehende Steinplatten, ohne zu prüfen, ob sie fest genug waren, um ihn zu tragen. Er hatte jegliches Zeitgefühl verloren, wußte nur, daß der Mann mit der Goldrandbrille jeden Moment dort über ihm auftauchen und diesen einseitigen Kampf ums Überleben mit einem einzigen Pistolenschuß beenden konnte. Aber es gab keinen solchen Schuß. Leaphorn war völlig geschwärzt, als er die geschützte Stelle erreichte, wo er das Feuer überlebt hatte. Er war entschlossen, dem Mann mit der Goldrandbrille wenigstens soviel Spannung zu bieten, wie er für sein Geld verlangen konnte. Er würde wieder hinter diese riesige Steinplatte schlüpfen bis zu der Stelle, wo er gelegen hatte, als das Feuer ihn zu versengen drohte. Der Mann mit der Goldrandbrille würde ihm hinterherklettern müssen. Und während er kletterte, war der Mann mit der Goldrandbrille vielleicht für kurze Zeit dem ausgesetzt, was von oben herunterkam.

Eine kleine Steinkaskade kam klappernd durch den Kamin herunter. Der Mann mit der Goldrandbrille hatte seine Klettertour begonnen. Er würde dafür mehr Zeit brauchen als er selbst, vermutete Leaphorn. Der Mann hatte keinen Anlaß, irgendwelche Risiken einzugehen. Auf diese Weise blieb Leaphorn ein zeitlicher Spielraum. Er schaute sich nach geeigneten Felsbrocken um und fand einen von der Größe einer Grapefruit. Auch sein Feldstecher konnte notfalls als Wurfgeschoß dienen, ebenso wie die Taschenlampe. Er begann zu klettern.

Es war nicht schwer. Die Oberfläche der Klippe und die Innenfläche der Steinplatte waren weniger als einen Meter auseinander. Er konnte sich zwischen die beiden einstemmen, während er sich wieder nach oben arbeitete. Die Flächen waren relativ glatt, der Stein poliert von Jahrtausenden, die er dem Regen und dem Sand ausgesetzt gewesen war, seit irgendein frühes Erdbeben dieses Plateau auseinandergesprengt hatte. Neben sich sah Leaphorn die kleine Felsspalte, wo er sich vor dem Feuer geschützt hatte. Sein Mut sank. Viel zu schmal – zu wenig Platz, um sich dort verteidigen zu können. Er konnte auch nichts von dort hinüberwerfen in den geschwärzten Kamin und sein Ziel mit einiger Sicherheit treffen. Außerdem bot diese Stelle keine Deckung von oben. Der Mann mit der Goldrandbrille würde ihn einfach abknallen, und damit wäre das Spiel vorbei.

Leaphorn hing einen Moment lang bewegungslos an der Wand und suchte nach einem Ausweg. Konnte er sich bis zu dieser

Luftquelle zwängen, die ihm während des Feuers genügend Sauerstoff zum Atmen geboten hatte? Ausgeschlossen. Die Spalte verengte sich rasch und schloß sich dann ganz. Leaphorn zog die Stirn in Falten. Woher war dann diese frische Zugluft gekommen? Er fühlte sie jetzt wieder, sie wehte schwach an seinem Gesicht entlang. Aber sie kam nicht von oben, sondern von einer Stelle unter ihm.

Leaphorn rutschte rückwärts wie ein Krebs nach unten, so schnell er Ellbogen und Knie bewegen konnte. Hier war es kühler, und die Luft wurde spürbar feuchter. Seine Stiefel berührten zerbröckelnde Felsen. Er war auf dem Grund der Spalte. Oder, genauer, beinahe am Grund. Hier waren die Steine weiß und zerfressen von der Erosion. Kalkstein, und das Wasser hatte den Kalk stellenweise fortgeschwemmt. Unter Leaphorns Füßen öffnete sich die Spalte in völlige Dunkelheit. Ein Loch, eine Höhle vielleicht. Er stieß gegen einen Stein und lauschte, wie er nach unten hüpfte, dabei mehrmals gegen die Wände schlug. Von oben, hinter ihm, hörte er andere Felsbrocken fallen. Der Mann mit der Goldrandbrille hatte die Spalte hinter der Steinplatte entdeckt und folgte ihm. Ohne sich umzusehen, zwängte sich Leaphorn hinein in die dunkle, enge Öffnung.

16 Die Zeiger der Armbanduhr und die Punkte für die Ziffern leuchteten schwachgelb in der samtigen Dunkelheit, als ob sie im leeren Raum schwebten. Es war 11.03 Uhr, eine Stunde vor Mittag. Fast vierzehn Stunden waren vergangen, seit ihn der Hund zum erstenmal unten auf dem Boden des Canyons angefallen hatte, mehr als vierundzwanzig Stunden, seit er zuletzt etwas gegessen hatte, und zwei Stunden seit dem Donnern der Felsblöcke, die der Mann mit der Goldrandbrille vor den Eingang der Höhle hatte rollen lassen, um ihm den Ausweg zu versperren. Leaphorn hatte gerastet und die zwei Stunden dazu benützt, seine Situation zu überdenken und einen Plan auszuarbeiten. Er war mit dem einen ebensowenig glücklich wie mit dem anderen. Fest stand, daß er in einer Höhle gefangen war. Zwei rasche Inspektionen mit seiner Taschenlampe sagten ihm, daß die Höhle ausgedehnt war, daß sie sich steil nach unten fortsetzte und daß sie wie die meisten großen Höhlen durch Ausschwemmung des Kalksteins entstanden war. Leaphorn kannte den Prozeß. Das Regenwasser, das durch die Erde mit ihrer verfaulenden Vegetation sickerte, wurde bei diesem Prozeß sauer, und diese Säure löste den Kalkspat aus dem Stein, woraufhin Höhlen entstanden. Als sich dann der Canyon gebildet hatte, zog das Wasser ab, und dadurch wurde der Prozeß unterbrochen. Erst später hatte ein Erdstoß einen Eingang zur Höhle geöffnet. Und da die Luft hindurchströmte, mußte es einen zweiten Eingang geben. Leaphorn fühlte die Bewegung ganz deutlich: ein kühler Zug, der ihm über das Gesicht strich. Sein Plan war einfach. Er würde versuchen, diesen anderen Eingang zu finden. Wenn ihm das nicht gelang, würde er hierher zurückkehren und sich einen Ausweg graben. Das allerdings hätte bedeutet, daß er die Felsblöcke wegrollen mußte, mit denen der Mann mit der Goldrandbrille seinen Ausweg verbarrikadiert hatte, und dabei würden die Steine nach unten rollen. Es wäre schwierig genug, die Blöcke zu bewegen, ohne zerquetscht zu werden; ausgeschlossen, die Arbeit ohne Geräusch zu schaffen – und der Mann mit der Goldrandbrille wartete sicher unten am Ende der Rinne oder in der Nähe.

Leaphorn schaltete wieder die Taschenlampe ein und begann nach unten zu rutschen. Plötzlich traf ihn eine Druckwelle und fast gleichzeitig der betäubende Donner einer Explosion. Der Druck riß ihn von den Füßen, und er rutschte ein Stück nach unten, eingehüllt in betäubendes Krachen und Poltern. Er lag auf dem kühlen Stein, und in seinen Ohren dröhnten die Echos der Explosion und das Geräusch fallender Steine. Was, zum Teufel, war da geschehen? Seine Nase sagte es ihm Sekunden später, als ihn der stechende Geruch verbrannten Dynamits erreichte. Bei seinem Sturz hatte er die Taschenlampe verloren, aber sie lag einen Meter über ihm und brannte noch. Er holte sie und leuchtete nach oben. Die Luft über ihm war ein dichter Nebel aus Kalkstaub und bläulichem Pulverdampf. Der Mann mit der Goldrandbrille hatte ein paar Stangen Dynamit in den Eingang der Höhle geworfen, um den Polizeibeamten zu töten, sei es, daß er von einstürzendem Gestein erdrückt wurde oder für immer in der Höhle gefangen war. Jetzt war die Hoffnung, auf demselben Weg hinauszugelangen, wie er hereingekommen war, sehr gering geworden. Wenn es für ihn überhaupt eine Hoffnung gab, dann lag sie darin, den Ursprung dieses Luftzugs zu finden, der durch diese Höhle nach oben strich.

Leaphorn bewegte sich vorsichtig weiter nach unten, während seine Ohren immer noch von der Nachwirkung der Explosion dröhnten. Wenigstens brauchte er sich jetzt keine Sorgen mehr zu machen, daß der Mann mit der Goldrandbrille oder Tull ihm folgen würden. Aus ihrer Sicht mußte er entweder tot oder in der Höhle gefangen sein. Der Gedanke war freilich ein schwacher Trost, denn Leaphorns Verstand sagte ihm, daß der zweite Teil ihrer Theorie vermutlich zutreffend war.

Die Höhle neigte sich in einem Winkel von etwa sechzig Grad zur Senkrechten, der Felswand des Canyons. Als er tiefer nach unten kam, verbreiterte sie sich. Es gab Stellen, wo sich der Raum nach oben hin bis an die dreißig Meter erstreckte. Die Leuchtziffern seiner Uhr zeigten auf kurz nach drei Uhr nachmittags, als er zum erstenmal einen Widerschein von Licht vor sich sah. Er kam aus einer Höhle, die auf seiner rechten Seite nach oben abzweigte. Leaphorn kletterte weit genug hinauf, um feststellen zu können, daß das Licht durch eine Spalte in der Felswand des Canyons hereindrang. Aber die Spalte war zu schmal für alles, was größer war als eine Schlange. Leaphorn lehnte den Kopf gegen den Stein und schaute sehnsüchtig auf das unerreichbare Tageslicht. Er fühlte keine Panik, nur Hilflosigkeit und Frustration. Er würde hier eine Weile ausrasten und dann den langen, beschwerlichen Weg zurückklettern zum oberen Eingang, den der Mann mit der Goldrandbrille gesprengt hatte. Die Chance, daß er sich befreien konnte, war freilich sehr gering geworden. Die Explosion hatte zweifellos Tonnen von Stein vor den Felsspalt geschleudert. Aber es war nun doch die einzige Möglichkeit, die noch blieb. Er ging zurück bis zur Haupthöhle, setzte sich und überlegte. Die Stille war vollkommen. Er konnte sein Herz schlagen hören und den Atem, der ihm über die Lippen strich. Die Luft war kühl. Sie zog an seiner linken Wange vorbei und roch frisch und sauber. Eigentlich hätte sie nach verbranntem Dynamit riechen müssen, dachte Leaphorn. Warum roch sie nicht danach? Deshalb, weil zu dieser Tageszeit die Luft nach oben durch die Höhle zog und die Rauchschwaden hinaustrieb. Immerhin, die Luft bewegte sich. Bedeutete das, daß die Explosion den Ausgang nicht völlig verschüttet hatte? Leaphorn fühlte einen Funken Hoffnung. Aber nein, die Luft bewegte sich in der falschen Richtung. Sie strich an seinen Wangen vorbei und hinein in den Spalt, hinaus durch die Ritze ins Freie. Leaphorn überlegte sich, was das bedeutete, und fühlte erneut einen Funken der Hoffnung in sich glimmen. Es mußte noch eine zweite Luftöffnung geben, weiter unten in der Höhle. Vielleicht öffnete sich diese durch Erosion entstandene Höhle irgendwo ganz unten am Fuß der Felswand dieses Canyons.

Um 18.19 Uhr hatte Leaphorn den Boden der Höhle erreicht. Er hockte sich auf die Fersen und genoß das ungewohnte Gefühl einer glatten Fläche unter seinen Stiefelsohlen. Der Boden hier war von Sediment gebildet worden. Es war der Kalkspat, der aus den Kalksteinwänden gewaschen worden war, aber darüber lag eine dünne Schicht von feinem Sand. Leaphorn überprüfte ihn im Licht seiner Taschenlampe. Er schien identisch zu sein mit dem Sand, wie man ihn draußen am Boden des Canyons fand – eine Mischung aus feinsten Partikeln von Granit, Silizium, Kalkstein und Sandstein. Diese glatte Oberfläche schien sich von dem Fuß des steilen Hangs fortzusetzen, den er auf diesem langen, schmalen Abschnitt des Canyons entlanggekommen war. Der Sand mußte hereingespült oder vom Wind hereingeblasen worden sein. So oder so, hier irgendwo mußte es eine Öffnung geben, durch die man das Tageslicht sehen konnte. Er schaltete die Taschenlampe aus und schaute sich um, sah aber nichts als Schwärze. Dennoch bewegte sich die Luft noch immer, ein schwacher Druck gegen sein Gesicht, was charakteristisch zu sein schien für diese Höhle. Er bewegte sich wieder auf diese Zugluft zu, wie er es getan hatte, seit er in diese Höhle hereingekommen war. Zum erstenmal war der Weg nicht mehr beschwerlich, ein Gehen und kein Klettern mehr. Er sah, daß sich die Höhle hier eigentlich noch weiter nach unten erstreckte, aber eindringendes Wasser hatte sie aufgefüllt und einen Sedimentboden gebildet. Der Boden blieb auch weiterhin eben, doch jetzt neigte sich die Decke der Höhle, und er mußte sich bücken, mußte an einem Vorhang von Stalaktiten vorbei. Dahinter leuchtete der Schein seiner Taschenlampe auf den Endpunkt der Höhle, wo sich die Decke mit dem Boden vereinigte. Der Winkel dazwischen wurde immer geringer. Leaphorn legte seinen Kopf gegen den Kalkstein und bekämpfte die ersten Anzeichen einer nahenden Panik. Wie lange würden die Batterien seiner Taschenlampe noch ausreichen? Ein Gedanke, den er sich bis dahin untersagt hatte. Er bewegte seine Nasenspitze durch den dünnen Sandfilm auf dem Stein und war beruhigt. Seine Vernunft sagte ihm, daß diese Sandschicht von draußen hereingetragen worden sein mußte, aus der Welt des Lichts. Aber hier in dieser Sackgasse gab es keine Luftbewegung. Er begann zurückzukriechen. Sicher würde er den Luftzug wiederfinden und weiter versuchen, ihm entgegenzugehen.

Aber der Luftzug wurde schwächer. Erst dachte Leaphorn, er hätte einfach nicht die Stelle gefunden, wo er wehte. Aber dann erkannte er, daß es inzwischen Abend geworden war, die Zeit des Tages, wo diese Atmung der Erde unterbrochen wurde, der Moment zwischen Dämmerung und Nacht, wenn der Prozeß der Aufheizung und Abkühlung einen Ausgleich erreichte, die warme Luft nicht mehr nach oben drängte und die kühle noch nicht schwer genug war, um zu sinken. Selbst in dieser schrägen Höhle, wo die Enge des Durchgangs die Wirkung verstärkte, gab es zwei Zeitabschnitte – am Morgen und am Abend –, in denen die Zugluft für eine Weile erstarb.

Leaphorn nahm eine Prise von dem feinkörnigen Sand zwischen Daumen und Zeigefinger und ließ ihn im Licht der Taschenlampe zu Boden rieseln. Er fiel fast senkrecht – fast, aber nicht ganz. Leaphorn näherte sich der Luftquelle und wiederholte den Prozeß. Als er sich zum fünftenmal bückte, um seinen Sandvorrat zu ergänzen, sah er den Pfotenabdruck des Hundes.

Er hockte sich auf den Boden, betrachtete den Abdruck und überlegte, was das bedeutete. Es bedeutete vor allen Dingen, daß er nicht dazu verbannt war, in dieser Höhle zu sterben. Der Hund hatte einen Weg hier herein gefunden, also konnte Leaphorn auch einen Weg hinaus finden. Es bedeutete zweitens, daß die Höhle, der Leaphorn von der Höhe der Klippe aus gefolgt war, tatsächlich mit einer anderen in Verbindung stehen mußte, die sich auf den Boden des Canyons öffnete. Sobald er darauf gekommen war, schaltete er die Taschenlampe aus. Wenn der Hund in dieser Höhle gewesen war, dann war das hier höchstwahrscheinlich das Versteck des Mannes mit der Goldrandbrille.

Obwohl er die Taschenlampe jetzt nur sehr sparsam einsetzte, war es relativ leicht, der Spur des Hundes zu folgen. Das Tier war in einem Labyrinth aus Hallen und Gängen umhergestreift, doch seine Neugier war bald erschöpft gewesen.

Gegen acht Uhr abends entdeckte Leaphorn den schwachen Widerschein von abnehmendem Tageslicht. So sehr er sich darüber freute, näherte er sich doch sehr langsam und vorsichtig der Stelle, wobei er oft stehenblieb, um zu lauschen. Er hatte einen einzigen, großen Vorteil, und den gedachte er zu nutzen: Der Mann mit der Goldrandbrille und Tull hielten ihn für tot oder rechneten zumindest damit, daß er aus dem Spiel ausgeschieden war. Solange sie nicht wußten, daß es ihm gelungen war, in ihre Zuflucht, ihr Versteck einzudringen, hatte er das Überraschungsmoment auf seiner Seite. Jetzt nahm er auch Geräusche wahr. Erst ein nicht näher zu bestimmendes Brummen, das plötzlich einsetzte und fünf Minuten später ebenso abrupt endete. Es konnte das Geräusch eines Verbrennungsmotors sein, eines kleinen, schallgedämpften Generators. Kurz danach hörte Leaphorn ein metallisches Klappern und, als er sich der Lichtquelle etwa um weitere hundert Meter genähert hatte, ein dröhnendes Klopfen. Das Licht war jetzt schon überall, noch schwach, aber ausreichend, so daß Leaphorn, dessen Pupillen sich durch den stundenlangen Aufenthalt in völliger Dunkelheit entsprechend geweitet hatten, auf die Benützung der Taschenlampe verzichten konnte. Er ging an einer der scheinbar endlosen Wände aus Stalagmiten vorbei in eine weitere Höhle von Hörsaalgröße, die das einsickernde Wasser hier gebildet hatte. Direkt hinter der Wand blieb er stehen. Hier wurde das Licht von der hohen, unregelmäßigen Decke reflektiert, ein deutlicherer Schimmer als zuvor. Am Ende dieser riesigen Höhle erkannte er Wasser. Er ging darauf zu. Ein unterirdischer See. Seine Oberfläche war etwa einen Meter höher als die uralten Kalkablagerungen, die den Boden der Höhle bildeten. Er kniete sich an den Rand des Wassers und steckte die Hand hinein. Es war kühl, aber nicht kalt. Er trank einen Schluck. Es war frisch und hatte nicht den basischen Geschmack, den er erwartet hatte. Er schaute nach unten auf die Wasseroberfläche, die Quelle des Lichts. Und dann wurde ihm klar, daß dieses Wasser ein Teil des Lake Powells sein mußte, der mit dem Hochwasser des Frühlings weiter hereindrang in die Höhle und sich zurückzog, wenn sich der Seespiegel im Herbst und Winter senkte. Er trank durstig daraus.

Die Spur der Hundepfoten führte Leaphorn weg vom Wasser in die nächste Höhle. Auch an ihrem Ende war eine Öffnung zum See. Hier war das Licht indirekt – eine Reflexion aus dem Wasser? –, aber heller. Er vernahm wieder Geräusche, verschwommene Echos. Stimmen. Wem gehörten sie? Dem Mann mit der Goldrandbrille und Tull? Pater Tso mit der Goldrandbrille und Theodora Adams? Und wie waren die Tochter eines bekannten

Arztes und ein Franziskanerpater in eine gewalttätig-terroristische Aktion geraten? Er dachte an das Gesicht von Pater Tso, wie es durch das Fernglas ausgesehen hatte – die Augen erhoben zur Hostie in seinen Händen, der entrückte Blick –, und dann das Gesicht im Widerschein der Taschenlampe am Boden des Canyons, der Mann mit der Goldrandbrille, der gelassen mit Tull diskutierte, wie man Leaphorn verbrennen konnte. Hatten ihn die Augen getrogen in dem flackernden Licht? War es möglich, daß es sich bei beiden um denselben Mann handelte?

Die Hungerkrämpfe, die ihn geplagt hatten, waren jetzt vorüber. Er hatte seit dreiunddreißig Stunden nichts mehr gegessen, und sein Verdauungssystem schien sich an diese merkwürdige Situation gewöhnt zu haben. Er fühlte nur eine Art von lethargischer Schwäche, was seiner Vermutung nach vom Absinken des Blutzuckers kam. Zu den brennenden Schmerzen an der verletzten Hüfte war ein periodisches Pochen gekommen, vielleicht das Symptom einer beginnenden Infektion des Hundebisses. Doch damit konnte er sich später befassen. Jetzt kam es erst einmal darauf an, einen Weg aus diesem unterirdischen Labyrinth zu finden.

Während er das dachte, strich ein gelblicher Lichtstrahl über sein Gesicht.

Bevor Leaphorn reagieren konnte, war das Licht verschwunden. Er stand da und schaute sich verzweifelt nach einem Versteck um. Doch dann wurde ihm klar, daß ihn derjenige, der hinter diesem Licht gewesen war, offenbar nicht gesehen hatte. Er sah das Licht jetzt an seinem Widerschein auf der Decke der Höhle weiter unten. Es bewegte sich und hüpfte mit den Bewegungen der Person, die die Lampe trug. Leaphorn ging so schnell er konnte darauf zu, ohne ein Geräusch zu riskieren. Der flache Sedimentboden wich einer rauheren, unebenen Oberfläche, einer Mischung aus Stalagmiten, die teilweise abgebrochen waren und deren Stümpfe nach oben ragten, mit dunklerem Stein, den das Wasser nicht hatte auflösen können. Das Licht verschwand, dann war sein Widerschein erneut zu sehen zwischen einer hohen Kalkablagerung, einer Art Querwand, und der Decke der Höhle. Leaphorn kletterte vorsichtig auf diese Querwand hinauf und schaute auf die andere Seite. Unter ihm hockte ein magerer Mann in einem blauen Hemd und mit einem roten Schweißband um die Stirn neben einem Stapel von Kartons und nahm eine Ladung von Schachteln und Konservendosen heraus. Der Mann stand auf und drehte sich um, drückte sich seine Last mit dem rechten Arm gegen den Brustkorb, hob mühsam eine Batterielampe mit der rechten Hand auf und ging dann schnell fort auf demselben Weg, den er gekommen war. Das hüpfende Licht der Laterne wurde schwächer und war bald nicht mehr zu sehen. Leaphorn lag einen Moment oben auf der Mauer und lauschte. Dann rutschte er über die Kalksteinbarriere und kletterte leise hinunter zu den Kartons.

Sie enthielten Lebensmittel: Gemüse- und Fleischkonserven, Schachteln mit Crackern und Keksen, Schweinefleisch mit Bohnen in Dosen und konservierte Pfirsiche. Ausreichend, wie Leaphorn schätzte, für eine größere Familie und einen ganzen Monat. Er schätzte die Menge der fehlenden Dosen und Schachteln auf dreißig bis vierzig Tagesrationen. Entweder war diese Höhle von einer Person einen Monat oder länger bewohnt worden oder von mehreren Personen über eine kürzere Zeit. In der Nähe des Lebensmittellagers stand eine Reihe von Zwanzig-Liter-Benzintanks. Fünf davon waren gefüllt, und drei waren leer. Dahinter gab es eine Holzkiste, und auf dem geöffneten Deckel stand EXPLOSIV. Leaphorn hob den Deckel an und schaute hinein. Dynamitstangen, ordentlich nebeneinander geschichtet. Sechs von den vierundzwanzig Stangen fehlten. Er legte den Deckel wieder auf die Kiste. Neben der Dynamitkiste standen ein mit einem Vorhängeschloß gesicherter Werkzeugkasten und zwei Pappkartons. Der kleinere enthielt eine Rolle Draht mit blauer Isolierung. In dem größeren war ursprünglich ein Paar Gummistiefel gewesen; jetzt lag etwas drinnen, das wie der Teil einer Standuhr aussah, eine Art Zeitzünder offenbar. Leaphorn legte alles wieder zurück und steckte die Papierpolsterung wieder so hinein, wie sie gewesen war. Dann hockte er sich auf die Fersen und überlegte. Was konnte er mit dem Dynamit und der Zeitzündung anfangen? Vermutlich nichts Vernünftiges, es sei denn, er wollte sich selbst in die Luft sprengen. Die Zünder selbst schienen anderswo aufbewahrt zu werden, eine sehr vernünftige Maßnahme von Leuten, die mit Sprengstoffen umzugehen verstanden. Sicher, auch ohne die Zündkapseln konnte der Sprengstoff durch einen starken Aufprall zur Zündung kommen, aber dazu brauchte es einen sehr heftigen Schlag. Er ließ das Dynamit liegen und nahm sich statt dessen eine Schachtel mit Crackern und eine Auswahl von Fleisch- und Gemüsekonserven aus Kartons, wo es nicht auffiel, wenn ein paar Dosen fehlten, dann verschwand er schnell wieder in der Dunkelheit. Er würde sich verstecken, essen und abwarten. Mit Nahrung und Wasser war die Zeit für ihn kein Feind mehr. Er würde auf die Nacht warten, wenn sich die Dunkelheit vom Inneren der Höhle bis auf ihre Mündung ausgedehnt hatte. Dann konnte er in Erfahrung bringen, was da noch alles zwischen ihm und dem Ausgang lag.

Selbst in den langen Augusttagen erreicht die Nacht den Grund eines Canyons früher als die Ebenen und Plateaus. Gegen neun Uhr abends war es dunkel genug. Seine Stiefelsohlen und die Absätze waren aus Gummi und ziemlich geräuschlos beim Gehen, aber er schnitt sich vorsichtshalber die Hemdsärmel ab und band sie sich um die Stiefel, um seine Schritte noch mehr zu dämpfen. Dann begann er vorsichtig herumzustreifen. Kurz vor 23.00 Uhr hatte er so viele Erkundigungen eingezogen, wie es die Vorsicht gestattete. Er hatte erfahren, daß er bei seiner Flucht aus der Höhle mit Sicherheit naß und mit großer Wahrscheinlichkeit beschossen werden würde.

Leaphorn hatte die Mündung der Höhle entdeckt, als er der Wasserlinie gefolgt war, wobei er an manchen Stellen durch die Kalksteinformationen ins Wasser hatte ausweichen müssen. Dann hatte er hinter einer solchen Ausbuchtung einen weiten Bogen schimmernden Lichts gesehen. Die Nacht draußen, so dunkel sie sein mochte, war viel heller als die lichtlose Dunkelheit der Höhle.

Die Mündung der Höhle zeigte sich als ein unregelmäßiger, flacher Lichtbogen. Dieser helle Bogen wurde durch eine horizontale Linie geteilt. Leaphorn studierte das optische Phänomen einen Augenblick lang, bis er den Grund dafür erkannte. Der größte Teil der Mündung dieser Höhle lag unter Wasser; darüber war höchstens ein Meter frei. Um die Höhle zu verlassen, mußte man also schwimmen – kein Problem. Aber man mußte obendrein an zwei Männern vorbeischwimmen. Eine Butan-Gaslaterne auf einem Felsvorsprung links vom Eingang zur Höhle warf ihr Licht auf die zwei. Der eine war Tull. Im schwachen Licht sah Leaphorn, daß er auf einem Schlafsack lag und ein Magazin las. Der andere Mann hatte Leaphorn den Rücken zugewendet. Er kniete und war heftig mit irgend etwas beschäftigt. Leaphorn nahm seinen Feldstecher aus dem Futteral und sah, daß der Mann offenbar an einem Funkgerät arbeitete und versuchte, etwas einzustellen oder zu reparieren. Er hatte die Schultern hochgezogen, und sein Gesicht war nicht zu sehen, aber die Umrisse der Gestalt und die Kleidung waren Leaphorn vertraut. Der Mann mit der Goldrandbrille. Leaphorn starrte ihn an, bis er durch das Fernglas so nahe herangezogen wurde, daß er ihn fast berühren zu können glaubte. War das der Priester? Er fühlte, wie sich sein Magen zusammenzog. Angst, Zorn oder beides. Dieser Mann hatte bereits dreimal versucht, ihn umzubringen. Er starrte auf seinen Rücken, beobachtete seine Schultern, die sich bei der Arbeit bewegten. Dann richtete er den Feldstecher auf Tull und sah die heil gebliebene Gesichtshälfte im Profil. Das Gesicht, weich beleuchtet durch die gelbliche Flamme der Gaslaterne, war sanft und völlig versunken in das, was er gerade las. Dann kräuselten sich die Lippen zu einem Lächeln, und das Gesicht wandte sich dem Pater mit der Goldrandbrille zu, wobei er ihm etwas sagte. Leaphorn hatte den zerstörten Teil des Gesichts zuvor nur im flackernden Licht des Feuers gesehen; jetzt konnte er es deutlicher erkennen: die eingedrückten Backenknochen, der Mund, der immer schief bleiben würde durch den schlecht geheilten Kiefer, die mißgestaltete Augenhöhle. Es war ein Gesicht, bei dessen Anblick man unwillkürlich zurückzuckte.

Plötzlich hörten Tulls Lippen auf, sich zu bewegen. Er richtete den Kopf ein wenig nach links, zog die Stirn in Falten und lauschte. Dann hörte auch Leaphorn den Laut, der Tulls Aufmerksamkeit auf sich gezogen hatte. Er war nur schwach und wurde durch die Echos verwischt, aber es war der Laut einer menschlichen Stimme. Tull sagte etwas zu dem Mann mit der Goldrandbrille, und sein Gesicht sah wütend aus. Der Mann mit der Goldrandbrille richtete den Kopf dorthin, wo er die Quelle des Lauts vermutete, und sein Gesicht war jetzt im Profil in Leaphorns Fernglas zu sehen. Er schüttelte den Kopf, sagte etwas und machte sich wieder an die Arbeit. Leaphorn senkte den Feldstecher und konzentrierte sich aufs Lauschen. Es war eine hohe, schrille, aufgeregte Stimme. Eine weibliche Stimme. Jetzt wußte er, in welcher Richtung er Theodora Adams finden konnte.

17 Leaphorn kroch vorsichtig zurück in das Labyrinth und hielt sich dort rechts, hinter dem Versorgungslager, wo er einen weiteren Arm der Höhle entdeckte. Hier war der Sedimentboden in mehreren Ebenen entstanden, Terrassen, die einen bis eineinhalb Meter übereinander angeordnet waren, was vermuten ließ, daß die Höhle im Verlauf geologischer Frühzeiten mehrmals geflutet, ausgetrocknet und wieder geflutet worden war. In diesem Arm herrschte wieder völlige Dunkelheit, und Leaphorn tastete sich vorsichtig weiter, ohne die Taschenlampe einzusetzen, weil er weniger befürchtete hinzufallen als seinen einzigen Vorteil aufzugeben. Der noch entfernte Klang von Stimmen zog ihn magisch an. Vor ihm war ein schwacher Schimmer von Licht zu erkennen, so flüchtig wie die Geräusche, die von den Wänden der Höhle reflektiert wurden. Leaphorn blieb wieder einmal stehen, wie schon ein dutzendmal zuvor, und versuchte, genau zu orten, von wo die Geräusche kamen. Während er dastand, den Atem anhielt und die Ohren spitzte, hörte er ein anderes Geräusch.

Es war ein Schaben oder Kratzen, und es kam von rechts. Zuerst konnte er es nicht identifizieren. Er starrte in die Schwärze. Das Geräusch war zu hören, verstummte, war wieder zu hören, verstummte wieder in rhythmischer Folge. Dann wurde es lauter und deutlicher, und Leaphorn begann ein Schema zu erkennen: eine Sekunde Stille, dann das Geräusch und wieder eine Sekunde Stille. Es war etwas Lebendiges, das sich über den Boden rutschend auf ihn zubewegte. Plötzlich hatte Leaphorn eine unheimliche Vision: Der Hund war die Klippe hinuntergefallen, aber er hatte nicht beobachtet, wie er unten auftraf. Er lebte, und nun zerrte er sich, verkrüppelt, über den Boden, weil er Leaphorns Geruch gewittert hatte ... Eine Sekunde, dann siegte die Vernunft in Leaphorns Gedanken. Der Hund konnte nicht hundert Meter von der Klippe gefallen sein und diesen Sturz überlebt haben. Doch das Geräusch kam immer näher, schien nur noch ein paar Meter von ihm entfernt zu entstehen, und Leaphorn war wieder in einer alptraumhaften Welt, wo Menschen zu Hexen wurden und sich in Wölfe verwandelten – eine Welt, in der diese Wölfe nicht von den Klippen stürzten, sondern fliegen konnten. Er richtete die Taschenlampe wie eine Schußwaffe auf das Geräusch und knipste sie an.

Einen Moment lang sah er gar nichts außer einem Kreis von strahlend hellem Licht. Dann gewöhnten sich Leaphorns Pupillen an das Licht, und die Gestalt am Boden wurde zu Pater Benjamin Tso. Der Priester kniff die Augen zusammen gegen das Licht, und sein Kopf zuckte nach hinten, um dem blendenden Schein zu entgehen. Er saß auf dem Boden, hatte die Beine vor sich ausgestreckt und die Arme auf dem Rücken. Seine Fußknöchel waren mit Nylonbändern gefesselt.

Jetzt blinzelte Tso in das Licht der Taschenlampe.

»Na schön«, sagte er. »Dann habt ihr mich eben erwischt. Wenn

Sie meine Fesseln an den Fußknöcheln lösen, gehe ich freiwillig und von allein zurück.«

Leaphorn sagte nichts.

»Ich konnte es ja wenigstens einmal versuchen«, sagte der Priester, dann lachte er. »Vielleicht hätte ich es geschafft, hier rauszukommen.«

»Wer, zum Teufel, sind Sie?« fragte Leaphorn. Er brachte die Worte kaum heraus.

Der Priester blinzelte ins Licht, und sein Gesicht zeigte eine verblüffte Miene. »Wie meinen Sie das?« fragte er. Dann zog er die Stirn in Falten und versuchte, Leaphorns Gesicht hinter dem Schein der Taschenlampe zu erkennen. »Ich bin Benjamin Tso«, sagte er. »Pater Benjamin Tso.« Er hielt inne. »Aber sind Sie nicht . . .?«

»Ich bin Leaphorn. Der Navajo-Polizist.«

»Gott sei Dank«, sagte Pater Tso. »Dafür danke ich Gott.« Er drehte den Kopf zur Seite. »Die anderen sind dort hinten. Es geht ihnen gut. Wieso konnten Sie . . .?«

»Sprechen Sie leise«, ermahnte ihn Leaphorn.

Er schaltete die Taschenlampe aus und lauschte. In der Höhle herrschte eine Stille, die in den Ohren zu dröhnen schien.

»Können Sie meine Handfesseln lösen?« flüsterte Pater Tso. »Meine Hände sind schon völlig taub.«

Leaphorn schaltete die Taschenlampe wieder ein und hielt die Hand davor, um so wenig Licht wie möglich herausdringen zu lassen. Dann betrachtete er das Gesicht des Paters. Es war dem Gesicht des Mannes, den er mit Tull und dem Hund gesehen hatte, sehr ähnlich – dem Gesicht des Mannes, der versucht hatte, ihn in der Felsspalte des Canyons zu verbrennen.

Pater Benjamin Tso blickte zu Leaphorn auf, dann wandte er den Kopf ab. Selbst im schwachen Licht konnte Leaphorn erkennen, daß sich das Gesicht veränderte. Es wirkte jetzt sehr müde und älter.

»Ich nehme an, Sie haben meinen Bruder kennengelernt«, sagte er.

»Ist es das?« fragte Leaphorn. »Ja, das muß es sein. Er sieht Ihnen sehr ähnlich.«

»Er ist ein Jahr älter«, sagte Pater Tso. »Wir sind nicht zusammen aufgewachsen.« Er schaute wieder zu Leaphorn hoch. »Er ist bei der Buffalo Society. Meine Rückkehr war nicht gut für seine Pläne.«

»Aber warum sind Sie – wie sind Sie hierhergekommen?« fragte Leaphorn. »Ich meine, zum Hogan Ihres Großvaters?«

»Es war eine lange Reise. Ich bin von Rom nach New York geflogen, und von dort aus nach Phoenix. Ich habe den Bus nach Flagstaff genommen und dann einen anderen nach Kayenta, und das letzte Stück hat mich jemand als Anhalter mitgenommen.«

»Und wo ist das Adams-Mädchen?«

»Er ist in den Hogan gekommen und hat uns gefangengenommen«, sagte Tso. »Mein Bruder und der Hund, den er hat.« Pater Tso hielt inne. »Dieser Hund! Er muß hier irgendwo sein, und er wird uns finden. Haben Sie noch mehr Polizei bei sich? Haben Sie meinen Bruder festgenommen?«

»Der Hund ist tot. Erzählen Sie mir, was geschehen ist«, sagte Leaphorn.

»Mein Bruder ist zum Hogan gekommen und hat uns dazu gezwungen, ihm in diese Höhle zu folgen«, sagte Pater Tso. »Wir sollten hierbleiben, bis irgendeine Operation vorüber sei. Und später . . .« Er zuckte mit den Schultern und schaute um Vergebung bittend drein. »Ich weiß nicht, wieviel später. Es ist schwer, hier drinnen das Zeitgefühl zu bewahren, und ich konnte nicht auf meine Armbanduhr schauen. Jedenfalls haben mein Bruder und ein Mann namens Tull sowie drei andere Männer eine Gruppe von Pfadfindern hergebracht und sie zusammen mit uns in der Höhle versteckt. Ich verstehe das alles nicht. Was wissen Sie darüber?«

»Nur das, was ich über mein Funkgerät erfahren habe«, sagte Leaphorn. Er kniete sich neben Tso und prüfte die Handfesseln, die man ihm angelegt hatte. »Reden Sie ruhig weiter«, sagte Leaphorn. »Aber leise, so leise wie möglich.« Er nahm sein Taschenmesser aus der Hosentasche und säbelte mühsam die Nylonfesseln durch; es waren Einwegfesseln, wie sie die Polizei bei Massenfestnahmen benützte. Die Polizei des BIA hatte sie im Frühstadium des Aufstands der Indianer Amerikas benützt, sie aber wieder aufgegeben, weil sie sich, wenn sich das Subjekt wehrte, fester zusammenzogen und die Blutzirkulation völlig abschnürten. Tsos Hände waren dementsprechend eiskalt und blutleer. Es würde einige Zeit dauern, bis er sie wieder benützen konnte.

»Ich weiß auch nur das, was ich gehört habe«, sagte jetzt Pater Tso. »Und was uns der Führer der Pfadfinder gesagt hat. Vermutlich sind wir in eine Art von symbolischem Kidnapping verwickelt worden.«

Leaphorn hatte jetzt Tso von seinen Handfesseln befreit. Der Priester versuchte, die Knöchel zu massieren, aber seine tauben Hände hingen fast nutzlos an den Gelenken.

»Es dauert eine Weile, bis der Kreislauf sich wieder durchgesetzt hat«, sagte Leaphorn. »Übrigens – eine ziemlich schmerzhafte Angelegenheit; inzwischen können Sie mir weiter berichten.«

Tso begann damit, die Hände an der Brust zu reiben. »Alle zwei Stunden kommt mein Bruder herein und stellt dem Führer der Pfadfinder oder einem der Jungen zwei Fragen. Damit wollen sie beweisen, daß noch alle am Leben sind, oder so ähnlich. Meines Wissens haben sie der Polizei befohlen, diesen Teil des Reservats nicht zu betreten. Wenn sie die Polizei hier sehen, sagen sie, werden sie die Geiseln töten. Außerdem soll die Polizei alle zwei Stunden per Funk Fragen durchgeben, und er –«

»Fragen? Was sind das für Fragen?«

»Ach, zum Beispiel, wo der Führer der Pfadfinder seine Frau kennengelernt hat. Warum er sich einmal bei einer Abreise verspätet hat, und wo in seinem Haus das Telefon steht. Triviales Zeug, aber Dinge, die niemand sonst wissen kann.« Pater Tso schnitt plötzlich eine Grimasse und betrachtete seine Hände. »Ich verstehe jetzt, was Sie gemeint haben, als Sie vorhin sagten, daß es weh tun wird.«

»Hören Sie nicht auf, die Hände zu reiben. Und sprechen Sie weiter. Kennen Sie den Zeitablauf? Haben Sie Ihren Bruder oder Tull darüber sprechen gehört?« fragte Leaphorn.

»Sie sagten den Pfadfindern, sie seien wahrscheinlich in zwei oder drei Tagen in Freiheit, vielleicht auch noch früher. Es hänge davon ab, wann sie das Lösegeld bekommen.«

»Wissen Sie, wie viele an dieser – Operation beteiligt sind? Ich habe drei Männer hier in der Höhle gesehen. Gibt es noch mehr?«

»Ich habe mindestens fünf gesehen«, sagte Pater Tso. »Als mein Bruder uns hierherbrachte, war erst ein junger Mann hier, den sie Jackie nannten. Nur mein Bruder und dieser Jackie. Dann, als sie die Pfadfinder brachten, kamen drei weitere mit ihnen her. Einer mit einem völlig entstellten Gesicht namens Tull. Er ist noch hier, glaube ich. Aber die zwei anderen habe ich nicht wieder gesehen.«

»Dieser Jackie – was hatte er an?« fragte Leaphorn.

»Jeans«, sagte Pater Tso. »Ein Jeanshemd. Ein rotes Schweißband um die Stirn.«

»Ja, den habe ich gesehen«, erklärte Leaphorn. »Wo sind die anderen Geiseln? Und wie sind Sie von ihnen weggekommen?«

»Sie haben eine Art Käfig gebaut aus Armierungseisen oder so ähnlich, die zusammengeschweißt worden sind«, antwortete Tso. »Dieser Käfig steht in einem anderen Teil der Höhle, weiter hinten. Dort haben sie erst mich und Theodora eingesperrt, und dann haben sie auch die Pfadfinder hineingesteckt. Vor ungefähr zwei Stunden haben sie mich rausgeholt und in eine andere Höhle gebracht.« Tso deutete hinter sich. »Ein großer Raum in dieser Richtung; dort haben sie mich gefesselt und an einen Stalagmiten gebunden.« Tso lachte. »Sie haben einfach ein Seil darumgebunden.«

»Und wie sind Sie losgekommen?«

»Sie haben mich gewarnt, wenn ich mich zuviel bewege, würden die Nylonfesseln immer enger werden und meinen Blutkreislauf abschnüren, aber ich fand, daß ich mir in meiner Situation keine allzu großen Gedanken darüber machen sollte, und zog an dem Strick, bis der Knoten da war, wo ich ihn lösen konnte.«

Leaphorn erinnerte sich, wie er selbst einmal diese Nylonfesseln getestet hatte, als man sie bei der Polizei hatte einführen wollen, und wie schnell jede Bewegung dazu führte, daß einen die Fesseln tief ins Fleisch einschnitten. Er warf einen Blick auf Tso, als sähe er ihn plötzlich in einem ganz anderen Licht.

»Die Menschen, die solche Dinge erfunden haben, rechneten damit, daß sich niemand selbst weh tun würde«, erklärte Leaphorn.

»Gut möglich«, sagte Pater Tso. Jetzt gelang es ihm endlich, die Knöchel mit den Händen zu massieren. »Dummerweise sind diese Kalksteinfelsen zu weich, als daß man etwas damit durchschneiden könnte. Ich dachte, ich finde vielleicht einen härteren Stein, Granit oder Ähnliches, mit dem ich das Nylon hätte durchsägen können.«

»Kehrt das Gefühl allmählich zurück?« fragte Leaphorn. »Gut. Ich finde, wir sollten jetzt keine Zeit vergeuden. Ich habe leider keine Schußwaffe bei mir.« Er half Tso auf und stützte ihn. »Wenn sie zu dem Käfig kommen und ihre Fragen stellen – wer kommt da? Wie viele?«

»Das letzte Mal war es nur der eine mit dem roten Stirnband. Der, den sie Jackie nennen.«

»Geht es einigermaßen? Können Sie sich bewegen?«

Pater Tso machte einen Schritt, dann einen kleineren, und dabei sog er scharf die Luft ein. »Lassen Sie mir noch einen Moment Zeit, damit ich mich daran gewöhnen kann.« Sein Atem zischte durch die zusammengepreßten Zähne. »Was werden wir tun?« flüsterte er.

»Wir werden dort sein, wenn sie zum Käfig zurückkommen. Vorausgesetzt, Sie wissen, wo man sich verstecken kann. Wenn sie zu zweit kommen, werden wir nichts unternehmen – vorläufig. Wenn nur einer kommt, gehen Sie auf ihn zu und stellen ihn irgendwie zur Rede. Tun Sie es mit so viel Geräusch wie möglich, damit er mich nicht kommen hört, und ich überwältige ihn von hinten.«

»Soweit ich mich erinnere, gibt es dort nicht viel Platz zum Verstecken«, sagte Tso skeptisch. »Jedenfalls nicht in direkter Nähe des Käfigs.«

Sie gingen langsam durch die Dunkelheit, wobei der Priester noch ein wenig humpelte und Leaphorn ihn stützte.

»Da ist noch etwas«, sagte Tso. »Ich glaube, dieser Tull ist geistig nicht intakt. Er glaubt, daß er stirbt und wieder aufersteht.«

»Ich habe von ihm gehört«, sagte Leaphorn.

»Und mein Bruder auch«, sagte Tso. »Ich fürchte, man muß sich darüber im klaren sein, daß auch er in gewisser Weise verrückt ist.«

Leaphorn gab keinen Kommentar dazu. Sie gingen langsam auf das Licht zu, tasteten sich Schritt für Schritt vorwärts. Plötzlich war von dort wieder die Frauenstimme zu hören, noch zu weit entfernt, als daß man ihre Worte hätte verstehen können.

»Das ist schrecklich für Theodora«, sagte Pater Tso. »Entsetzlich.«

»Ja.« Leaphorn fiel wieder ein, was ihm Captain Largo über sie gesagt hatte und daß er auf sie aufpassen sollte. Er schaltete die Taschenlampe kurz ein, um die Richtung zu erkennen, dann knipste er sie wieder aus.

»Mein Bruder ist bei meinem Vater aufgewachsen«, fuhr Tso fort, »und mein Vater war ein Trunkenbold.« Tsos Flüstern war kaum vernehmbar. »Ich habe nicht bei ihnen gelebt. Ich weiß nur, was ich gehört habe, aber es muß schlimm gewesen sein. Mein Vater ist bei einer Schlägerei in Gallup gestorben.« Das Flüstern erstarb, und Leaphorn dachte an andere Dinge, zum Beispiel, wie er sich seine weitere Taktik vorstellte.

»Mein Bruder war etwa vierzehn, als das passierte«, sagte Pater Tso. »Ich habe gehört, daß mein Bruder auch dabei war, als sie ihn erschlagen haben, und daß es die Polizei oder einer von den Polizisten getan hat.«

»Schon möglich. Es gibt auch schlechte Polizisten.« Leaphorn schaltete wieder die Taschenlampe ein und aus.

»Darum geht es nicht«, erklärte Pater Tso. »Ich erzähle Ihnen das, weil ich nicht glaube, daß auch nur einer von den Geiseln freikommen wird.« Er hielt inne. »Dafür sind sie schon zu weit gegangen«, flüsterte seine Stimme. »Sie sind nicht normal, keiner von ihnen ist bei Sinnen. Arme Theodora.«

Jetzt konnten sie wieder die Stimme von Theodora Adams hören, mehr ein Echo verschiedener Töne als einzelne, verständliche Wörter. Plötzlich wurde Leaphorn bewußt, daß er völlig erschöpft war. Seine Hüfte stach jetzt in einem stetigen Rhythmus, und die Verbrennungen und der Biß an der Hand schmerzten. Ihm war auf einmal elend, er fürchtete sich und fühlte sich erniedrigt. Das Ergebnis war blanke Wut.

»Verdammt noch mal«, sagte er. »Sie wollen ein Priester sein? Was hatten Sie dann mit dieser Frau zu tun?«

Tso humpelte schweigend weiter. Leaphorn bedauerte augenblicklich die Frage.

»Es gibt gute Priester und schlechte«, sagte Tso. »Man wird in so etwas hineingezogen, weil man sich sagt, da ist jemand, der Hilfe braucht . . .«

»Hören Sie, es geht mich überhaupt nichts an«, unterbrach ihn Leaphorn. »Entschuldigen Sie, ich hätte wirklich nicht –«

»Nein«, erwiderte Pater Tso. »Sie haben ganz recht. Erst redet man sich ein, daß man gebraucht wird – und es ist leicht, sich das einzureden, nachdem man ja von Berufs wegen dazu verpflichtet ist. Das sagen einem die Patres schon auf der Missionsstation: Jemand braucht dich. Und dann ist auf einmal alles umgekehrt. Eine Frau kommt daher und braucht Hilfe. Außerdem ist sie ein Mittel gegen die Einsamkeit, und bald danach ist sie alles das, worauf man im Namen Gottes zu verzichten bereit war. Und wenn man sich geirrt hatte? Wenn es diesen Gott gar nicht gab? Ja, wenn es ihn nicht gibt, dann läßt man das Glück dieses Lebens an sich vorübergehen – für nichts. Es wird immer komplizierter. Schließlich ist man bereit, für seinen Glauben zu kämpfen, versucht, ihn wiederzugewinnen . . .« Er hielt inne, warf einen Blick auf Leaphorn, als dieser die Taschenlampe zur Orientierung kurz aufblitzen ließ. »Aber man bekommt ihn nicht einfach zurück, wenn man es will, verstehen Sie? Und was macht man? Man läuft davon.« Pater Tso hielt inne. Erst nach ein paar Sekunden fuhr er fort. »Und dann ist sie da, und sie braucht dich wirklich. Wovor läufst du also davon?« Selbst geflüstert klang die Frage zornig.

»Deshalb sind Sie also hierhergekommen – es war ein Versuch, sich von ihr zu befreien?« fragte Leaphorn.

»Ich weiß es nicht«, antwortete Pater Tso. »Der alte Mann hatte mich gebeten herzukommen. Aber in erster Linie war es eine Flucht, ja.«

»Und dabei sind Sie Ihrem Bruder in die Quere gekommen?«

»Wir sind die Helden-Zwillinge.« Pater Tso stieß einen Laut aus, der ein bitteres Lachen sein konnte. »Vielleicht retten wir beide das Volk vor den Ungeheuern. Wahrscheinlich von verschiedenen Ausgangspunkten und mit verschiedenen Methoden – aber mit gleichem Erfolg.«

Jetzt war die Stimme von Theodora Adams nahe genug, daß man vereinzelte Wörter verstehen konnte. Die Höhle verengte sich wieder, und Leaphorn drückte sich an die Wand, hielt mit einer Hand den Ellbogen des Priesters fest und starrte auf das reflektierte Licht. Hartes Licht, und seine Quelle mußte tief stehen – wahrscheinlich eine Laterne, die auf dem Sedimentboden stand. Hier ragte ein Durcheinander von Stalagmiten in halbkreisförmigen Anordnungen vom Boden in die Höhe, und Vorhänge von Stalaktiten reckten sich ihnen von der Decke aus entgegen. Das Licht ließ sie als Scherenschnitte erkennen, pechschwarz gegen das schwache Gelb.

»Der Käfig ist gleich hier um die Ecke«, flüsterte Tso. »Das Licht kommt von einer Butan-Gaslampe, die davor steht.«

»Muß der Bewacher hier entlang kommen?«

»Ich weiß nicht«, sagte Tso. »Es ist verwirrend hier drinnen.«

»Gehen wir näher hin.« Leaphorns Stimme war leise. »Aber ganz ruhig, keinen Laut. Es könnte sein, daß er schon da ist.«

Sie drückten sich ins Dunkel und blieben stets in der Deckung einer Wand von Stalagmiten. Leaphorn konnte jetzt einen Teil des

Käfigs erkennen, sah auch die Butanlaterne und Kopf und Schultern von Theodora Adams, die dort unten in einer Ecke saß. Es ist nahe genug, dachte er. Irgendwo hier würde er seinen Hinterhalt vorbereiten.

»Ich möchte wissen, warum sie mich herausgelassen haben«, flüsterte Pater Tso.

Leaphorn gab keine Antwort. Er dachte: Wenn man Pater Tso nicht mitrechnete, enthielt der Käfig die symbolische Zahl: elf Kinder und drei Erwachsene. Pater Tso hätte die Symmetrie der Rache gestört. Aber es mußte noch mehr Gründe geben, weshalb man ihn aus dem Käfig in diese entfernte Höhle geschleppt hatte.

In der Dunkelheit schien die Zeit völlig veränderte Dimensionen anzunehmen. Nach drei erschöpfenden Tagen und Nächten, in denen er so gut wie gar nicht geschlafen hatte, konnte Leaphorn kaum noch die Konzentration aufbringen, um wach zu bleiben. Er verlagerte das Gewicht vom linken auf den rechten Fuß. In dieser neuen Position konnte er Theodora Adams fast ganz sehen. Das harte Licht der Laterne gab ihrem Gesicht eine holzschnitthafte Wirkung, wobei ihre Augenhöhlen im Dunkel lagen. Er konnte zwei weitere Geiseln der Buffalo Society sehen: Ein Mann, der einer der Führer der Pfadfinder sein mußte, lag auf der Seite, den Kopf auf seine zusammengelegte Jacke gebettet, und schlief offenbar. Ein kleiner Mann, etwa fünfundvierzig, mit dunklem Haar und fein geschnittenem, puppenartigem Gesicht. Er hatte einen dunklen Fleck auf der Stirn, der in einem braunen Strich auf der Wange endete. Getrocknetes Blut aus einer Kopfverletzung, wie Leaphorn vermutete. Der Kopf des Mannes lag entspannt und schlaff auf dem Boden. Die andere Geisel, die er sehen konnte, war ein Junge, etwa dreizehn Jahre alt, der unruhig schlief. Theodora Adams sprach mit jemandem, den Leaphorn nicht sehen konnte.

»Geht es ihm besser?«

Eine genaue, präzise und helle Stimme antwortete: »Ich glaube, er ist eingeschlafen.«

Danach sprach niemand ein Wort. Leaphorn hätte sich danach

gesehnt, ein Gespräch mitanzuhören. Er wäre dankbar gewesen für alles, was ihn vom Schlafen ablenkte. Jetzt malte er sich aus, welche wilden und wütenden Aktivitäten diese Entführung hervorrufen würde. Die Rettung von so vielen Kindern würde totale und absolute Priorität einnehmen. Jeder Mann und jede Hilfsquelle würde sich bei ihrer Suche zur Verfügung stellen. Das Reservat würde wimmeln von FBI-Agenten und von Staats-, Bundes-, Militär- und Indianer-Polizei. Leaphorn ertappte sich dabei, wie er in einen Traum über das Durcheinander entglitt, das jetzt in Window Rock herrschte, und er schüttelte wütend den Kopf. Er *durfte* jetzt nicht einschlafen. Er zwang sich zu der Überlegung, was für Folgen diese Affäre haben würde. Jetzt war ihm auch klargeworden, warum diese Höhle so wichtig war. Auf der Erdoberfläche hätte eine solche Operation nicht unentdeckt bleiben können. Aber die Höhle war nicht nur ein Versteck und ein Schlupfloch unter der Erde, ihre Existenz war für Jahrhunderte geheim geblieben, versteckt hinter dem Versprechen, das dem Geist eines Heiligen gemacht worden war. Der alte Tso mußte dahintergekommen sein, daß die Höhle benutzt wurde und durch diese Benützung entweiht worden war, als er kam, um nach den Medizinbündeln zu sehen, die Standing Medicine hier zurückgelassen hatte. Das war es, was unausgesprochen in der Geschichte lag, die Listening Woman von Tso erfahren hatte. Und die Buffalo Society wußte entweder, daß er sie hier entdeckt hatte oder daß er diese Höhle in anderer Weise benützte. Das bedeutete, daß der Alte nicht am Leben bleiben durfte. Ein Traum von der Ermordung des Hosteen Tso mischte sich in Leaphorns Gedanken mit der Realität. Er drückte sein Kinn absichtlich hart gegen den Stein und versuchte, auf diese Weise den Schlaf mit Schmerz zu verscheuchen.

Die Polizei würde diese Höhle niemals finden. Sicher, sie würde sich auch bei seinem Volk erkundigen. Aber das Volk würde nichts wissen. Die Höhle konnte nur durchs Wasser erreicht werden, und dort gab es keine Spuren, denen man folgen konnte. Von draußen sah die Mündung der Höhle wahrscheinlich aus wie hunderttausend Klippen und Felsvorsprünge, hinter denen das Wasser gegen den glatten Stein klatschte. Sie würden den alten McGinnis fragen, der sonst alles wußte, aber diesmal würde er ihnen keine Auskunft geben können. Leaphorn kämpfte gegen den Schlaf und lenkte die Gedanken in eine andere Richtung. Hier hatte man mit der gleichen Taktik gearbeitet wie beim Raubüberfall von Santa Fe: Sich-in-Nichts-Auflösen. Diejenigen, welche die Geiseln gefangengenommen und hierhergebracht hatten, waren inzwischen längst in sichere Deckung gegangen. Sie waren vermutlich schon verschwunden, bevor das Verbrechen entdeckt worden war. Hier behielt man gerade genug Leute, um mit den Geiseln fertig zu werden und das Lösegeld einsammeln zu können. Vielleicht nur drei Mann. Aber wie wollten diese drei danach davonkommen? Alle waren verschwunden bis auf drei. Tull, Jackie und der Mann mit der Goldrandbrille. Wahrscheinlich hatten sie inzwischen eine Möglichkeit gefunden, um die Funkmeldungen durchzugeben und die Polizei dennoch fernzuhalten. Das dürfte ihnen nicht allzu schwer gefallen sein, wie Leaphorn vermutete. Wenn die Übertragungen kurz waren, konnte man die Richtfunk-Detektoren sehr leicht verwirren. Aber wie wollte die Society die letzten drei befreien, wenn das Lösegeld eingetroffen war? Wie konnte man ihnen Zeit zur Flucht geben? Niemand außer den Geiseln hatte sie gesehen. Wenn die Geiseln getötet wurden, gab es keine Zeugen. Dennoch brauchte der Mann mit der Goldrandbrille Zeit zur Flucht – eine Stunde oder zwei, um weit genug wegzukommen und nichts anderes als irgendein Navajo-Indianer zu werden. Wie konnte er sich diesen Zeitvorsprung schaffen? Leaphorn dachte an das Dynamit, an die Zeitschaltuhr und an John Tull, der sich für unsterblich hielt.

Er ertappte sich wieder dabei, wie er in den Schlaf hinüberglitt, und schüttelte wütend den Kopf. Wenn er hoffte, diese Höhle lebend zu verlassen, mußte er wach bleiben, bis der Mann mit der Goldrandbrille oder Tull oder Jackie allein hereinkamen, um nach den Geiseln zu sehen oder einem der Pfadfinder die zwei Standardfragen zu stellen. Er mußte wach sein, hellwach, wenn er die Gelegenheit eines Hinterhalts nutzen, den Bewacher überwältigen, sich eine Schußwaffe besorgen und auf diese Weise die Chancen zu seinen Gunsten wenden wollte. Wenn er jetzt einschlief, würde er nicht wieder aufwachen. Und mit diesem Gedanken fiel Lieutenant Leaphorn in den Schlaf.

Leaphorns Traum hatte nichts zu tun mit der Höhle, mit der Entführung, nichts mit dem Mann mit der Goldrandbrille oder mit Hosteen Tso. Es war Winter, es ging um eine Bestrafung, und der Traum wurde verursacht durch die Kälte des Steins neben ihm und den Schmerz in seiner Hüfte. Trotz seiner Erschöpfung rissen ihn diese Beschwerden zurück ins Bewußtsein, und schließlich sagte eine Stimme:

»Also gut, dann weck ihn auf.«

Einen Moment lang waren die Worte nichts als ein unverständlicher Teil eines chaotischen Traums. Doch dann war Leaphorn plötzlich hellwach.

»Versäumen wir keine Zeit«, sagte die Stimme, und es war die des Mannes mit der Goldrandbrille. »Ich brauche den, der Symons heißt.« Eine Schrecksekunde verging, ehe Leaphorn bemerkte, daß der Mann mit der Goldrandbrille an der Tür des Käfigs stand und die Worte nicht ihm galten.

»Bist du Symons?« fragte der Mann mit der Goldrandbrille. Die Stimme war laut, und die Worte riefen Echos in der Höhle hervor. »Wach auf. Ich brauche den Geburtstag deiner Frau, und was sie dir das letzte Mal dazu geschenkt hat.«

Leaphorn konnte die Stimme von Symons hören, aber nicht verstehen.

»Dritter Mai, und was? Einen Pullover. Okay.«

»Lassen Sie uns jetzt frei?« Es war Theodora Adams' Stimme, aber sie war von Leaphorns Position aus nicht zu sehen.

»Klar«, antwortete der Mann mit der Goldrandbrille. »Sobald man unsere Forderungen erfüllt hat, seid ihr alle frei wie die Vögel.« Die Stimme klang amüsiert.

»Was haben Sie mit Ben gemacht?« fragte sie.

Der Mann mit der Goldrandbrille antwortete nicht. Leaphorn sah seinen Rücken und das rechte Profil als Silhouette vor dem Licht der Gaslampe. Weit hinter ihm, am Rand der Dunkelheit, stand John Tull. Das Licht der Laterne funkelte auf dem Gewehr, das Tull lässig an der Seite hielt. Der Schatten verwandelte sein entstelltes Gesicht zur häßlichen Fratze eines Wasserspeiers. Aber Leaphorn sah, daß Tull grinste. Und er sah, daß es keine Möglichkeit gab, die beiden zu überfallen.

»Was ich mit Ben gemacht habe?« fragte der Mann mit der Goldrandbrille. Er ging abrupt zur Tür des Käfigs, und man hörte das Klicken des Vorhängeschlosses. Der Mann mit der Goldrandbrille verschwand im Inneren des Käfigs. »Was ich mit Ben gemacht habe?« wiederholte er. Die Stimme war jetzt wild, und man hörte das bösartige Klatschen eines gewaltigen Schlages. Neben ihm in der Dunkelheit, dort, wo Pater Tso stand, hörte Leaphorn, wie der Priester scharf die Luft einsog, und die Adams stieß einen gedämpften Schrei aus.

»Du Miststück«, sagte der Mann mit der Goldrandbrille. »Sag du mir erst, was ihr Weißen mit Ben gemacht habt! Ihr habt ihn auf dem Bauch kriechen lassen in der Kirche des Weißen Mannes, ihr habt ihn dazu gebracht, daß er sich dem Gott des Weißen Mannes geweiht hat, und dann kommt da so eine weiße Schlampe daher . . .« Die Stimme des Mannes mit der Goldrandbrille schnappte über, hielt inne. Als sie wieder einsetzte, waren die Worte bedächtig, gelassen, beherrscht. »Ich weiß doch, wie das geht«, sagte er. »Als ich hörte, daß dieses Nichts, das da behauptet, mein Bruder zu sein, ein Priester der Weißen geworden ist, habe ich mir ein Buch gekauft und nachgelesen, was das bedeutet. Er muß sich auf den Boden legen, mit dem Gesicht nach unten, und er muß versprechen, von nun an den Frauen fern zu bleiben. Und dann kommt die erstbeste verdammte Fotze daher, und er bricht sein Versprechen.«

Jetzt schwieg der Mann mit der Goldrandbrille. Er tauchte

wieder in Leaphorns Blickfeld auf und öffnete die Gittertür. Leaphorn konnte Theodora Adams weinen hören, und einer der Pfadfinder stieß ein wimmerndes Geräusch aus. Tull grinste nicht mehr. Sein groteskes Gesicht war ernst und wachsam. Der Mann mit der Goldrandbrille schloß die Tür hinter sich.

»Hure«, sagte er. »Du gehörst zu den Frauen, die die Männer auffressen.«

Und damit ließ der Mann mit der Goldrandbrille das Vorhängeschloß einklicken und ging wütend über den Boden der Höhle, gefolgt von Tull, der zwei Schritte hinter ihm blieb. Die Laterne, die der Mann mit der Goldrandbrille trug, beleuchtete die beiden nur von der Taille nach unten: vier Beine, die aus dem Schritt und aus dem Rhythmus waren. Leaphorn zeigte Pater Tso, wo er auf eine zweite Chance zu einem Überfall warten sollte, in zwei Stunden. Dann folgte er den jetzt schon ziemlich weit entfernten Beinen durch die Dunkelheit. Es war, wie wenn er eine seltsame, aus dem Gleichgewicht geratene Bestie durch die Nacht verfolgte.

18

»Nein, nein«, sagte der Mann mit der Goldrandbrille. »Schau her. Man muß es so hineinstecken.«

Sie hockten neben dem Funkgerät, Tull und der Mann mit der Goldrandbrille; der dritte, den sie Jackie nannten, hatte es sich auf dem Schlafsack bequem gemacht und rührte sich nicht.

»So vielleicht?« fragte Tull. Er schien etwas am Sender zu reparieren, wechselte vielleicht den Kristall aus oder veränderte die Antenne, dachte Leaphorn. Von dort, wo er stand, hinter den Stalagmiten, die ihm die am nächsten gelegene Deckung boten, trug die Akustik der Höhle die Stimmen deutlich durch die Stille; dennoch war Leaphorn zu weit entfernt, um jedes Wort verstehen zu können. Jetzt zum Beispiel sagte Tull etwas, das nicht deutlich genug an Leaphorns Ohren drang.

»Na schön«, erwiderte der Mann mit der Goldrandbrille. »Überprüf es alles noch mal.« Eine Pause. Dann: »So ist es richtig«, bestätigte ihm Goldrandbrille. »Jetzt brauchst du nur noch den Lautsprecher des Kassettenrecorders zehn Zentimeter vor dem Mikro aufzubauen. So ungefähr.«

»Ich hab's«, sagte Tull. »Und pünktlich um vier Uhr morgens, ja?«

»Stimmt – pünktlich um vier die nächste Durchsage. Wenn ich bis dahin nicht zurück bin. Jetzt werden wir erst einmal das hier senden.« Er schaute auf seine Uhr und wartete offenbar auf die genaue Sekunde. Dann nahm er das Mikrophon, drückte auf ein paar Tasten. »Weißer Mann«, sagte er. »Weißer Mann, hier ist die Buffalo Society. Wir haben eure Antworten und Anweisungen für euch.«

Der Lautsprecher erwiderte: »Los, Buffalo, bereit zur Aufzeichnung.«

»Die Antworten lauten dritter Mai und ein Pullover«, sagte der Mann mit der Goldrandbrille. »Und wir sind jetzt dazu bereit, die Sache zum Abschluß zu bringen. Hier sind Ihre Anweisungen.« Goldrandbrille näherte seine Lippen dem Mikrophon, und Leaphorn konnte nur einen Teil der Instruktionen mitbekommen. Es gab Hinweise auf Landkarten-Koordinaten, eine Linie dazwischen, einen Mann in einem Hubschrauber, Zeitangaben, ein Lichtsignal vom Boden. Offensichtlich waren das die Anweisungen für die Übergabe des Lösegelds, und wie alles bei dieser Operation war auch dieser Teil überaus sorgfältig und raffiniert geplant. Unmöglich, den Erpressern eine Falle zu stellen, wenn der Übergabeort erst bekannt wurde, sobald ihn der Hubschrauber erreicht hatte. Dennoch dauerten die Instruktionen nicht viel länger als eine Minute. Dann wurde das Funkgerät wieder abgeschaltet, und Goldrandbrille stand da, schaute dabei zufällig genau in Leaphorns Richtung, sprach aber mit Tull und ging die Sache immer wieder durch. Sie entfernten sich ein paar Schritte von der Lichtquelle, gingen weiter hinaus in Richtung auf das offene Wasser und sprachen immer noch miteinander. Dann war das gedämpfte Brummen eines starken Motors zu hören – kein Generator, wie er zuvor gedacht hatte, sondern ein schallgedämpfter Bootsmotor. Das Geräusch entfernte sich und verschwand im schwachen Licht, das durch die Mündung der Höhle hereindrang.

Leaphorn wartete lange genug, um ganz sicherzugehen, daß der Mann, der mit der hüpfenden Taschenlampe zurückkehrte, John Tull war. Dann trat er geräuschlos von den Stalagmiten weg zurück in die Dunkelheit. Es würde bestimmt eine Stunde dauern, schätzte er, bis die nächsten Fragen per Funk ankamen und die nächsten Antworten erfragt werden mußten, Fragen, die bewiesen, daß die Geiseln noch am Leben waren. Leaphorn wollte diese Stunde nutzen, so gut es ging. Er hatte das Boot nicht gesehen, aber er wollte sichergehen, daß hier in dieser Dunkelheit nichts versteckt war, worüber er nicht Bescheid wußte.

Das Dynamit war weg. Leaphorn ließ das Licht seiner Taschenlampe rasch über die Vorratskartons streichen, um sich zu bestätigen, daß er nicht einfach vergessen hatte, wo die Holzkiste zuvor gewesen war. Aber schon während dieser Überprüfung sagte ihm seine Logik, daß der Sprengstoff sowie die Kartons mit der Zeitschaltuhr und den isolierten Drähten verschwunden sein würden. Er hatte es nicht anders erwartet. Es paßte genau in das Schema, das sich Leaphorn in Gedanken von dieser Aktion gemacht hatte – von der Beziehung zwischen Tull und Goldrandbrille, von den zu vielen Zufällen und den zu vielen unbeantworteten Fragen. Er schaltete die Taschenlampe ab, stand im Dunkeln da und konzentrierte sich darauf, in seinen Gedanken das zusammenzusetzen, was er über Goldrandbrille und die Buffalo Society wußte und was hier geschah – so, daß sich eine gewisse logische Ordnung ergab. Er versuchte, sich in die Gedanken des Mannes zu versetzen und seine Absichten zu begreifen. Er war ungewöhnlich schlau. Und er war ein Navajo. Er konnte ohne weiteres in diesem leeren, weiten Canyonland unterhalb des Short Mountains untertauchen, egal, wie viele Leute die Polizei für die Suche nach ihm aufbot. Wenn er ein zweites, gut ausgerüstetes Versteck hatte wie dieses hier, konnte er sich dort monatelang verkriechen. Aber zuletzt würde ihm dann doch die Zeit davonlaufen, denn dann gehörte er zu den meistgesuchten Männern dieses Landes. Daher bot sich dem Mann mit der Goldrandbrille eigentlich keine reale Chance zu entkommen. Und das schien untypisch zu sein für ihn. Ein Mann wie Goldrandbrille hatte auch für so etwas Vorsorge getroffen, würde kein so gefährliches, loses Ende in seinem Plan dulden. Nein, der Mann mit der Goldrandbrille duldete keine losen Enden, dachte Leaphorn. Es mußte da noch irgend etwas geben, das Leaphorn bisher übersehen hatte.

Das Dynamit und die Zeitschaltuhr hatten zweifellos etwas damit zu tun. Aber Leaphorn begriff nicht, wie die Explosion der Höhle das Problem von Goldrandbrille lösen sollte. Er warf einen Blick auf seine Armbanduhr. In etwa fünfundvierzig Minuten würden die nächsten Fragen gesendet und anschließend den Pfadfindern vorgelegt werden, damit sie die Antworten lieferten, die der Society zeitlichen Spielraum verschafften. Wenn es soweit war, mußte Leaphorn bereit sein zum Überfall, wer auch immer mit dem Kassettenrecorder hierherkam. Und inzwischen mußte er das Dynamit gefunden haben.

Leaphorn fand tatsächlich einen Teil des Dynamits. Aber zuvor entdeckte er Spuren, die von Hosteen Tso stammen mußten, die im Staub seit Monaten unberührt geblieben waren. Es waren die Spuren von Mokassins, die etwas schlurfend über den weißen Boden zogen. Dazu erkannte man Stiefelspuren, die Leaphorn längst als die von Goldrandbrille identifiziert hatte. Sie führten in eine Nebenhöhle, von der es keinen Ausweg zu geben schien. Aber dann stellte Leaphorn fest, daß die Höhle am Ende eine Biegung aufwies, ein wenig nach unten ging und sich dann zu einem Saal öffnete mit einer hohen Decke, von der Stalaktiten wie Vorhänge herunterhingen. Leaphorn schaute sich rasch mit Hilfe der Taschenlampe um. An einigen Stellen war der Kalkboden von der Asche alter Feuer bedeckt. Leaphorn ging ein paar Schritte auf die seit langem verlassenen Feuerstellen zu und blieb abrupt stehen. Hier war der Boden mit Sandbildern bedeckt – mindestens dreißig davon, jedes ein geometrisches Muster aus den Farben und Gestalten des Heiligen Volkes der Navajos. Leaphorn betrachtete sie ergriffen und erkannte den Corn Beetle, die Sacred Fly, den Talking God und den Black God, den Coyote und alle anderen. Er konnte einige der Geschichten lesen, die diese Bilder aus geformtem, bunten Sand beschrieben. Eines davon erkannte er als einen Teil des Gesangs vom Father Sun, ein anderes schien ein Stück des Wegs vom Berge zu sein. Leaphorn stammte aus einer Familie, in der es noch viele mit den Zeremonien vertraute Angehörige gab. Zwei seiner Onkel waren Sänger, und seine Großmutter mütterlicherseits war eine »Hand-Zitterin« gewesen, die berühmt war im Land von Toadlena-Beautiful Mountain. Einige dieser Sandbilder dagegen waren ihm völlig unbekannt. Das mußte das große Erbe sein, das Standing Medicine seinem Volk hinterlassen hatte – der Weg, mit dem man die Welt neu beginnen lassen konnte.

Leaphorn stand da, betrachtete sie und richtete dann den Blick auf den Metallbehälter, der dahinter auf dem Boden der Höhle stand. Das Licht seiner Stablaterne wurde vom Glas einer Art Uhr mit Zeigern reflektiert und von glänzenden Metallknöpfen. Leaphorn hockte sich daneben. Auf einem Schild stand der Name der Marke: HALLICRAFTER. Ein Funkgerät. Drähte waren an dem Gerät angebracht und verliefen ins Dunkel – vermutlich die Verbindung zu einer Antenne, dachte Leaphorn. An der Oberseite und sorgfältig mit Klebeband befestigt war ein batteriebetriebener Kassettenrecorder, und beide, Recorder und Funkgerät, standen zusätzlich mit einer emaillierten Metallbox in Verbindung. Jetzt wurde sich Leaphorn eines neuen Geräuschs bewußt, eine Art elektrisches Sirren, das aus der Box kam – noch eine Zeitschaltung. Der Zeiger auf der Oberseite des Geräts zeigte an, daß er sieben von den fünfzig Markierungen zurückgelegt hatte. Man konnte nicht erkennen, ob eine Markierung eine Minute bedeutete oder eine Stunde. Aber das Gerät war zweifellos von Hand einstellbar. Hinter dem Funkgerät lag eine Papiertüte auf dem Boden, die ebenfalls durch Drähte mit dem Ausgang der Zeitschaltung verbunden war. Drinnen befanden sich zwei Dynamitstangen, die mit Klebeband zusammengehalten wurden. Leaphorn hockte sich auf seine Hacken und überlegte. Warum wollten sie ein Funkgerät in die Luft sprengen? Er studierte noch einmal die Schaltuhr. Sie schien eine Sonderanfertigung zu sein. Mit einer Sequenzschaltung, vermutete er. Erst würde sie den Sender einschalten, dann den Tonbandrecorder, und sobald die Nachricht gesendet war, würde sie den Zünder betätigen und sich selbst zerstören.

Leaphorn nahm sein Taschenmesser heraus und entfernte vorsichtig die Schrauben aus den Klemmen, mit denen die Drähte des Dynamits an der Zeitschaltuhr befestigt waren. Dann entfernte er auch die Anschlüsse des Tonbandrecorders, stellte das Gerät auf den Boden und drückte auf die Wiedergabetaste.

»Man hat euch gewarnt. Aber unsere Leute —«

Die Worte dröhnten in der Höhle. Leaphorn drückte sofort auf die Stop-Taste. Es war die Stimme von Goldrandbrille. Aber er konnte es nicht riskieren, sich jetzt die Bandaufnahme ganz anzuhören. Wie sollte er wissen, wie weit das Geräusch von dieser Höhle aus zu hören war in diesem Labyrinth? Statt dessen steckte er sich den Recorder unter das Hemd. Er würde das Band später abhören.

Leaphorn kam gerade im rechten Augenblick zurück. Er traf Pater Benjamin Tso dort, wo er ihn verlassen hatte, versteckt hinter einem Durcheinander von Stalagmiten in der Nähe der Käfigtür. Er sagte dem Priester, was er entdeckt hatte, daß Goldrandbrille weggefahren war, um das Lösegeld zu kassieren, und berichtete auch von dem Sender und der Zeitbombe in der Höhle, wo man Pater Tso an einen Felsen gefesselt hatte.

»Ich habe das Funkgerät gesehen«, sagte Pater Tso. »Aber ich habe nicht gewußt, was in dem Sack ist.« Er hielt eine Weile inne. »Warum wollte er mich in die Luft jagen?« Seine Stimme klang ungläubig. Leaphorn unternahm erst gar nicht den Versuch, ihm zu antworten. Weit hinten in der Dunkelheit war ein winziger

Lichtpunkt zu sehen, der sich auf und ab bewegte mit den Schritten dessen, der diese Lichtquelle trug. Leaphorn betete, es möge Jackie sein – und nur Jackie. Er scheuchte Pater Tso zur Seite in Deckung und kletterte rasch auf einen Kalksteinrand, von dem aus er die Szene überblicken und sich einen Hinterhalt überlegen konnte. Er bemühte sich, so geräuschlos wie möglich zu atmen, als das gelbliche Licht einer Batterielaterne mit dem harten Licht der Butan-Gaslampe vor dem Käfig verschmolz.

»Es ist wieder mal Zeit«, sagte Jackies Stimme. »Ich hab Fragen für zwei von den Jungs.« Er hakte sich die Laterne an seinem Gürtel ein, nahm das Gewehr, das er bei sich hatte, in die linke Hand und fischte einen Zettel aus seiner Hemdtasche.

Leaphorn setzte sich in Bewegung. Er hatte das Walkie-Talkie aus dem Lederfutteral genommen und hielt es wie einen Schlagstock, als er um die Wand von Stalagmiten herumkam. Dann zögerte er. Wenn er erst einmal von dort aus hinuntergesprungen war auf den Boden, gab es keine Deckung mehr. Er würde auf dreißig Meter klar und deutlich zu sehen sein. Die Entfernung war einfach zu groß. Jackie würde ihn abknallen, ohne mit der Wimper zu zucken. Er brauchte sich nur herumzudrehen und einen Schuß aus seinem Gewehr auf Leaphorn abzugeben.

Aber da war Pater Tso, und er ging geradewegs auf Jackie zu.

»Hey«, sagte Jackie. Er richtete das Gewehr auf den Priester. »Wie sind Sie denn freigekommen?«

»Senken Sie die Waffe!« brüllte Pater Tso, und die Höhle warf das Echo durch den Raum: ›Waffe... Waffe... Waffe...‹ Er ging unbeirrt weiter. »Nieder mit dem Gewehr.«

»Stehenbleiben!« rief Jackie. »Stehenbleiben, oder ich knall Sie ab.« Er selbst trat einen Schritt zurück. »Bleiben Sie stehen!« brüllte er. »Mein Gott, Sie sind genauso verrückt wie Tull.«

»Ich bin genauso unsterblich wie Tull«, brüllte Pater Tso. Er ging weiter auf Jackie zu, mit ausgestreckten Händen, und langte nach dem Gewehr.

Leaphorn rannte jetzt; er wußte, was geschehen würde, wußte

auch, daß Pater Tso es so geplant hatte und daß es die einzige Möglichkeit war, die ihm blieb.

»Gott vergebe —« brüllte Pater Tso, und das war alles, was Leaphorn hörte. Jackie feuerte aus geduckter Haltung. Der Schuß dröhnte wie eine Bombe und umgab Leaphorn mit ohrenbetäubendem Krach.

Die Stoßkraft des Geschosses riß Pater Tso nach hinten. Er fiel auf die Seite. Erst nachdem Pater Tso auf dem Boden lag und sich nicht mehr rührte, hörte Jackie durch die immer noch in den Höhlen dröhnenden Echos Leaphorn, der auf ihn zurannte, und warf sich mit katzenhafter Geschicklichkeit herum, so daß ihn das Walkie-Talkie nicht auf den Hinterschädel traf, wie es Leaphorn beabsichtigt hatte, sondern auf die Stirn. Jackie schien sofort tot zu sein; das Gewehr fiel ihm aus der Hand, während er zu Boden stürzte. Pater Tso lebte vielleicht noch eine Minute. Leaphorn nahm das Gewehr – es war ein Remington Automatic – und kniete sich neben Tso. Was immer der Priester sagte, Leaphorn konnte es nicht verstehen. Er näherte sein Ohr den Lippen des Sterbenden, aber jetzt war der Priester verstummt. Leaphorn vernahm nur die Echos des Schusses, die allmählich erstarben, und darüber die Schreie von Theodora Adams.

Jetzt war keine Zeit, große Pläne zu entwickeln. Leaphorn versuchte, blitzschnell zu handeln. Er inspizierte Jackies Taschen, fand auch den Schlüssel zum Vorhängeschloß, aber keine zusätzliche Munition für das Gewehr. Er warf einen Blick auf den Käfig. Sein kurzer Eindruck: ein Dutzend verängstigter Gesichter, die ihn anstarrten, und Theodora Adams, die in einer Ecke hockte und schluchzte.

»Der andere wird gleich hier sein, und ich muß ihn mir schnappen«, sagte Leaphorn. »Setzt euch alle wieder. Gebt ihm keinen Hinweis darauf, daß ich hier bin.« Und damit lief Leaphorn zurück in die Dunkelheit.

Er blieb hinter den Stalagmiten stehen und schaute in die Richtung, aus der Tull kommen würde. Nichts als Schwärze und

Finsternis. Aber Tull würde kommen. Das Dröhnen des Schusses mußte ihn längst draußen am Eingang erreicht haben. Auch die Schreie von Theodora Adams konnten ihm nicht entgangen sein. Wenn er lief, mußte er allmählich hier eintreffen. Leaphorn hielt das Gewehr schußbereit und schaute an seinem Lauf entlang in die Dunkelheit. Dann richtete er es auf das Licht und stellte zufrieden fest, daß das Korn der Zielvorrichtung genau in dem V-Ausschnitt der Kimme war. Er konnte Theodora Adams schluchzen hören – jetzt nicht mehr so hysterisch, eher ein Klagelaut von echter, tiefer Trauer. Zum erstenmal wurde sich Leaphorn des Pulvergeruchs bewußt. Sobald Tull zwischen ihn und das Licht getreten war, das heißt, sobald er auf seine Silhouette zielen konnte, würde er auf die Mitte seines Körpers schießen. Ohne vorherige Warnung. Hier, in dieser Dunkelheit, war Tull ein viel zu gefährlicher Gegner, als daß man es riskieren konnte, ihn zuvor auch noch zu warnen. Leaphorn würde versuchen, ihn zu töten. Die Zeit tröpfelte langsam und lautlos dahin.

Aber wo blieb Tull? Leaphorn merkte jetzt, daß er den Mann wohl doch unterschätzt hatte. Tull war nicht auf die naheliegende Folgerung gekommen, daß Jackie jemanden erschossen hatte, und er dachte nicht daran, auf direktem Weg herzukommen und nachzusehen. Wenn Tull überhaupt kam, dann leise und verstohlen, ohne Licht, und er würde sich umsehen auf der erhellten Fläche, um zu erfahren, was geschehen war. Leaphorn duckte sich ein wenig weiter hinter die Steinbarriere und war sich bewußt, daß Tull ebensogut irgendwo hinter ihm sein konnte, um Leaphorns Silhouette vor dem Licht treffen zu können, genau wie er vorhatte, Tulls Silhouette vor dem Licht in der Höhle abknallen zu können. Aber noch während er sich duckte, während er John Tull mit wachsendem Respekt als ernsthaften Gegner einzuschätzen begann, fühlte er eine wilde, jubelnde Gewißheit, was den Ausgang dieser Affäre betraf. Ganz gleich, wie vorsichtig Tull sich bewegte, jetzt hatten sich die Chancen zu Leaphorns Gunsten gewendet. Tull würde Jackie und Pater Tso tot auf dem Boden der Höhle liegend vorfinden und die übrigen Geiseln unversehrt in ihrem Gefängnis. Das würde alles erklären. Er würde ins Licht treten und herausfinden wollen, was sich ereignet hatte und wie Jackie und Benjamin Tso gestorben waren. Mit gezückter Waffe, und nachdem alle, mit denen er rechnete, hier in dieser Höhle waren, würde er sich nicht allzusehr zurückzuhalten brauchen.

»Hey.« Tulls Stimme kam für Leaphorn von der rechten Seite, von außerhalb des Lichtkreises der Lampe. »Was ist geschehen?« Die Stimme warf Echos, die nach und nach erstarben, dann war es wieder still.

»Sie haben miteinander gekämpft.« Das war die Stimme des Pfadfinderführers, der Symons hieß. »Der Priester hat Ihren Mann angegriffen, und ich glaube, sie haben sich gegenseitig umgebracht.«

Eine gute Antwort, dachte Leaphorn. Sehr schlau.

»Und wo ist Jackies Gewehr?« brüllte Tull. »Wo ist sein Gewehr?«

»Ich weiß es nicht«, antwortete Symons. »Ich kann es nicht sehen.«

Plötzlich leuchtete helles Licht auf, und sein Schein kam von einer Gruppe von Stalagmiten auf der anderen Seite der Höhle. Er spielte über die beiden Körper, die am Boden lagen, über die Gefangenen im Käfig.

Leaphorn fühlte so etwas wie Enttäuschung. Tull war noch schlauer, als er vermutet hatte.

»Du Schweinehund«, brüllte er den Pfadfinderführer an. »Du hast das Gewehr da drinnen. Wirf es raus. Wenn nicht, fange ich damit an, einen nach dem anderen von euch abzuknallen.«

Das Licht war rasch wieder ausgegangen, aber jetzt wußte Leaphorn, wo Tull war. Es war nicht mehr als ein Schimmer von reflektiertem Licht und an die hundert Meter entfernt. Leaphorn versuchte, Kimme und Korn darauf anzulegen, dann senkte er das Gewehr wieder. Die Chance, auf diese Entfernung zu treffen, war sehr gering.

»Wir haben das Gewehr nicht«, brüllte Symons.

Im schwachen Licht konnte Leaphorn erkennen, daß Tull bereits ohne ein Wort zu sagen seine Pistole angehoben hatte und zielte.

Es war noch immer ein sehr riskanter, zweifelhafter Schuß, aber jetzt hatte Leaphorn keine andere Wahl. Er wartete, bis er den Lauf ruhig auf dem Arm liegen hatte, und versuchte, die nur schwach erkennbare Gestalt über dem Korn zu halten. Dann drückte er ab.

Der Lichtblitz des Mündungsfeuers war blendend hell. Leaphorn wollte wissen, ob er Tull getroffen hatte, aber er sah nur Weiß, das sich auf seiner Retina eingebrannt zu haben schien, und er hörte nichts als den Donner des Gewehrschusses, der durch die Säle und Korridore dieses Labyrinths von Höhlen dröhnte. Dann hörte er einen zweiten Schuß. Tulls Pistole. Leaphorn duckte sich hinter die Steinbarriere und wartete darauf, daß sich bei ihm Sicht und Gehör wieder normalisierten. Dabei wurde ihm bewußt, daß die Butanlaterne ausgegangen war. Die Dunkelheit war wieder vollkommen. Tull mußte das Licht ausgeschossen haben. Ein Mann, der rasch zu denken verstand. Leaphorn starrte ins Dunkel. Was würde Tull unternehmen? Er würde jetzt immerhin wissen, daß eine andere Person auf irgendeine Weise in die Höhle gelangt war. Vielleicht nahm er an, daß diese Person der Navajo-Polizist war. Er würde wissen, daß der Polizist Jackies Gewehr hatte und – wie viele Schuß Munition? Leaphorn öffnete das Magazin. Drei Patronen rollten heraus in seine Hand. Vorsichtig steckte er sie wieder in das Magazin. Eine Patrone in der Kammer und drei im Magazin. Wenn er das wußte, was würde Tull tun? Auf keinen Fall in dieser Dunkelheit mit einer Pistole gegen ein Gewehr kämpfen, dachte Leaphorn. Die Dunkelheit verringerte die Wirkung der Pistole und vergrößerte die Wirkung des Gewehrs mit seiner großen Reichweite. Tull würde versuchen, zum Eingang zu kommen, wo es Licht gab und ein Funkgerät. Er würde Goldrandbrille zu Hilfe rufen. Aber würde Goldrandbrille auch kommen? Leaphorn überlegte es sich. Goldrandbrille hatte wahrscheinlich vor, sich per Funk mit dem Hubschrauber in Verbindung zu setzen, wenn er vorbeiflog, und ihn zur Landung aufzufordern. Er würde den Piloten zwingen, daß er den Hubschrauber verließ, dann, vorausgesetzt, er konnte einen Hubschrauber fliegen, sich damit ein paar Meilen weit von der Übergabestelle entfernen, landen, dort das Fluggerät verlassen und seine wohlgeplante Flucht beginnen. Wenn er nicht imstande war, einen Hubschrauber zu fliegen, würde er ihn und seine Funkanlage zerstören, den Piloten so festnageln, daß er ihm nicht folgen konnte, und davonrennen. Warum hätte er zu der Höhle zurückkommen sollen? Um Tull bei dem zu helfen, was es noch in der Höhle zu tun gab? Das bezweifelte Leaphorn. Tull war entbehrlich gewesen beim Raubüberfall von Santa Fe. Er war auch hier entbehrlich. Also ging es bei der Bewährungsprobe in dieser Höhle allein um John Tull und Joe Leaphorn. Leaphorn tastete sich an einer Felsnische entlang, bis er eine flache Stelle gefunden hatte, legte seine Taschenlampe darauf, zielte auf die Stelle, wo er Tull vermutete, und schaltete dann die Taschenlampe ein. Er ging geduckt drei große Schritte nach rechts, dann schaute er über den Rand. Das Licht der Taschenlampe leuchtete durch einen bläulichen, sich allmählich verziehenden Pulverdampf in eine grauweiße Leere. Wo Tull zuvor gewesen war, konnte Leaphorn jetzt nichts mehr sehen. Er rutschte tief geduckt zurück zur Taschenlampe, schaltete sie wieder aus, zielte auf die Stelle, wo die Geiseln in ihrem Käfig saßen, und schaltete sie wieder ein. Der Schein fiel direkt auf den Leichnam von Pater Tso und streifte Theodora Adams, die innerhalb des Gitters kniete. Sie hielt sich die Hand vor die Augen, um sie vor der Helligkeit abzuschirmen. Leaphorn schaltete die Taschenlampe aus und tastete sich in der Dunkelheit bis an den Käfig heran. Dann sperrte er das Vorhängeschloß auf mit dem Schlüssel, den er Jackie abgenommen hatte.

»Nehmt Jackies Laterne«, sagte er. »Und dann versteckt euch, geht weg von hier. Sucht euch ein sicheres Versteck, bis ich nach euch rufe.« Er wartete nicht, um irgendwelche Fragen zu beantworten.

Das Tempo, in dem Leaphorn John Tull zur Mündung der Höhle folgte, wurde gebremst durch den gesunden Respekt, den er vor

Tull empfand. Er wich weit nach links von der direkten Route ab und hatte das Gewehr die ganze Zeit schußbereit in der Hand. Als er schließlich die Stelle erreicht hatte, wo das Licht vom Eingang die absolute Schwärze in eine schwache Dämmerung übergehen ließ, sah er Tropfen von Blut auf dem grauweißen Kalkboden. An einer anderen Stelle färbte ein verschmierter, braunroter Fleck einen Felsvorsprung. Leaphorn nahm an, daß Tull sich hier mit der Hand aufgestützt hatte. Nein, er hatte ihn nicht verpaßt; sein Schuß hatte Tull getroffen, und zwar schwer.

Leaphorn legte eine Pause ein und überlegte. Jetzt war die Zeit eigentlich auf seiner Seite. Ein Gewehr verursachte meistens schwere Verletzungen, Wunden, deren Blutung nur schlecht zu stillen war, und Tull schien tatsächlich heftig zu bluten. Mit der Zeit würde er schwächer werden. Aber wurde die Zeit hier bestimmt durch das Pumpen von Tulls Herz oder durch einen uhrenartigen Mechanismus, der mit zwanzig bisher unentdeckten Dynamitstangen in Verbindung stand? Leaphorn wußte, daß er nicht warten konnte. Irgendwo in der Dunkelheit rings um ihn mußte der fehlende Zeitzünder sein – vielleicht noch weitere, die er nicht gesehen hatte – und die Sekunden bis zur Explosion herunterticken.

Er fand Tull, wo er ihn vermutet hatte: beim Funkgerät. Der Mann hatte die Butanlaterne etwa fünfzig Meter weiter drinnen in der Höhle stehen, nicht mehr direkt an der Mündung, wo Leaphorn ihn zusammen mit Goldrandbrille gesehen hatte, und er hatte außerdem eine Batterielaterne eingeschaltet und ihren Schein auf einen Teil der Höhle gerichtet. Der Lichtkreis war daher wesentlich größer als der Kreis, in dem seine Pistole mit Erfolg abgedrückt werden konnte. Leaphorn ging außen um diesen Lichtteich herum und versuchte eine Deckung zu finden, die näher bei Tull und dem Funkgerät war. Aber es gab keine. Hier war der Boden glatt wie ein Ballsaal. An den Rändern erhoben sich Stalagmiten wie vulkanische Inseln aus einem weißen, stillen Meer. Tull hatte das Funkgerät hinter einer dieser Inseln aufgestellt, und die Laterne stand daneben, so daß Tull selbst in tiefem Schatten saß. Von dort konnte er auf jeden schießen, der versuchte, die Höhle durch das Wasser zu verlassen. Der See schützte die eine Flanke, die Wand der Höhle die andere. Wenn man sich ihm näherte, mußte man ins Licht der Laterne treten – und in den Schußbereich seiner Pistole.

Leaphorn warf einen Blick auf seine Armbanduhr und überlegte. Seine Hüfte stach inzwischen ununterbrochen; es gab keinen Abstand mehr zwischen den einzelnen Wellen des Schmerzes.

»Hey, Tull«, brüllte er. »Lassen Sie uns reden.«

Etwa fünf Sekunden vergingen.

»Gut«, antwortete Tull. »Reden Sie.«

»Er kommt nicht zurück, das ist Ihnen klar«, sagte Leaphorn. »Er kassiert das Geld und verschwindet. Und Sie sitzen hier fest.«

»Nein«, entgegnete Tull. »Aber ich mache Ihnen einen Vorschlag. Sie werfen jetzt das Gewehr hier auf den Boden, wo ich es sehen kann, und wir machen aus Ihnen eine weitere Geisel. Wenn wir hier abhauen, sind Sie ein freier Mann. Andernfalls wird mein Freund, wenn er zurückkommt, Sie von hinten in die Zange nehmen und ich von vorn, und dann machen wir Sie fertig.«

Genau so würde es geschehen, dachte Leaphorn – wenn Goldrandbrille zurückkäme. Es wäre ziemlich einfach gewesen, ihn zu zweit fertigzumachen, auch wenn er im Besitz des Gewehrs war. Aber er glaubte nicht, daß Goldrandbrille hier noch einmal auftauchen würde.

»Hören wir auf damit, uns zum Narren zu halten«, sagte Leaphorn. »Ihr Freund läßt sich das Lösegeld aushändigen und taucht unter. Und Sie sollen hier auf weitere Funksprüche warten, bevor auch Sie das Weite suchen können. Bevor Sie gehen, sprengen Sie das alles hier in die Luft.«

Tull sagte nichts.

»Wie schwer hab ich Sie verletzt?«

»Sie haben mich gar nicht getroffen«, erklärte Tull.

»Sie lügen. Ich hab Sie getroffen, und Sie haben inzwischen eine

Menge Blut verloren. Außerdem gibt es noch einen Grund, warum Sie hier nicht wegkönnen, bevor wir beide uns einig geworden sind. Ich kann Sie hier drinnen festhalten, und Sie können mich hier festhalten. Es ist ein mexikanisches Patt, und wir können es uns nicht leisten, weil Ihr Boss hier eine Bombe gelegt hat, die früher oder später losgehen wird.« Leaphorn hielt inne und überlegte sich, wo er die Bombe gefunden hatte und unter welchen Umständen. »Er hat Ihnen nichts von der Bombe gesagt, oder?«

»Lecken Sie mich am Arsch«, sagte Tull.

Nein, dachte Leaphorn, er hat dir nichts gesagt von dem Funkgerät und der Bombe in dem Raum mit den Heiligen Sandbildern. Dort waren keine Spuren von Tull zu sehen gewesen, und als Leaphorn das Versteck entdeckt hatte, waren nur sechs Dynamitstangen aus der Kiste entnommen worden. Wahrscheinlich war die Bombe in dieser Höhle zusätzlich gelegt worden und hatte nichts mit den anderen zu tun. Das Ganze war eine Operation der Buffalo Society, aber ein Teil davon war, wie Leaphorn mit wachsender Sicherheit vermutete, eine ganz private Angelegenheit des Mannes mit der Goldrandbrille.

»Ich kann Ihnen ein Tonband vorspielen«, sagte Leaphorn. Er nahm das Gerät unter seinem Hemd heraus und schaltete es ein. »Ich hab die Aufnahme selbst noch nicht gehört, also können wir sie uns gemeinsam anhören. Der Kassettenrecorder war an ein HALLICRAFTER-Funkgerät angeschlossen, in einer der Seitenhöhlen. Die ganze Vorrichtung umfaßte das Funkgerät mit einem Timer, der es auf Sendung schaltete, dann diesen Kassettenrecorder in Gang setzte – und wenn die Bandaufnahme zu Ende war, würde der Timer etwas Dynamit in einer Tüte zur Explosion bringen. Wollen Sie jetzt die Tonbandaufnahme hören?«

Schweigen. Sekunden, die verstrichen.

»Okay«, sagte Tull. »Lassen Sie es hören. Wenn es ein solches Band überhaupt gibt.«

Leaphorn drückte auf die Wiedergabe-Taste. Die Stimme des Mannes mit der Goldrandbrille dröhnte durch den hohen Raum.

»... haben Polizei gesehen in dem Territorium, obwohl ihr versprochen habt, es von Polizei freizuhalten. Ihr habt damit euer Versprechen gebrochen. Die Buffalo Society bricht niemals ein Versprechen. Merkt euch das für die Zukunft. Merkt es euch, und lernt daraus. Wir haben versprochen, daß alle Geiseln sterben, wenn die Polizei in diesen Teil des Navajo-Gebietes eindringt. Sie werden jetzt sterben, und wir, die Kämpfer der Buffalo Society, werden mit ihnen sterben. Ihr werdet unsere Leichen in unserer geheiligten Höhle finden, deren Mündung sich in den San Juan River-Nebenarm des Lake Powells öffnet, etwa eine Meile oberhalb der derzeitigen Flußmündung in den See, etwa dreiundzwanzig Meilen ostnordöstlich des Short Mountain und genau auf dem Punkt 37 Grad, 11 Minuten und 17 Sekunden nördlicher Breite und 110 Grad, 29 Minuten, 3 Sekunden westlicher Länge. Diejenigen von der Buffalo Society, die diese weißen Geiseln gefangengenommen haben, sollen wissen, daß wir drei Krieger unsere Ehre und unser Versprechen bewahrt haben. Der Weiße Mann soll zu dieser Höhle kommen und die Leichen von drei seiner Erwachsenen und elf seiner Kinder bergen. Sie sind gestorben, um den Tod von drei Erwachsenen und elf Kindern bei den Morden auf der Olds Prairie zu sühnen. In ihrer Nähe werden die Leichen der drei Krieger der Buffalo Society sein: Jackie Noni vom Stamm der Potawatomis, John Tull von den Seminolen und ich selbst, den die Weißen Hoski nennen, oder James Tso, ein Krieger der großen Nation der Navajos. Möge unser Andenken lebendig bleiben zum Ruhm der Buffalo Society.«

Die klare, dröhnende Stimme von Goldrandbrille verstummte, und danach hörte man nur noch das Zischen des leeren Bandes.

Leaphorn schaltete die Wiedergabe aus und ließ das Band zurücklaufen. Er fühlte sich wie betäubt. Seine Logik hatte ihm gesagt, daß der Mann mit der Goldrandbrille die Geiseln töten würde, um Zeugen zu beseitigen, doch jetzt wurde ihm klar, daß er es eigentlich bisher nicht hatte glauben wollen. Die Wirkung der angenehmen, emotionslosen Stimme des Mannes mit der

Goldrandbrille, der auf diese Weise einen Massenmord und den Selbstmord dreier seiner eigenen Leute verkündete, war niederschmetternd. Außerdem war ihm in dieser Sekunde klargeworden, daß der Name von Pater Benjamin Tso im Katalog der Toten fehlte. Das bedeutete, daß Goldrandbrille sein Entkommen noch raffinierter geplant hatte, als Leaphorn vermutete.

»Wollen Sie das Band noch einmal hören?« brüllte Leaphorn. »Diesmal ganz von Anfang an.«

Tull sagte nichts. Leaphorn drückte auf den Wiedergabeknopf. »Ich habe euch gewarnt«, begann das Band, »aber meine Leute haben Polizei gesehen in dem Territorium . . .« Als die Stelle mit der Liste der Toten vorüber war, stoppte Leaphorn das Band. »Ich möchte Sie darauf aufmerksam machen«, brüllte er zu Tull hinüber, »daß ein Name auf der Liste fehlt. Es ist der Name des Bruders Ihres Kumpels. Denken Sie mal gut darüber nach.«

Leaphorn dachte selbst darüber nach. Dabei fielen mehrere Steine des Puzzlespiels gleichzeitig an die richtigen Stellen. Er wußte jetzt, wer den Brief geschrieben hatte, mit dem Pater Benjamin Tso zum Hogan seines Großvaters gerufen worden war. Goldrandbrille hatte ihn geschrieben, darüber gab es kaum noch Zweifel. Er fühlte so etwas wie kalte Bewunderung für einen Geist, der einen solchen Plan ausgearbeitet hatte. Hoski hatte gewußt, daß er nach einem solchen Verbrechen einer Jagd auf ihn kaum entkommen konnte. Sie würde mit allen Mitteln geführt werden und unausweichlich sein. Also hatte er sich einen Weg überlegt, um ihr dennoch zu entgehen. Das, was das Dynamit von seinem Bruder übriggelassen hätte, so, wie Hoski es arrangiert hatte, würde mit dem zerschmetterten Funkgerät gefunden und als der Leichnam von Hoski identifiziert werden. Damit war für jeden der drei ›Krieger‹ ein Leichnam vorhanden; es gab niemanden mehr, den es zu jagen galt. Als ihm das klar wurde, merkte Leaphorn auch, daß sein eigenes Problem dadurch vervielfacht wurde. Goldrandbrille würde antworten müssen, wenn Tull seinen Hilferuf per Funk ausschickte. Er konnte es nicht riskieren, daß Leaphorn oder irgend jemand, der Pater Tso gesehen hatte, mit dem Leben davonkam. Daher mußte Hoski zurückkommen.

Leaphorn drückte wieder auf die Taste, ließ das Band laufen, stoppte es und ließ es wieder zurücklaufen. Beeindruckend. Perfekt. Fehlerlos. Nichts war dem Zufall überlassen. Das Motiv für James Tso war nicht einmal das Lösegeld für die Geiseln. Es war das neue Leben, ein Leben ohne Überwachungen, ein Leben, in dem er sich nicht mehr zu verstecken brauchte. Bei der Identifikation des Toten würde es keine Probleme geben. Hoski selbst war nie festgenommen worden; von dem existierten keine Fingerabdrücke. Und niemand wußte, daß der Priester hiergewesen war. Das heißt, niemand von denen, die am Leben bleiben würden. Außerdem waren die beiden einander ziemlich ähnlich.

»Hey, Tull«, brüllte Leaphorn. »Haben Sie die Toten gezählt? Jackie, die Pfadfinder, die Frau, einer der Tso-Brüder und Sie. Sie stehen auf der Liste der Toten, ist Ihnen das klar, Tull? Aber Ihr Freund Hoski kommt mit dem Leben davon – einem Leben in Reichtum, nachdem er die Lösegelder kassiert hat.«

Tull sagte nichts.

»Verdammt, Tull«, schrie Leaphorn. »Überlegen Sie doch! Er betrügt Sie, und er betrügt die Buffalo Society. Kelongy bekommt nicht einen Dollar von dem Lösegeld. Hoski wird damit verschwinden.«

Leaphorn lauschte und hörte nichts als die Echos seiner eigenen Stimme, die allmählich in der Höhle erstarben. Er hoffte, daß Tull darüber nachdachte. Hoski würde verschwinden. Und eines Tages würde ein Mann mit einem anderen Namen und einer anderen Identität in Washington auftauchen und den Kontakt aufnehmen mit einer Frau namens Rosemary Rita Oliveras. Und irgendwo in seinem Versteck würde sich ein Verrückter namens Kelongy fragen, was mit seinem Plan eigentlich schiefgelaufen war, und vielleicht würde er um Hoski, seinen brillanten Krieger, trauern. Doch jetzt war nicht die Zeit, um darüber nachzudenken. Leaphorn warf einen Blick auf seine Armbanduhr. 2.47 Uhr; in einer Stunde und dreizehn Minuten war es Zeit, die Antworten zu senden, welche die Polizei für zwei weitere Stunden davon abhielt, einzugreifen. Und wie sah Hoskis Terminplan aus? Er hatte den Hubschrauber angewiesen, das Lösegeld um zwei Uhr bereitzuhalten. Wahrscheinlich war er spätestens um halb drei im Besitz des Geldes. Wann sollte dann der HALLICRAFTER den Sender und das Tonband einschalten, wann würde die Bombe detonieren? Da Hoski sichergehen wollte, daß die Sendung aufgezeichnet werden konnte, würde er sie auf einen der regelmäßigen Zweistundentermine programmiert haben. Aber wann? Leaphorn versuchte sich zu konzentrieren, das Stechen seiner Hüfte auszuschalten, aber auch die schmerzenden Glieder, die Müdigkeit, den feuchten Schimmelgeruch in diesem Teil der Höhle. Es würde nicht mehr lange hin sein, sagte er sich. Hoski brauchte nicht viel Zeit zum Verschwinden. In einer oder zwei Stunden Dunkelheit konnte er sich weit genug von der Höhle und ihrer Umgebung entfernen. Denn wenn erst das Band gesendet war, würde man nicht mehr nach ihm suchen. Ein jeder würde statt dessen diesen Punkt im Gelände zu finden versuchen – die rauchende Mündung einer Höhle. Es würde ein Chaos werden. Und Hoski, der Mann mit der Goldrandbrille, würde unbehelligt davonkommen. Plötzlich war Leaphorn davon überzeugt, daß er den zeitlichen Ablauf von Hoskis Plan durchschaut hatte.

»Tull«, brüllte er zu dem anderen hinüber, »kapieren Sie noch immer nicht, daß Sie dieser Dreckskerl wieder einmal hereingelegt hat? Benützen Sie doch einmal im Leben Ihr Gehirn!«

»Nein«, erwiderte Tull. »Nicht er. Sie haben dieses Tonband gefälscht.«

»Es ist seine Stimme«, brüllte Leaphorn. »Können Sie seine Stimme nicht erkennen?« Stille.

»Er hat Ihnen nicht gesagt, warum er seinen Bruder nicht in dem Gefängnis mit den Pfadfindern gelassen hat«, rief Leaphorn. »Und er hat Ihnen nichts von dieser Tonbandaufzeichnung gesagt. Und nichts von der Bombe.«

»Scheiße, Mann«, sagte Tull. »Ich hab ihm sogar geholfen, sie zusammenzusetzen. Ich habe eine hier bei mir, neben dem Funkgerät. Und wenn es an der Zeit ist, werden Sie damit in die Hölle fliegen.«

»Sie und ich gemeinsam, Tull«, sagte Leaphorn. Während er es sagte, hörte er das gedämpfte Tuckern eines schweren Innenbordmotors.

»Sie waren nicht dabei, als er eine andere von diesen Bomben hergestellt hat«, fuhr Leaphorn fort. »Und er hat Ihnen nichts davon gesagt. Es ist genau wie mit der Tonbandaufzeichnung. Oder daß diese Botschaft über das zusätzliche Funkgerät gesendet werden sollte. Kommen Sie, Tull, überlegen Sie doch! Sie waren der Sündenbock bei dieser Sache in Santa Fe. Sie halten sich vielleicht für unsterblich, aber sind Sie es nicht endlich leid, die Rolle des Trottels zu spielen, der jedesmal hereingelegt wird?«

Tull schwieg. Über den Echos seiner Worte hörte Leaphorn jetzt das Dröhnen des Motors.

»Denken Sie nach«, brüllte Leaphorn. »Zählen Sie die Dynamitstangen. Vierundzwanzig waren in der Kiste. Ein paar hat er dazu verwendet, das andere Ende der Höhle zu versiegeln. Zwei oder drei für die Bombe, mit denen die Pfadfinder getötet werden sollen, und wahrscheinlich haben Sie auch zwei oder drei bei sich. Wo bleiben die übrigen zehn oder fünfzehn?«

Schweigen. Es funktionierte nicht. Der Ton des Motors hatte sich verändert. Das Boot war in der Höhle.

»Sie haben gesagt, daß in der Tüte neben dem HALLICRAFTER Dynamitstangen waren«, rief Tull herüber. »Haben Sie das nicht gesagt?« Seine Stimme hörte sich schwach an, als ob er Schmerzen hätte. »Wie viele Stangen, sagten Sie?«

»Zwei«, antwortete Leaphorn.

»Und wie viele Zünder?«

»Nur einer«, sagte Leaphorn. »Ich glaube, es war nur einer. Die beiden Stangen waren mit Draht zusammengebunden.« Das Tuckern des Motors verstummte.

»Ich wette, Hoski hat die Zeitzünder selbst gestellt«, sagte Leaphorn. »Ich wette, er sagte Ihnen, daß die Bombe bei Ihnen drüben erst um sechs Uhr losgeht. Sie sollen die Vier-Uhr-Sendung noch hinter sich bringen und dann abhauen. Aber er hat den Timer zwei Stunden früher gestellt.«

»Hey, Jimmy«, rief Tull. »Er ist dort drüben.«

»Was hat er denn?« fragte Hoski. »Nur Jackies Gewehr? Ist das alles?« Hoskis Stimme kam vom Rand des Wassers, als wäre er noch ziemlich weit weg.

»Verdammt, Tull«, brüllte Leaphorn. »Seien Sie doch nicht so blöd! Er legt Sie wieder rein, ich sage es Ihnen. Er zählt Sie auf dem Band zu den Toten, also müssen Sie tot sein, wenn die Polizei hierherkommt.«

»Er hat nur das Gewehr«, brüllte Tull. »Sieh zu, daß du hinter ihn kommst, dann kreisen wir ihn ein.«

»Er hat den Zünder für die Bombe eingestellt, die neben Ihnen ist«, brüllte Leaphorn. »Kapieren Sie denn nicht, daß er Sie töten wird, genau wie die anderen?«

»Nein«, sagte Tull. »Jimmy ist mein Freund.« Es war fast ein Schrei der Verzweiflung.

»Er hat Sie in Santa Fe im Stich gelassen. Er hat Ihnen nichts von dem Tonband gesagt. Er hat Sie auf die Liste der Toten gesetzt. Er hat den Timer anders gestellt als —«

»Halten Sie doch endlich das Maul!« brüllte Tull. »Halten Sie Ihr dreckiges Maul. Es ist nicht wahr, verdammt noch mal, Sie können es nicht beweisen.« Tulls Stimme klang jetzt wie ein hysterisches Kreischen. »Verdammt noch mal, ich kann beweisen, daß Sie lügen!«

Der Ton, diese Hysterie sagte Leaphorn mehr als alle Worte. Ihm wurde mit Entsetzen klar, was Tull meinte, als er sagte, er könnte es beweisen.

»Natürlich redet er Unsinn.« Auch die Stimme von Goldrandbrille war laut, und sie war inzwischen wesentlich näher als zuvor. »Er lügt dich an, Tull. Was, zum Teufel, machst du da?«

Leaphorn war aufgesprungen.

Tulls Stimme sagte: »Ich brauche nur diesen kleinen Zeiger auf vier Uhr zu stellen, dann weiß ich . . .«

Leaphorn rannte.

»Tu's nicht!« schrie der Mann mit der Goldrandbrille, und Tulls Stimme wurde vom Knall eines Schusses übertönt.

Leaphorn rannte, so schnell es sein Herz, seine Beine und seine Lungen gestatteten, weil er wußte, daß jeder Meter, den er sich vom Zentrum der Explosion entfernte, seine Überlebenschancen vergrößerte. Hinter sich hörte er, wie die Stimme des Mannes mit der Goldrandbrille Tulls Namen schrie, dann wieder einen Schuß.

Und dann die Explosion. Ein Blitz, als ob tausend Fotoblitze das grauweiße Innere der Höhle erhellten. Und die Druckwelle, die Leaphorn erfaßte und über den glatten Sedimentboden schleuderte, bis er schließlich gegen etwas prallte und liegenblieb.

Leaphorn merkte, daß er nichts hören und nichts sehen konnte. Vielleicht hatte er das Bewußtsein so lange verloren, daß die Echos der Explosion längst verhallt waren. Er merkte, daß seine Nase blutete, und tastete nach unten, wo sein Gesicht auf dem Stein gelegen hatte. Nur wenige Tropfen auf dem Stein – es konnte also nicht allzuviel Zeit vergangen sein.

Vorsichtig setzte er sich auf. Als die Wirkung der Blendung allmählich nachließ, so daß er die Leuchtziffern seiner Uhr ablesen konnte, war es 2.57 Uhr. Leaphorn beeilte sich. Erst fand er seine Taschenlampe hinter dem Felsen, dort, wo er sie deponiert hatte, und dicht daneben das Gewehr. Dann fand er zwei Boote – ein kleines für drei Mann mit einem Außenbordmotor und eines mit flachem Fiberglasboden und einem schallgedämpften Innenborder. Auf dem Boden dieses Boots lagen ein grüner Nylon-Rucksack und eine schwere Segeltuchtasche. Leaphorn zog den Reißverschluß der Tasche auf. Drinnen befanden sich Dutzende kleiner Plastikpäckchen. Leaphorn fischte eines heraus, öffnete es, und das Licht seiner Taschenlampe fiel auf eng zusammengepreßte Bündel von Zwanzig-Dollar-Scheinen. Er steckte sie wieder in die Tasche und trug dann beides, Rucksack und Tasche, in die Höhle. In der Nähe der von der Explosion geschwärzten Stelle, wo James Tso und John Tull gestorben waren, blieb er stehen, schwang die schwere Tasche und ließ das Lösegeld über den Boden der Höhle in die Dunkelheit rutschen.

Als er alle Geiseln in den Booten hatte, war es kurz nach 3.00 Uhr.

Um zehn Minuten nach drei tuckerten beide Boote aus der Mündung der Höhle hinaus in das freie Wasser. Die Nacht kam ihnen unglaublich hell vor. Es war windstill. Ein Halbmond hing dicht über dem westlichen Horizont. Leaphorn hatte sich rasch orientiert. Sie waren vermutlich achtzig Meilen vom anderen Ende des Sees entfernt, wo sich der Damm befand und wo man das nächste Telefon erreichen konnte; die Fahrt mit den Booten würde mindestens vier oder fünf Stunden dauern. Leaphorns Hüfte schmerzte stark. Zum Teufel damit, dachte er. Sicher wurde das Gebiet aus der Luft kontrolliert. Sollte doch jemand anders die Arbeit tun. Er nahm den Reserve-Benzintank, schraubte ihn auf, ließ den Treibstoff auf die Wasseroberfläche fließen und entzündete ihn dann, als sie sich ein Stück von dem Benzinteppich entfernt hatten, mit einem Schuß aus dem Gewehr. Das Benzin entflammte und brannte in hellem, bläulichem Weiß; es beleuchtete die Felswände ringsum und die schmutzigen, erschöpften Gesichter von elf Pfadfindern. Normalerweise wäre das in der einsamen Gegend nicht aufgefallen, aber in dieser Nacht würde man es mit Sicherheit bemerken.

Um 3.42 Uhr hörte er das Flugzeug. Erst ziemlich hoch, aber es kreiste. Leaphorn zielte mit seiner Taschenlampe nach oben. Schaltete sie mehrmals aus und ein. Das Flugzeug kam weiter herunter, streifte das Boot mit seinen Landescheinwerfern. Es sah aus wie ein Aufklärungsflugzeug der Armee.

Jetzt hielt Leaphorn den Blick auf die dunkle Stelle gerichtet, wo Wasser und Felsen sich trafen – und auf die noch tiefere Dunkelheit, die die Mündung der Höhle verbarg. Der Sekundenzeiger seiner Armbanduhr bewegte sich über 4.00 Uhr hinaus. Nichts geschah. Der Zeiger umrundete das Zifferblatt, einmal, zweimal. Um 4.02 Uhr wurde der Fuß der Felswand zu einem blendenden, weißen Blitz. Sekunden vergingen, ehe ein ungeheures, aber gedämpftes Donnern über das Wasser zu ihnen drang, gefolgt von lautem Grollen und Rumpeln. Ganze Felsplatten polterten durch das Innere der Höhle. Zu viele Felsen, als daß es dem Weißen Mann hätte gelingen können, einen Weg zu den Sandbildern von Standing Medicine zu finden, dachte Leaphorn. Aber nicht zu viele Felsen, um eine Leinentasche mit Bargeld zu retten. Eine dreißig Zentimeter hohe Welle breitete sich über die spiegelglatte Oberfläche des Sees aus. Die Sterne, die dort reflektiert wurden, begannen zu schwanken. Die Welle erreichte die Boote, brachte sie ins Schaukeln und breitete sich weiter aus.

Sie saßen da und warteten.

Leaphorn schaute über den Rand des Bootes in das klare, dunkle Wasser. Irgendwo dort unten mußte der Hubschrauber liegen, war das Grab von Haas, dem Piloten. Er konnte sich vorstellen, wie es geschehen war. Haas, eine Schußwaffe zwischen den Rippen, senkte den Hubschrauber über dieses Boot, die Beute aus dem Banküberfall wurde heruntergeworfen, die Passagiere kletterten aus dem Hubschrauber in das Boot. Hatten sie Haas danach erschossen oder eine Bombe an Bord gelassen, die explodierte, als der Hubschrauber hundert Meter weiter war, in sicherer Entfernung? Wie auch immer, er hatte keine Spuren hinterlassen.

Jetzt näherte sich ihnen von der anderen Seite des Sees das Geräusch eines anderen Hubschraubers; er flog niedrig und kam direkt auf sie zu.

Wie viele mochten wie dieser Haas gestorben sein, um die Spur des Mannes mit der Goldrandbrille auszulöschen? fragte sich Leaphorn. Hosteen Tso und Anna Atcitty, wahrscheinlich auch Frederick Lynch. Leaphorn überlegte sich, wie das alles geschehen sein konnte. Goldrandbrille hatte als der älteste Sohn das Geheimnis der Höhle von seinem Vater mitgeteilt bekommen. Er hatte die

Höhle als Basislager für diese Operation ausgerüstet und seinen Großvater ermordet, damit das Geheimnis, *sein* Geheimnis, bewahrt blieb. Danach mußte er nach Washington zurückgekehrt sein. Warum nach Washington? Weil Kelongy dort war mit dem Geld der Buffalo Society aus dem Raubüberfall von Santa Fe. Und als es Zeit wurde, die Entführung in die Tat umzusetzen, war Goldrandbrille zurückgekehrt zur Firma Safety Systems, Inc., hatte den Hund und den Wagen seines ehemaligen Arbeitgebers gestohlen und sich dann um Frederick Lynch ›gekümmert‹, so daß dieser nicht mehr in der Lage war, den Diebstahl zu melden; vermutlich würde man ihn nie mehr auffinden. Leaphorn nahm an, daß das Motiv für dieses Verbrechen mindestens ebenso persönliche Rache gewesen war wie der Umstand, daß er den Hund und den Wagen für seine weiteren Verbrechen gebraucht hatte. Tull war für ihn nur ein nützlicher Idiot gewesen. Und Benjamin Tso . . .

Theodora Adams unterbrach seine Gedanken. »Warum hat Ben das getan?« fragte sie mit erstickter Stimme. »Es war, als ob er wußte, daß er getötet werden würde. Hat er es getan, um mich zu retten?«

Leaphorn öffnete den Mund – und schloß ihn wieder. Ben hatte es getan, um sich selbst zu retten, dachte er. Doch das sagte er nicht. Wenn sie es nicht verstand, er würde es ihr nicht erklären können.

GOLDMANN

Das Gesamtverzeichnis aller lieferbaren Titel erhalten Sie im Buchhandel oder direkt beim Verlag.

Taschenbuch-Bestseller zu Taschenbuchpreisen
– Monat für Monat interessante und fesselnde Titel –

✳

Literatur deutschsprachiger und internationaler Autoren

✳

Unterhaltung, Thriller, Historische Romane
und Anthologien

✳

Aktuelle Sachbücher, Ratgeber, Handbücher
und Nachschlagewerke

✳

Esoterik, Persönliches Wachstum und
Ganzheitliches Heilen

✳

Krimis, Science-Fiction und Fantasy-Literatur

✳

Klassiker mit Anmerkungen, Autoreneditionen
und Werkausgaben

✳

Kalender, Kriminalhörspielkassetten und
Popbiographien

Die ganze Welt des Taschenbuchs

Goldmann Verlag · Neumarkter Str. 18 · 81673 München

Bitte senden Sie mir das neue kostenlose Gesamtverzeichnis

Name: _____

Straße: _____

PLZ/Ort: _____